frances & bernard

CARLENE BAUER

frances & bernard

roman

Traduit de l'anglais (États-Unis)
par Marie-Odile Fortier-Masek

calmann-lévy

Titre original anglais :
FRANCES AND BERNARD

Première publication :
Houghton Mifflin Harcourt Company,
Boston, 2013

COUVERTURE
Maquette : cedric@scandella.fr
Adaptation : Constance Clavel
Photographie : PoodlesRock / Corbis

ISBN 978-2-7021-4428-2

« Voilà que je vous ai écrit une lettre d'amour ; mon Dieu, qu'ai-je fait ? »

Les Frères Karamazov

15 août 1957

Très chère Claire,

Comment vas-tu ?

Me voici à Philadelphie, de retour de l'atelier d'écriture. Une expérience plutôt horrible, sauf pour ce qui est d'écrire. J'ai achevé un premier jet de mon roman. Pour peu que je découvre un moyen de vivre aux crochets des riches, je ne devrais pas avoir à m'inquiéter de mon sort pour le restant de mes jours !

J'ai bien peur, toutefois, d'être contrainte d'enseigner pour financer ce violon d'Ingres. Les riches n'ont pas dû me trouver très reconnaissante, et je doute qu'ils me réinvitent sur leurs terres. Oh, tant pis !

Venons-en maintenant au côté plutôt horrible de l'expérience. Tu avais bien mérité ta lune de miel. De mon côté, j'ai passé mon séjour à regretter que tu ne sois pas avec moi, nous aurions pu faire de longues promenades, dénigrant en chœur et au quotidien les autres participants. Mes exercices spirituels se bornaient à prier, puis à imaginer des conversations avec toi, au sujet de ces idiots qui se prennent pour des génies. Je ne parlais guère pendant les repas, et ce silence, comme je l'espérais, empêchait les autres de me parler. Je n'avais rien à leur dire, car ils passaient leur temps à cancaner et à rire des bêtises qu'ils avaient faites sous l'effet de l'alcool. Et moi, l'abstinence même… Voici un échantillon de participants : deux poètes, des gars de notre âge. Rédacteurs de deux magazines littéraires. Blanc bonnet et bonnet blanc. Oublions leurs noms. Exemple d'histoire récoltée au dîner : ces deux énergumènes avaient appartenu à une société secrète de Yale, l'un en était président, l'autre son adjoint. Le patron s'asseyait sur un trône doré qu'ils avaient subtilisé à la section d'art dramatique pour interviewer des candidats. « Sodomie ou éviscération », proposait-il. Tout homme qui répondait « éviscération » était admis. Enfin, perle du cocktail qu'ils ont donné en notre honneur le premier soir : un auteur, une femme, spécialiste des romans historiques à l'eau de rose. Ta mère les a peut-être lus. Je les ai vus se faire dévorer dans le train avec des cacahuètes. Je lui ai été présentée en tant que collègue romancière, c'est tout ce qu'elle a daigné apprendre sur moi. Elle s'est embarquée dans un interminable monologue, après avoir détaillé un emploi du temps de ministre et la difficulté de concilier lectures et conférences avec l'écriture, elle a loué l'infinie patience de son publicitaire de mari, toujours prêt à passer ses vacances en Écosse, en Irlande ou en France pour les besoins de ses romans, et elle a loué de même l'infinie patience de son cher, très cher éditeur qui répond toujours à ses appels et se montre aux petits soins avec elle si elle a besoin d'être tirée d'une impasse, ce qui est rare. « Dieu merci, l'écriture, chez moi, c'est viscéral. Ça monte en moi comme une marée. Impossible de l'arrêter. Il me faut, en général, trois semaines ici pour six cents pages que je réduis à… » Je mourais d'envie de lui dire l'effet que cette harangue égocentrique produisait sur mes viscères ! Parfois, rien ne fait plus de bien qu'un silencieux « Nom de Dieu ! ». Je me sentirais gênée d'invoquer en vain le nom du Seigneur, mais j'ose croire qu'il est beaucoup plus offensé par l'arrogance qui m'amène à l'implorer de façon aussi désespérée. Oh, sans doute que mon amertume l'offense aussi, mais pense donc : un auteur pour qui l'écriture c'est viscéral ! Mon Dieu ! Ma chère Claire, par pitié, ne me laisse jamais me prendre trop au sérieux. L'amour-propre auquel beaucoup carburent ne cessera jamais de m'étonner. À mon avis, c'est comme conduire en état d'ivresse. Même si ces gens ne tuent jamais personne, ils trompent leur monde jusqu'à ce qu'ils se soient frayé un chemin vers la médiocrité lucrative.

Lors des rares occasions où j'ai pris la parole, on m'a regardée comme une gamine de trois ans qui s'était glissée à pas hésitants jusqu'à eux, avait ouvert la bouche et s'était exprimée en un allemand parfait. Cela m'a plu. Silence, exil, ruse.

Un jeune homme sortait du lot. Bernard Elliot. Harvard. Il prétend descendre de puritains. Encore un poète. Mais très bon. Et sans doute encore mieux que très bon. Un grand poète ? Je n'y connais rien en poésie, juste que ça me plaît ou non. Et j'apprécie la sienne. Je crois entendre John Donne, John Donne qui rôde dans la chaufferie, qui peste, cogne sur les tuyaux avec des clefs à molette afin que ce jeune homme allège ses vers et coupe ses poèmes en deux. Nous avons eu l'autre jour un déjeuner agréable : il m'a invitée, parce qu'il avait remarqué que je lisais un ouvrage d'Étienne Gilson. Il s'est converti il y a quelques années. Là je tique : ce peut être un signe de folie des grandeurs quand un puritain se tourne vers Rome. Au cours de ce déjeuner, il m'a demandé – je le cite – si j'avais un soupirant, j'ai répondu que non, flairant qu'il cherchait à entamer la conversation. Un ange est passé. Je versais du ketchup sur mes frites quand il a repris, le menton dans la main, comme en un rêve : « Je pense que les hommes ont tendance à détruire les belles choses. » J'ai eu envie de rire, incapable de comprendre quelle réaction il espérait : essayait-il de savoir si j'étais le genre de fille qui avait vécu cette sorte de destruction et serait, par là même, une oreille sûre à qui confesser certains de ses propres méfaits, ou tendait-il le piège du flirt afin d'évaluer jusqu'à quel point je le laisserais me détruire ? En guise de réponse, je lui ai demandé s'il voulait du ketchup. « Volontiers, merci », a-t-il dit avant d'ajouter en le secouant sur ses frites : « Connaissez-vous l'Italie ? » Il m'a demandé s'il pouvait m'écrire pendant son séjour là-bas. Il m'a vraiment plu. Il a beau venir, à mon avis, d'un milieu aisé, avoir lu à vingt-cinq ans plus de livres que je n'en lirai de ma vie, il m'a paru d'une merveilleuse simplicité. À l'exception de déclarations grandiloquentes sur la carte de Tendre.

Parle-moi de Paris. Embrasse Bill pour moi. Quand puis-je aller te voir à Chicago ?

Je t'embrasse,

FRANCES

20 août 1957

Cher Ted,

Je fais mes bagages pour l'Italie tout en regrettant de ne pas avoir l'occasion de te voir avant mon départ et ton retour du Maine. Salue tes parents de ma part. Vas-tu finir par séduire la fille du marchand de homards ? Il me semble que tu te lances ce défi à seule fin de glisser un vers à ce sujet dans la ballade finale de Ted McCoy, histoire de stimuler l'ambition de tes fils et petits-fils. J'approuve. Après tout, c'est aussi bien que de pêcher une sirène.

C'est fichtrement dommage que tu n'aies pas été accepté à l'atelier d'écriture. Je l'ai dit avant d'y aller, je l'ai redit là-bas. Cette fois, ils avaient décidé d'honorer les romancières. Une vraie bande de scribouillards. Il y avait une fille plutôt piquante, du genre Katherine Mansfield en kimono ; pour un simple flirt, elle aurait fait l'affaire, mais elle n'avait pas assez de cervelle pour que je l'entreprenne. Ne nous en plaignons pas. Il a fallu attendre la deuxième semaine pour qu'elle se souvienne de mon nom ! Elle s'entêtait à m'appeler Anton. « Je suis désolée, vous me rappelez… » Elle n'a toutefois jamais expliqué qui était ce fameux Anton. Dieu sait pourtant que j'aurais voulu savoir ! Elle aimait à s'entourer de mystère, mais donnait plutôt une impression d'imbécillité.

J'ai rencontré une fille qui m'a assez plu, mais pas dans ce sens. Je pense qu'elle te plairait à toi aussi. Elle a un petit air virginal, à croire qu'elle a grandi dans une laiterie, mais elle est sèche, rapide et prompte à l'estocade, impossible donc de s'y méprendre : c'est une fille de la ville, élevée à Philadelphie. Elle s'appelle Frances Reardon. Disons qu'elle fait un peu mère supérieure. Elle vient de s'évader de l'atelier d'écriture de l'Université de l'Iowa, où elle était le seul autre écrivain digne de ce nom. Son roman a pour sujet une religieuse au cœur de pierre qui, un beau jour, reçoit les stigmates. Un peu puéril, peut-être, mais le bouquin est très drôle. (Lors du déjeuner, j'ai profité de ce qu'elle était allée nous chercher deux tasses de café pour jeter un coup d'œil sur le manuscrit dans son sac.) Élevée, de toute évidence, par des catholiques bêtes à bouffer du foin, elle prend sa revanche... pour l'amour de Dieu. Curieux mélange de féminité et de manque de féminité : elle portait une robe blanche archi-classique, un imprimé à fleurs marron, elle a étalé sa serviette sur ses genoux, avec un soin presque maniaque, mais il fallait la voir secouer et presser la bouteille de ketchup comme une forcenée ! À un moment, elle a déclaré qu'en lisant les poèmes de Miss Emily Dickinson elle avait « l'impression d'être suffoquée par une houppette à poudre », mais elle a avoué une passion pour Whitman. « Est-ce que ça fait de moi pour autant une belle-de-jour ? » a-t-elle ajouté avec un sourire. Une fille charmante, et qui ne cherche pas à l'être. Ce qui est rare. Et par-dessus le marché un très, très bon écrivain. Elle m'a bien fait rire. Et malgré tout, elle pratique sa religion. Ce qui est tout aussi rare. Il se pourrait que j'essaye d'en faire une amie.

Je sais que la correspondance n'est pas ton fort, mais envoie-moi quand même une carte postale ou deux !

Amitiés,

Bernard

20 septembre 1957

Chère Frances,

J'espère que cette lettre vous trouvera en pleine forme, plongée avec bonheur dans votre travail.

Je vous écris des environs de Florence, en Italie, où l'un de mes vieux professeurs possède une maison de famille qu'il a eu l'amabilité de mettre à ma disposition. C'est là que j'achève mon livre.

J'ai beaucoup apprécié nos conversations cet été, j'aimerais les poursuivre. Seul problème : je suis en Italie et vous, à Philadelphie ! Alors, accepteriez-vous de poursuivre ces échanges par lettres ?

Connaissez-vous l'Italie ? Dans ce pays, je me sens d'une mélodieuse indolence, même la façon de parler y est arpège.

Je voulais vous poser une question quand nous avons déjeuné ensemble : Qui est pour vous l'Esprit-Saint ?

Amitiés,

BERNARD

30 septembre 1957

Cher Bernard,

J'ai été très heureuse de recevoir votre lettre, merci. Je serais ravie de poursuivre nos conversations par correspondance.

Je ne connais pas l'Italie, mais je connais Londres et je me souviens d'y avoir vu de jeunes Italiens se bousculer dans les sites touristiques et jacasser d'une façon qui me rappelait des pigeons. C'est injuste, j'en suis sûre, mais c'est la seule impression que j'aie de l'Italie, une image déformée par le prisme de la vieille Albion.

Connaissez-vous Philadelphie ? L'été tire à sa fin, la ville est voilée d'une moiteur étouffante empreinte de l'odeur du soleil qui cuit les briques des maisons. Je me sens indolente, mais pas pour autant mélodieuse. Je suis serveuse en attendant de trouver un emploi à New York qui me permette de payer mon loyer sans trop fatiguer mes méninges. Peu m'importe de me coucher tard et d'écrire jusqu'au petit matin.

Le Saint-Esprit ! On peut dire que vous allez vite en besogne, vous ! Je crois qu'il est grâce et sagesse.

J'espère que votre travail avance comme vous le souhaitez.

Amitiés,

Frances

30 octobre 1957

Chère Frances,

Ici aussi, il y a des pigeons. Ces garçons italiens sifflent et roucoulent au passage des jeunes étrangères qui traversent les piazzas. Ils sont aussi obstinés les uns que les autres : les garçons, eux, sont persuadés qu'ils ferreront ainsi une demoiselle, quant aux filles, elles se complaisent dans leur émoi, les sourcils froncés. C'est un bonheur pour moi de m'asseoir et d'observer ce manège. J'espère toujours qu'une fille finira par se retourner et accepter l'invitation.

Je ne connais pas Philadelphie.

Je n'aime pas perdre du temps quand j'ai rencontré quelqu'un que je veux mieux connaître.

J'ignore ce qu'est le Saint-Esprit ou ce qu'il fait. Sans doute est-ce parce que je suis venu sur le tard au catholicisme, d'où mon hésitation à approfondir ce mystère. Les protestants l'écartent, ils le trouvent trop mystique, ils craignent qu'il ne nous détourne du Père et du Fils. Ils se méfient tout autant du Saint-Esprit que des saints, une forme d'idolâtrie susceptible de focaliser l'attention vers un tiers, qu'il s'agisse du Saint-Esprit ou de saint François. Faire appel à ce tiers relève du paganisme. Est-il grâce et sagesse ? Comment le savez-vous ?

Ne parlons jamais travail dans ces lettres. Quand je vous reverrai, nous reparlerons de tout cela.

J'envisage notre correspondance comme un dialogue spirituel.

Amitiés,

BERNARD

20 novembre 1957

Cher Bernard,

Marché conclu ! Pas question de parler travail. Je n'aime pas plus que vous écrire au sujet de ce que j'écris. Je peux en parler, si l'on insiste, mais je préfère le silence. Je ne veux pas faire de grandes déclarations sans être sûre d'y donner suite.

À vrai dire, je me méfie beaucoup des projets que l'on qualifie de spirituels. Je crains – et cette crainte est liée à mon aversion pour les grandes prétentions dans le domaine de l'art – que plus une personne paraît consciente de sa spiritualité, moins cette spiritualité est authentique. Ce que vous recherchez n'a rien à voir avec ça, je le sais. Je doute aussi qu'une quête obstinée finisse par nous conduire à la révélation. C'est certainement une erreur de le croire.

Voilà aussi pourquoi je crains de ne pas être à même de parler du Saint-Esprit d'une manière qui vous le rende visible ou présent. Je crois qu'il est esprit de conseil, car le Christ l'appelle ainsi et pour moi, esprit de conseil signifie qu'il est grâce et sagesse. Je n'ai toutefois pas vécu l'expérience de la grâce et de la sagesse dansant telles des langues de feu au-dessus de ma tête, et si un jour je me rends compte que j'ai agi avec sagesse ou reçu une intuition clairement inspirée par le Saint-Esprit, je vous préviendrai. Mais je ne veux jamais me sentir touchée ni comblée de dons spirituels. Ni sentir que Dieu se meut sur la face de mes eaux. Ce serait trop pour moi ! Cela reviendrait à être désarçonné par la foudre, n'est-ce pas ? Je préfère me cantonner dans une certaine confusion. La confusion, pourquoi pas, pourvu que j'entrevoie de temps en temps quelque chose que l'on pourrait appeler clarté, histoire de ne pas désespérer.

Amitiés,

FRANCES

6 décembre 1957

Chère Frances,

D'accord ! Mon enthousiasme d'avoir trouvé un interlocuteur valable l'a emporté sur la raison !

Mon péché à moi, c'est de poétiser. Vous l'aviez remarqué ?

Vous avez beau protester, je crois que je comprends mieux à présent le Saint-Esprit.

Pourquoi désespérez-vous ?

L'Italie n'est plus musique. Elle me paraît à présent décrépite, au bord de la tombe, je suis content d'en repartir la semaine prochaine. Je ne puis même pas dire que je me réjouisse que mon italien soit désormais aussi mélodieux que mon allemand est fonctionnel ! Je ne me sens plus indolent, mais écrasé par l'effort. Comme si je trimballais des dalles de marbre d'une vague idée à l'autre.

J'ai péché contre nous, j'ai parlé boutique. Donnez-moi une pénitence.

À mon retour, j'irai habiter à Boston chez Ted, mon camarade de chambrée à l'université, un ami qui est comme un frère. Je vais donner des cours à Harvard. Je dois aussi être rédacteur de la *Charles Review*. Je suis impatient de retrouver Boston. Vivre si près de mes parents ne m'enchante guère, mais je pense réussir à tenir à distance leur côté béotien. Envoyez-moi votre prochaine lettre à l'adresse au dos de cette page.

En fait, envoyez-moi donc quelques extraits de ce roman auquel vous travaillez. Je vous l'ordonne.

Amitiés,

BERNARD

15 décembre 1957

Bernard,

Je souhaite que cette carte postale représentant le musée de Philadelphie et l'imposante Schuylkill vous plaise. Après ça, vous n'aurez plus besoin d'y aller.

J'espère que votre installation à Boston se passe bien et que vos dalles de marbre ont repris chair et vie.

Oh, je ne désespère de rien. Du moins, pour le moment. J'exagérais. Et si jamais c'était le cas, je ne vous en parlerais sans doute pas, par égard pour vous autant que pour moi. Et aussi pour Dieu. Décrire mon désespoir serait le poétiser et le légitimer. Or je ne suis pas Dostoïevski.

Non, je ne vous enverrai pas d'extraits de mon roman pour le moment, il infuse. Je suis toutefois très honorée que vous souhaitiez y jeter un coup d'œil.

Les pénitences appartiennent à Dieu et non pas à moi. À la place, je vous souhaite un joyeux Noël. Soyez comblé d'amour et de joie et chantez Noël.

Amitiés,

FRANCES

1er janvier 1958

Chère Frances,

Bonne année ! Nous sommes en 1958. Est-ce que cela change quelque chose pour vous ?

J'ai remis mon manuscrit à mon éditeur. Je suis dans cette période terrible entre deux ouvrages : dans l'attente de directives éditoriales, j'arpente l'appartement, tel Hamlet attendant le fantôme de son père. Même si j'ai commencé à écrire ce qui deviendra peut-être des poèmes pour le prochain recueil, je ne peux m'y lancer à fond. Les vers sont une bande de jeunes fripons indisciplinés qui ont jugé leur père et l'ont trouvé inepte. Face à cette agitation, le mieux est de parler, de boire ou… de boxer ! Je me suis rendu plusieurs fois dans une salle de sport lorsque j'étais à Harvard, j'envisageais de me mettre à la boxe, mais j'y ai vite renoncé. « Tu n'aurais pas oublié ta petite culotte en dentelle, par hasard ? » m'a sorti un jour un gars avec lequel je m'entraînais. Je l'ai expédié au tapis en moins de deux et n'ai jamais remis les pieds là-bas. Si j'avais été un habitué de ce club et avais vu un Bostonien, blanc comme moi, en franchir le seuil d'un pas nonchalant, j'aurais eu, moi aussi, envie de lui casser la figure.

Si je n'étais pas censé donner un cours dans les prochains jours, ce que je ne cesse d'oublier, sans doute sauterais-je dans un autocar ou un avion dans l'espoir qu'un bol d'air étranger me revigorerait.

Je croyais en avoir assez de l'Italie, mais maintenant que je me retrouve dans cette Boston frigide et terne, au ciel gangrené de nuages, après un dîner déprimant avec mes parents, déjà pièces de musée, figés dans leur suffisance, je n'ai qu'une envie, retourner vers ces lieux où l'histoire flotte dans l'air tel l'encens après la messe, encore bien vivante, où au détour de chaque rue vous guette une merveille spirituelle ou architecturale.

Autre merveille : la perspective de mieux vous connaître. Et pour commencer :

Frances, où en ce monde êtes-vous allée en dehors de Londres ?

Où en ce monde aimeriez-vous aller ?

Avez-vous lu ces temps derniers quoi que ce soit qui vous plaise ? Quoi que ce soit que vous ayez détesté ?

Quel est votre nom de confirmation et pourquoi ?

Les Évangiles ou saint Paul ?

Ou bien est-ce là une question à ne surtout pas poser ?

Le Paradis perdu ou *La Divine Comédie* ? Ou ni l'un ni l'autre, mais plutôt l'œuvre de Shakespeare ?

Ou bien est-ce là une question à ne surtout pas poser ?

James Baldwin ? (Dites oui, par pitié !)

Les commérages… Dans la hiérarchie des péchés, je les mettrais un ou deux degrés au-dessous des péchés véniels, pas vous ?

Lequel des participants à notre atelier d'écriture auriez-vous voulu empoisonner ?

Vous est-il déjà arrivé d'envoyer une lettre et de le regretter par la suite ?

Ou bien oubliez tout cela et racontez-moi quelque chose que je pourrais ne pas croire à votre sujet.

Amitiés,

BERNARD

10 janvier 1958

Cher Bernard,

J'ai beau n'avoir jamais remis de manuscrit à un éditeur, j'ai l'impression que je vivrais cela à peu près comme vous. Il m'est arrivé, à la fin d'une année scolaire, de passer une bonne quinzaine de jours à me dire que sans un examen à préparer ni un mémoire à rédiger, je n'avais aucune raison de vivre. Je suis prise de tremblements existentiels, je ressemble à ces petits jouets que l'on remonte et qui jacassent en tournant en rond jusqu'à ce qu'ils s'arrêtent soudain et tombent, épuisés. Quand mes tremblements existentiels s'arrêtent, je finis par comprendre que personne ne va m'appeler chez moi pour me demander une dissertation de vingt pages pour jeudi prochain, je peux descendre sur la plage la conscience tranquille.

Qui vouliez-vous donc empoisonner à l'atelier d'écriture ?

Quelque chose que vous auriez du mal à croire à mon sujet ? Hum, voyons… Je ne pense pas que nous nous connaissions depuis assez longtemps pour vous surprendre ! Hum, hum… Peut-être ne croiriez-vous pas que les enfants m'aiment bien, c'est pourtant vrai. Ou que je n'ai cessé de passer et de repasser *Ella and Louis Again* depuis que je l'ai reçu à Noël. Je ne suis pas en mesure d'argumenter sur ce qui me plaît au juste dans ce disque, je suis archiconventionnelle et je n'y connais rien en musique, mais un je-ne-sais-quoi dans les basses d'Ella me donne l'impression de flotter sur un océan couleur de minuit. Écrire à un poète déteint peut-être sur moi et ce n'est pas forcément du meilleur effet.

Je dois aussi ajouter qu'adolescente, j'ai eu le béguin pour Cary Grant, ce n'était pourtant pas mon genre de m'éprendre de vedettes de cinéma, mais plutôt celui de ma sœur, qui avait une photo de Tyrone Power sur sa commode. À vrai dire, Grant semblait sorti d'un roman plutôt que d'un studio de Hollywood. Qu'est-ce qui fait son charme ? C'est un homme raffiné, qui peut glisser dans le ridicule sans que cela n'éclipse son raffinement. Bref, je serai franche : j'ai encore un faible pour Cary Grant. Il se pourrait qu'il soit le ciment dans ma relation avec ma tante Peggy. Elle dira à haute voix par-derrière son journal, comme si elle lançait une invitation à tous ceux qui sont dans la pièce et pas juste à moi : « On passe *Elle et Lui* au Ritz. » Ce à quoi je répondrai de derrière mon bouquin, avec une feinte nonchalance : « À quelle heure ? » et nous filerons illico vers le Ritz comme des femmes à qui l'on a dit que leur idole serait là en chair et en os.

Les Évangiles *et* saint Paul : les Évangiles parce qu'ils représentent la foi de Dieu dans notre imagination, et saint Paul parce que la plupart du temps nous sommes trop stupides pour nous en servir.

Et maintenant, suffit, assez parlé de moi. Écrivez-moi vite, s'il vous plaît.

Amitiés,

FRANCES

17 janvier 1958

Chère Frances,

Que ceci soit bien clair entre nous : le conventionnel, c'est *moi*. En fait, l'autre jour, des étudiants me l'ont gentiment reproché en apprenant que je ne possédais pas de disques de jazz. Je n'en ai pas et je vais vous expliquer pourquoi : c'est un facteur d'agitation et je suis déjà bien assez agité comme ça. Non que je n'aime pas le jazz, à vrai dire, j'aimerais bien l'apprécier ! C'est juste que chaque air est l'équivalent de quatre douzaines d'appels à un standard qui sonne de partout et clignote comme un flipper. J'ai dix ans de moins que Kerouac et pourtant ma réaction en le lisant me donne l'impression que mes chemises sont aussi empesées que celles de mon père. Kerouac et moi sommes catholiques et pourtant ses extases m'insupportent : son mysticisme ne révèle rien d'autre que sa propre psychologie. Les autodidactes m'agacent toujours un peu, car ils vouent un culte idolâtre à leurs héros ou à leur propre ego, qui les enferme dans une adolescence artistique. Lorraine, l'odalisque en kimono, une fille de l'atelier d'écriture dont vous vous souvenez peut-être, en est le parfait exemple : elle vénérait Colette. Je ne suis pas jaloux de Kerouac, il ne me laisse pas perplexe, mais indifférent. À la grande déception de mes étudiants qui souhaiteraient, semble-t-il, que je me lance dans une philippique le dénonçant comme un faux héritier de Rome, et qui veulent être aux premières loges d'une sorte de joute réactionnaire intellectuelle. Qui plus est, ils souhaiteraient que je les autorise à faire les quatre cents coups sous prétexte qu'ils écrivent des poèmes. Je suis passé par là aussi, mais loin de moi l'idée de stimuler par l'indiscipline mon don pour la poésie. Cette année, les élèves les plus doués se plaisent à croire que le talent les dispense de discipline. Ne percevant parmi eux aucun talent qui vaille la peine que je les sauve de cette folie, je me cale dans mon fauteuil et les regarde aboyer et fainéanter, tels des phoques sur les rochers du Maine. Qu'est-ce que ça peut me faire ? Je viens d'achever un recueil, j'apprécie mes vacances. J'écris à présent tous les jours et je préférerais que l'on ne me sollicite pas trop.

Je ne suis pas grand amateur de cinéma, c'est entendu, mais je suis quand même capable de reconnaître que Cary Grant est doté d'une telle élégance que c'en est scandaleux ! Toujours est-il que je ne vous aurais jamais prise pour une fan de quoi que ce soit apparenté de près ou de loin au jazz. Même si, en y repensant, il y a quelque chose en vous qui, me semble-t-il, swingue et se révèle dans votre sourire.

Les enfants m'aiment bien, moi aussi, ils me prennent pour un ours.

Qui aurais-je empoisonné ? Cette femme qui dépeçait *Ivanhoé* ! Elle me rappelait un peu ma mère.

Ci-joint un cadeau pour vous. Je me rappelle vous avoir entendue dire que vous aimiez Bach, le jour où nous avons déjeuné ensemble pendant l'atelier d'écriture. Je vous envoie cet enregistrement de Glenn Gould, car je devine qu'il vous plaira. (À mesure que ma troisième décennie tire à sa fin, j'en suis au point où je préfère que mes jeunes en colère s'en prennent, tant qu'à faire, à Chopin.) J'ai un faible très net pour la plage 25.

Amitiés,

BERNARD

24 janvier 1958

Cher Bernard,

Merci de tout cœur pour le disque. Quel merveilleux cadeau ! Je l'ai passé le soir même et me suis surprise à poser mon livre pour l'écouter. Et depuis, je n'ai cessé de l'écouter. Je ne connais rien de comparable.

Bien sûr que je me souviens de Lorraine.

En ce qui concerne Kerouac, j'y suis allergique, moi aussi. Les Beats sont juste une troupe d'affreux boy-scouts qui tentent de s'arroger les badges du sexisme et de la destruction culturelle. Hum ! Vous vous sentez, dites-vous, aussi empesé que votre père. À cela je réponds : et si je me mettais au tricot à mon âge ? Je me sens obligée d'insister sur le fait que je vote toujours démocrate.

Pour ce qui est d'être autodidacte, j'oserai dire que je le suis, comparée à vous. J'ai fréquenté des écoles paroissiales tenues par des religieuses et j'ai obtenu ma licence dans une université qui n'est pas Harvard. Mais je n'ai jamais considéré les auteurs comme des héros, voilà sans doute pourquoi vous continuez à m'écrire.

Hormis le Gould qui m'a fait oublier que nous étions en plein mois de janvier, rien de palpitant à vous raconter ! Pas la moindre anecdote ! J'écris, je bosse, je fais la cuisine, je lis dans la salle de séjour pendant que mon père est plongé dans ses mots croisés et que ma sœur fait la vaisselle, puis je me retire dans ma chambre quand ils allument la télévision. Pour moi la mi-janvier est aussi redoutable que les ides de mars ! J'ai une requête à vous faire : accepteriez-vous de me dire comment vous vous êtes converti ? J'aimerais tellement savoir.

Encore merci pour le disque.

Amitiés,

FRANCES

31 janvier 1958

Chère Frances,

Je continue à vous écrire parce que je veux votre amitié, sotte que vous êtes ! Loin de moi l'intention de vous blesser. Je peux comprendre que vous vous qualifiiez d'autodidacte : apparemment, tout ce que vous avez appris, vous l'avez appris en dépit de votre parcours scolaire et universitaire, et non grâce à celui-ci, mais c'est des rustres dont je parlais. J'ai remarqué que vous respectiez la tradition sans vous laisser écraser par son poids. Vous savez ce que vous aimez et qui vous suivrez ; vous savez quand, pourquoi et où vous prendrez des voies divergentes. La plupart des auteurs que j'admire allient respect et courage. Comme je le répète à mes étudiants : si vous ne savez rien, tâchez de connaître les règles. J'oublie toutefois que l'étudiant que je fus a donné bien du fil à retordre à ses professeurs. J'étais horriblement agressif. N'ai-je pas fait pleurer ma jeune prof d'allemand parce qu'elle refusait des poèmes que j'avais écrits dans la langue de Goethe pour un examen de fin de semestre ? Je lui ai dit que le fanatisme avec lequel elle s'accrochait au protocole faisait d'elle un stéréotype, et par là même, un piètre ambassadeur pour son pays qui avait pourtant bien besoin de tout ce qui pouvait redorer son blason.

Je vous le redis : loin de moi l'intention de vous blesser.

Le cœur de l'hiver est très éprouvant. Si éprouvant que Ted et moi donnons une soirée ce week-end pour nous changer les idées. Il vient de m'apporter des verres à liqueur remplis de variations sur le bloody mary, qu'il essaye d'améliorer. Je lui ai dit qu'ils avaient tous le goût d'une soupe en boîte plutôt corsée. Ted vous dit bonjour. D'après lui, vous ne devriez pas m'écouter en matière de goûts et de saveurs, parce qu'il m'est arrivé de subsister pendant des jours avec des cacahuètes et de la bière, tel un éléphant de cirque qui picole.

Je vous parlerai de ma conversion la prochaine fois. Je ne suis pas d'humeur à fulminer par écrit. Comme j'aimerais que nous nous retrouvions pour évoquer ce qui compte le plus, dans une pièce dont l'air serait imprégné de nos affinités. En janvier, un homme se retire dans les grottes du désespoir, il fantasme une flambée de sentiments. Les lettres sont des glaciers, d'insignifiantes frégates qui nous piègent là où nous nous trouvons à cet instant, incapables de nous mener à la vérité.

Amitiés,

BERNARD

11 février 1958

Cher Bernard,

Pas besoin de vous excuser. Ce que j'avais écrit se voulait un petit clin d'œil, rien de plus, mais je peux voir comment vous avez pu le prendre. Même si vos conjectures reposent sur un long déjeuner, je crois que vous avez raison à mon sujet. J'ai emprunté ce dont j'avais besoin à Miss Austen et à quelques Russes et j'ai fait mes valises.

Votre soirée était-elle réussie ? Ted a-t-il fini par comprendre qu'il devait ajouter un peu de moutarde à ses bloody mary ?

Oh ! Bernard, votre pauvre professeur d'allemand ! Mes tantes se plaisaient à dire que j'étais possédée, mais je vous garantis que, dans votre cas, elles auraient appelé le grand exorciste sur-le-champ. Rafraîchissez-moi la mémoire : aimez-vous les femmes ou les détestez-vous ? Pour que je sache à quoi m'en tenir.

Je serai brève car j'ai deux critiques de livres à rédiger pour la revue de l'Université de l'Iowa et je dois prendre des tas de notes. Voici une avant-première de mon article : si votre foi flanche et que vous décidiez d'en faire un bouquin, évitez de suggérer au lecteur que les seules issues possibles sont le mariage ou le suicide.

Pendant que j'y pense… je sais ce que vous voulez dire : une lettre ne remplacera jamais une présence. Le Christ n'aurait jamais enseigné à ses disciples par correspondance ! J'en suis à peu près sûre.

Amitiés,

FRANCES

23 février 1958

Chère Frances,

Fichtre, vous n'y allez pas de main morte, vous ! Mais ça me plaît.

Vous m'avez demandé comment je me suis converti.

Enfant, je fréquentais l'église congrégationaliste. Nous y allions chaque semaine, par *nous*, j'entends ma mère et moi. Cela ne voulait rien dire, en réalité, c'était ce qui se faisait, un point c'est tout. Mon père estimait qu'il incombait à ma mère de m'y emmener. À ce jour, j'ignore ce qu'il croit vraiment au sujet de Dieu. Non qu'il trouve la religion ridicule, il a trop de prétentions intellectuelles pour cela, mais, à mon avis, il estime qu'elle existe afin de permettre aux fidèles de profiter du nécessaire et respectable tralala des jours de fête pour resserrer les liens avec le clan. Le prix de la respectabilité. Ma mère voit les choses de la même façon. Je ne leur en ai jamais parlé, ni à l'un ni à l'autre.

Quand j'ai eu huit ans, ma mère décida de ne plus m'emmener à l'église parce que j'avais férocement pincé la nuque d'un vieil homme assoupi sur le banc devant nous. Dieu sait que j'en avais vu des gens s'endormir pendant l'office, mais ce vieillard était assez près de moi pour que je le châtie. Un châtiment, car c'est ainsi que je voyais les choses. (Gamin, j'étais une vraie brute. Ah ! J'en ai fait saigner des nez avant d'entrer au lycée !) J'étais ravi de ne plus avoir à y mettre les pieds. Au lieu d'écouter des sermons, je lisais la Bible, je l'ai lue et relue d'un trait jusqu'à l'Apocalypse et je savais que c'était le genre d'église que Jésus aurait vomie de sa bouche. Tiède, ni chaude, ni froide. De malheureux bardeaux moribonds du Massachusetts.

Je n'aimais pas l'église, mais j'étais en quête d'un absolu et de ses exigences.

J'ai fait des études de lettres classiques à Harvard en partie parce que je voulais me familiariser avec les civilisations qui ont été le berceau du christianisme. Et en partie aussi parce que j'étais un sale crâneur. Ted se plaît à dire que j'ai fait des études classiques pour savoir d'où venait la civilisation occidentale, afin de mieux la conquérir à travers la littérature.

J'étudiais donc et protestais dès que les puissants l'emportaient sur les faibles. J'organisais des manifestations. Contre la conscription, contre la ségrégation, contre McCarthy. Je me cassai le bras en tentant d'escalader la Memorial Church de Harvard en manifestant contre la bombe atomique. Je remplissais le *Crimson* de tribunes sur ma conception de la démocratie chrétienne. J'organisai même une grève de la faim de plusieurs jours pour protester contre l'embauche par l'université d'un idéologue de droite, auteur d'un pamphlet contre l'aide sociale. Le troisième jour, je m'évanouis. Mon père menaça de cesser de payer les factures si, pour reprendre son expression, je recommençais « un truc pareil ». Et dire que je faisais tout cela au nom du Christ ! Je n'allais pas à l'église, mais j'agissais au nom du Christ. Tout ce que vous avez fait au plus petit d'entre mes frères, c'est à moi que vous l'avez fait. Qui vient en aide à l'un de ces petits en mon nom, me vient en aide.

Maria. Maria suivait un cours avec moi quand j'étais en troisième année. Brune aux yeux noirs, elle avait le teint clair, un grand feu intérieur l'avait dévorée avant de s'éteindre, la laissant blanche et défaite. D'origine russe, Maria habitait Brooklyn. Nous couchions souvent ensemble. Je ne pensais pas l'aimer, mais j'aimais coucher avec elle. Je la trouvais belle et je rêvais de posséder quelque chose de beau. Jusqu'au jour où j'ai eu l'impression de n'être qu'un joujou pour elle. Comme Babe le bœuf bleu, une stupide grosse bête américaine qui a une foi aveugle en ce qu'il croit, qui charge et s'ébroue, se rue vers des buts qu'il n'atteindra jamais. Son grand-père avait été liquidé par Staline et, aux yeux de Maria, tout engagement politique était le comble de la naïveté. Ne me dit-elle pas un jour que je pourrais avoir un bel avenir, mais devais cesser de croire que Dieu y serait pour quelque chose ? D'après elle, ma foi m'infantilisait : seul un enfant gâté pouvait croire en l'existence de Dieu. Cela me stimula, tout en me rendant fou. J'avais commencé à croire que je pourrais l'aimer d'une façon ou d'une autre. Je me rendis dans sa chambre un soir où j'étais soûl. Je me jetai sur elle en hurlant, parce que je voulais qu'elle me respecte davantage qu'elle ne me respectait. Je voulais qu'elle me désire davantage qu'elle ne me désirait. J'entends par là que je ne voulais pas qu'elle me voie comme un enfant, je voulais qu'elle ait envie de moi. Elle essaya de me flanquer à la porte. Je la traitai de putain. Je me réveillai le lendemain matin sur le pas de sa porte, du sang séché autour des narines et sur ma lèvre supérieure. Elle m'avoua plus tard qu'elle m'avait poussé et que mes jambes s'étaient dérobées sous moi, j'avais atterri sur le plancher, d'où mon saignement de nez. Elle avait failli appeler la police, mais une telle réaction lui avait paru disproportionnée. Elle ne voulait plus entendre parler de moi. À l'école, je me bagarrais sans cesse, je prenais la défense de quiconque n'avait pas de frère aîné, une vaillance due en partie à ma condition de fils unique qui m'empêchait de passer pour un héros aux yeux d'un jeune frère ou d'une jeune sœur. Dans ce cas, les circonstances étaient différentes. J'avais usé de violence envers une femme, j'en étais malade. J'avais la nausée en pensant au gamin bagarreur, turbulent, que j'avais été et je considérais mon passage à Harvard comme le prolongement de mon enfance. J'avais grandi en petit dur qui n'en faisait qu'à sa tête, qui voulait asservir le monde en s'imposant sans vergogne, et voici que ma vie commençait soudain à ressembler à une succession de méchants caprices. J'étais habitué à l'excès, à voir le moindre de mes souhaits se réaliser ; ma volonté cédait à la moindre tentation.

De temps à autre, quand je refusais de me rendre à une réunion de famille ou de m'habiller correctement pour l'une de ces occasions, ou quand je rejetais les propositions d'aide financière de mes parents, ou décevais leurs espoirs de me voir un jour avocat, ma mère me ressortait l'anecdote suivante : « Lorsque tu avais quatre ou cinq ans, tu as reçu une patinette et un après-midi où tu te promenais avec ton père, tu as voulu voir jusqu'où tu pouvais aller. » Au bout d'un moment, mon père m'a demandé de revenir, mais j'ai fait la sourde oreille. « Personne ne peut m'arrêter, sauf Dieu », aurais-je répondu. J'ai maintes fois repensé à cette réplique après ce qui s'était passé avec Maria. J'en ai conclu que je devais cesser de me dire que Dieu seul pouvait m'arrêter. Sans doute devrais-je essayer de me soumettre à Lui plutôt que de me prendre pour Lui.

Et voici qu'au début de mon année de licence, au cours d'un dîner chez un professeur, j'ai rencontré un théologien, et nous avons parlé. Il a mentionné Maritain pour qui « l'Art est vertu de l'intellect pratique[1] » (vous savez cela), et, après avoir lu Maritain, j'ai décidé que l'art devrait être mon champ d'action et qu'il fallait me convertir au catholicisme. C'était tout simple, ça m'est venu en une nuit.

Je me suis posé des questions et je continue à m'en poser. Je veux réfléchir en profondeur et ne pas me laisser entraîner quelque part où je ne servirais à rien. J'entends par là que je m'en tire assez bien quand j'écris et je crains que, même si cela m'assure une certaine notoriété, cela peut aussi bien me rendre inutile. Ma ligne de conduite pourrait aboutir à un désordre inintelligible. J'ai vu dans ce théologien, dans son catholicisme, une déclaration

1. Jacques Maritain, *L'Intuition créatrice dans l'art et la poésie.*

bien étayée et cohérente de ce que je croyais. Et cela semblait un signe : vous voyez soudain ce qui est possible et vos peurs diminuent. Je me suis converti au catholicisme lors de la fête de Pâques qui a suivi.

J'étais donc en licence, j'aurais pu continuer mes études et envisager un doctorat, au lieu de cela, j'ai décidé d'entrer à la Trappe. Mes parents étaient furax. Ils avaient espéré que je me raviserais et ferais mon droit, preuve qu'ils me connaissaient bien mal ou n'avaient guère cherché à me connaître. J'allai passer deux mois dans un monastère de Virginie cet été-là. Les moines me savaient sincère, même s'ils se doutaient que je ne resterais pas. Vers la fin de l'été, l'abbé dit qu'il croyait m'avoir vu, je le cite, m'« approcher de la sainte table moite de sueur ». Il me conseilla de m'en retourner dans le monde. Je ne devais pas chercher dans la religion expiation ou refuge. Si je m'obstinais dans cette voie, je risquais de le regretter. À son avis, mieux valait vivre ma foi dans le monde, écrire sur Dieu dans le monde et à l'intention de ce monde. Au monastère, poursuivit l'abbé, je serais tenté d'en faire trop, je perturberais. Il me dit que ma pénitence serait bruyante, sans pour autant être joyeuse et, par là même, elle serait susceptible de distraire les autres frères. Non que la vie religieuse fût exempte d'angoisse, mais il y avait également de la joie dans les Psaumes et il serait sans doute plus aisé pour moi de trouver cette joie, si tant est que je puisse la trouver, dans le monde, ou qui sait dans le mariage, voire dans une famille. D'après lui, j'appartenais à ce monde et ne devais pas y renoncer. Il me rappela que Maritain n'était pas prêtre.

Là-dessus, soucieux de vénérer Dieu tout en restant dans le monde, j'allai frapper chez les Catholic Workers, le mouvement catholique ouvrier, à leur foyer de l'East Village. On ne tarda pas à me montrer la porte. Pour une histoire de jupons : une fille qui vivait là s'était imaginé que je la trouvais à mon goût. Elle était gênée par le fait que je lui aie dédié des poèmes. (Oui, j'admets que cela puisse sembler inquiétant alors que leur auteur est sorti depuis belle lurette de l'adolescence.) Elle me dit un jour que le temps que je passais à me confesser l'avait convaincue que je voyais là non pas l'occasion de faire contrition, mais de m'adonner à des envolées lyriques. La fille en question avait des tresses blondes. Elle s'appelait Ellen. Le fond de son âme paraissait propre, bien rangé ; en y repensant, ce sont peut-être juste ses nattes dorées, tressées serré, qui me donnèrent cette impression. Elles me rappelaient la pureté et la gravité de l'enfance. Avec ces nattes, ce visage poupin de lys et de rose, son front impérieusement bombé, j'en avais fait une des compagnes, vierges et martyres, de sainte Ursule, perdue de vue depuis longtemps ; avez-vous vu ces bustes flamands au musée des Cloîtres ? À présent, je sais que j'ai pris sa gravité pour un authentique rayonnement spirituel, mais, à l'époque où j'étais convaincu d'être amoureux d'elle, je me disais que l'abbé avait sans doute eu raison et que Dieu m'avait fait sortir du monastère car il pressentait que le célibat serait désastreux pour moi. Parce que je me croyais amoureux de cette fille et que j'écrivais des poèmes dans cet endroit où je faisais également du bien, du moins je l'espérais. Aussi, même après avoir été prié d'en partir, je ne me laissai pas décourager, car j'avais appris une leçon, me disais-je, et j'avais eu un signe : non, je n'avais pas besoin de m'en tenir aux limites d'une communauté religieuse, soit en tant que frère lai soit en tant que prêtre, pour vivre en chrétien.

J'ai passé l'année dernière à lire des manuscrits et à écrire. Puis j'ai participé à l'atelier d'écriture de New York où je vous ai rencontrée.

Amitiés,

BERNARD

1er mars 1958

Bernard,

Mon Dieu, Bernard ! Un effort pareil ! J'étais épuisée rien que de lire votre lettre. Chez les trappistes ! Je suis une chrétienne bien mollassonne. Votre lettre m'a donné des complexes, mais je pense que vous et moi avons un petit point commun.

Quand j'avais huit ou neuf ans, une bonne sœur me persécutait. Elle répondait d'un ton ironique à mes questions et se comportait comme si j'étais une enfant trouvée, sanglée à son dos. Malgré mon jeune âge, j'avais compris que cette brave sœur avait une dent contre moi parce que je posais des questions. J'étais toujours polie quand je les posais, mais je les posais, ce qui la mettait en rage car cela signifiait que je défiais sa petite cervelle.

Un beau jour, elle posa une question à toute la classe – j'ai oublié laquelle – et, dans ma hâte de répondre, je lui coupai la parole. « Frances, lança-t-elle d'un ton cassant, en me regardant droit dans les yeux, cette fois, ça suffit ! » La goutte d'eau avait fait déborder le vase. Je me levai d'un bond. « Ma sœur, pourquoi me parlez-vous de cette façon ?

– Que voulez-vous dire par là ? » répliqua-t-elle, le bout des doigts posé sur son bureau, debout, raide comme la justice, prête à parer et riposter, insolence contre insolence.

Silence inquiet des filles derrière moi. « Vous êtes méchante avec moi, et je ne comprends pas pourquoi.

– Vous m'avez interrompue.

– Ma sœur, répondis-je, si nous disons : "Nous n'avons pas péché, nous faisons de lui un menteur, et sa parole n'est pas en nous". » C'était un passage d'une épître de saint Jean que l'on avait lue à la messe la semaine précédente. On aurait dit un fusil de chasse à pointer sur ceux qui dépassaient les bornes.

On m'expédia chez la mère supérieure. Mon père fut contraint d'aller dénouer la situation. Il me dit que je ne devais répondre à aucun de mes professeurs avant d'aller à l'université, car son travail à temps partiel de gardien de l'église – il était employé dans une imprimerie pendant la semaine – nous dispensait, ma sœur et moi, des frais de scolarité. « Ces sœurs ne sont pas plus saintes que le reste d'entre nous, me confia-t-il. Elles n'ont jamais connu l'amour de qui que ce soit, sauf celui de Dieu, et encore, mais elles se sont montrées charitables envers nous, aussi dois-tu être gentille avec elles. La gentillesse est toujours récompensée, Frances. » Je n'éprouvai pas pour autant plus de sympathie à leur égard, mais à l'avenir, je retins ma langue, pour mon père plutôt que pour elles. J'aime à croire que Jésus m'a pardonné ce péché parce que je venais tout juste d'atteindre l'âge de raison. Si ma sœur Ann avait été flanquée à la porte et envoyée à l'école publique, je ne pense pas que mon père aurait fait une telle histoire, mais il était décidé à ce que j'obtienne une bourse et que j'acquière par mes propres mérites ce qu'il n'était pas en mesure de me donner. Il nous aimait, et il nous aime toujours, ma sœur et moi, mais il cachait mal sa joie de constater que j'avais quelque chose dans le crâne. Ann, de son côté, cache mal sa méfiance vis-à-vis de mes aspirations intellectuelles.

« Ces bouquins ne te tiendront chaud que si tu les brûles », se plaît-elle à répéter. À l'en croire, je ne vaux pas mieux que ces bonnes sœurs. Je crains qu'elle n'ait raison.

Mais n'oublions pas que l'on confond trop souvent gravité et rayonnement spirituel. Je pense que de nombreux croyants insistent à tort sur l'importance de la rigueur. Surtout ceux qui se sont agrégés à un groupe.

Amitiés,

FRANCES

10 mars 1958

Frances,

Je me sens des affinités avec votre père : j'apprécie moi aussi ce que vous avez dans le crâne.

Si nous étions allés à l'école ensemble, vous auriez eu du mal à me supporter. Vous auriez tancé du regard le moulin à paroles que j'étais tout comme, à l'atelier d'écriture, vous nous rappeliez tous à l'ordre, lorsque vous nous entendiez projeter d'aller boire un verre en ville. Un regard que vos grands yeux bleus de petite fille auraient rendu encore plus impressionnant.

J'apprécie également vos continuelles remontrances. Permettez-moi de me répéter : en ce qui concerne ma dernière lettre, sachez que nul n'a jamais pu m'arrêter. Pas même Dieu. J'entends par là que Dieu lui-même n'a pu me protéger de moi-même. Cela me désespère. Je me lance dans quelque chose, ne voyant et n'écoutant que ma volonté, et il faut que j'aille dans le mur – Maria, le monastère, les Catholic Workers. J'ignore, par conséquent, si j'ai entendu la voix de Dieu. Je me demande si c'est ma seule volonté qui, parlant haut et fort, m'a guidé vers le monastère, les Catholic Workers et m'a incité à me convertir. Pensez-vous que nous puissions entendre la voix de Dieu ? J'ai comme l'impression que vous me traiterez de naïf d'imaginer une telle chose.

Cela me fait du bien d'être entouré de personnes qui posent la main sur mon épaule et m'aident à avancer. Maria a peut-être essayé, mais je ne l'entendais pas. Par contre, j'entends souvent Ted. Il est venu me rendre visite chez les Catholic Workers. Nous prenions une tasse de café à la cuisine où d'autres préparaient le dîner quand une dispute a éclaté au sujet de la quantité de viande à mettre dans la soupe. « Je pense que tous ici ont des problèmes. Toi y compris », a-t-il dit. Je ne pense pas qu'il avait entièrement raison, car il vient d'une famille dont les charbonnages démantèlent les syndicats, mais c'était juste après les réprimandes de la fille, aussi ai-je accepté sa remarque.

Votre histoire m'a rappelé ma préférence pour saint Jean. L'un de ses versets me poursuit : « Or voici le message que nous avons entendu de lui et que nous vous annonçons : Dieu est Lumière, en lui point de ténèbres. » Les ténèbres m'envahissent par moments. Mes pensées s'assombrissent. Non que cette noirceur me définisse, mais elle me parcourt et m'envahit. Cette noirceur est une main qui passe sur mon visage pour me plonger dans les eaux d'un sommeil lourd, douloureux. Pour m'en sortir, je dois m'efforcer de voir ce qui m'entoure afin de savoir où poser les pieds et les mains. Je n'ai qu'une hâte : sombrer dans l'inconscience. Je n'ai même plus envie d'écrire. Je regarde mes premiers jets tapés à la machine, les phrases glissent du papier et vont se perdre au loin, elles se décomposent en lettres, flottent comme un nuage de moucherons au-dessus de ma machine à écrire. Cette main peut aussi m'immerger dans un bain d'alcool, ou me catapulter contre les gens. J'ai attendu à des coins de rue, fantasmant que j'étais renversé par une voiture et que je mourais sur le coup. Toujours à des coins de rue, somnolent, j'imaginais des accidents de la circulation. Un jour, à Cambridge, je rêvassais à un carrefour, lorsque deux voitures se sont télescopées au feu en contrebas. Je me suis évanoui en entendant ce choc que j'avais appelé de mes vœux, mais il n'était pas survenu aussi près que je l'aurais souhaité. J'ai repris connaissance aux urgences, déversant des tombereaux d'injures sur les infirmières, furieux d'être toujours en vie.

Je me demande si j'ai bien fait de vous raconter ça – peut-être vous ai-je fait peur. Mais j'ai l'impression de vous connaître depuis longtemps, très longtemps, et cette noirceur m'accompagne depuis longtemps, très longtemps, et je ne veux rien vous cacher de ma personne.

Amitiés,

BERNARD

13 mars 1958

Bernard,

Non, vous ne me faites pas peur. Je n'ai, pour ma part, jamais rien éprouvé de comparable, mais je crois que ma mère a souffert de cela. Je ne pense pas que mes paroles puissent vous tirer de cette noirceur – peut-être est-ce là ma part d'ombre, refuser de croire que les humains que nous sommes peuvent mutuellement s'arracher au découragement grâce au petit mot qui réchauffe le cœur –, mais ne craignez surtout pas de m'en faire part.

Vous avez raison. Si nous avions été dans la même classe, sans doute vous aurais-je lancé ce fameux regard – celui-là même que je lançais à tout le monde là-bas, à l'atelier d'écriture, mais pas vraiment à vous, même s'il y a eu cette soirée où je vous ai vu tripoter le collier de Lorraine au moment où vous projetiez tous d'aller faire un tour en ville. Et je dois vous dire que j'ai toujours pensé que vous étiez trop gentil avec Lorraine. Sans doute parce qu'elle était la seule jolie fille de la bande, et que c'était plus fort que vous. Je sais que mon jugement évoque parfois celui d'une belle-mère irlandaise, mais je ne crois pas avoir été trop loin du compte. Cependant, n'hésitez pas à me contredire.

Mais revenons-en à l'école. Si j'avais pensé que vous aimiez trop le son de votre propre voix, je vous aurais rappelé les Écritures : « Quand je parlerais les langues des hommes et des anges, si je n'ai pas la charité, je ne suis plus qu'airain qui sonne, ou cymbale qui retentit. » Je vous aurais surnommé Airain qui résonne. Et vous auriez pu m'appeler Petit Mathusalem.

Si je crois que nous pouvons entendre la voix de Dieu ? Eh bien, cela renvoie à ce que j'ai déjà dit, à savoir qu'il peut être dangereux de croire que nous l'entendons. Je me méfie de ce que nous prenons pour des signes, ils ne sont peut-être que le reflet de nos propres désirs à travers un événement apparemment fortuit. Simone Weil m'horrifie, mais je pense aussi qu'une grande partie de ce qu'elle dit vient de Dieu. Votre question me rappelle une de ses phrases : « Mais cette présence du Christ dans l'hostie n'est pas un symbole, car un symbole est la combinaison d'une abstraction et d'une image, c'est quelque chose de représentable pour l'intelligence humaine, ce n'est pas surnaturel[1]. » Tout ce que nous croyons entendre sera corrompu, ou, pour reprendre son expression, dégradé.

Demander à entendre la voix de Dieu, demander des signes – voilà qui me semble une impertinence de premier ordre.

Toutefois, mes tantes et ma sœur ne seraient pas d'accord. Elles prétendraient que j'ai intellectualisé jusqu'à me priver de l'un des grands plaisirs de la foi catholique : les signes et les miracles, et tout un réseau de saints pour s'en occuper. Elles croient vraiment que Dieu nous parle, et avec un porte-voix par-dessus le marché. Ma grand-mère croyait à la prière pour trouver une place de parking. « Aidez-moi, Seigneur ! » suppliait-elle lorsqu'elle tournicotait pour en dégoter une. « Et si tu l'appelles et qu'il est occupé ? » ironisais-je. Elle riait et rétorquait : « Oh, tais-toi ! » et une fois sorties de la voiture, Ann me rabrouait d'un ton sec. Elle s'est toujours adressée à moi sur ce ton. Ma tante Margaret croit au chant de Bernadette, elle récolte de l'argent pour envoyer des pèlerins à Lourdes. Ann est capable de percevoir la bienveillance de Dieu dans une déconvenue. Les femmes de ma famille sont convaincues que Sa volonté sera faite. Toutes mes tantes estiment que c'est la volonté de Dieu si ma mère est morte jeune. Elles y étaient bien obligées. Elles nous ont laissé entendre, à Ann

1. Simone Weil, *La Pesanteur et la Grâce*.

et moi, qu'elle était « malheureuse ». J'en ai déduit que ma mère avait été hospitalisée pour une dépression nerveuse peu après son mariage avec mon père. Il y a deux ans, j'ai surpris une de leurs conversations. Elles ignorent que je suis au courant, et je suis curieuse de voir si elles en reparleront un jour. Mon père ne le fera jamais. Et moi non plus, en tout cas pas avec lui. Qui sait ce qu'il a enduré ? Je ne supporterais pas de le savoir, pas plus, je pense, qu'il ne supporterait de l'expliquer. Cela ne me regarde pas. Je crois que l'intensité de son amour pour nous lui a permis d'apaiser son chagrin.

Pardonnez-moi. Je ne voulais pas m'étendre aussi longuement. Voyez-vous, Bernard, je soupçonne qu'un jour, vous parviendrez à me faire confesser toutes sortes de choses à mon insu.

Mais il y a la prière et le discernement. La prière est un mystère que je ne devrais pas approcher. Je ne suis pas très douée pour cela. Je ne m'y adonne pas vraiment à moins qu'elle ne soit déjà écrite. Tout ce que je pourrais dire reviendrait à réclamer un poney pour Noël.

En parlant de prière, il y a chez Simone Weil une chose qui me sidère. Elle décèle de l'humour dans ces paroles : « Notre Père, qui êtes aux cieux. » Penser que nous pouvons vraiment frapper à sa porte et l'accueillir, malgré toute la distance qui nous sépare. Je suis la dernière personne à vouloir décrire Dieu comme une épaule réconfortante, mais j'ai l'impression qu'il s'agit là d'une forme d'humilité poussée à l'absurde. Elle poursuit : « Chaque fois qu'on dit : "Que votre volonté soit faite", on devrait se représenter dans leur ensemble tous les malheurs possibles. » Mais cela me paraît une plaisanterie – cela revient à dire que l'amour de Dieu fait invariablement de nous des Job. Un H. L. Mencken ou un Mark Twain pourraient mettre ces paroles dans la bouche d'un pasteur cynique. Je crois comme elle que la souffrance est un moyen d'entendre Dieu, ou de le connaître. Ou peut-être entendons-nous Dieu quand nous sentons, comme dit saint Jean, que nous faisons de lui un menteur et que sa parole n'est pas en nous. Quand nous avons conscience de la distance qui nous sépare de Dieu, pécheurs que nous sommes, alors nous l'entendons – il apparaît quand nous avons honte de notre nudité.

Sa théologie me semble parfois tout droit sortie de ses migraines.

Bernard, je ne veux pas que vous ayez des idées noires. Mes prières sont peut-être imparfaites, mais sachez que quand je prierai, je demanderai que votre ciel soit le moins sombre possible.

Amitiés,

FRANCES

Le 31 mars 1958

Frances,

Je suis vraiment désolé pour votre mère. Je dis toutes sortes de choses terribles sur la mienne, mais si elle venait à mourir, ce serait, je crois, comme si Dieu n'existait pas. Je suis toutefois très heureux que vous ayez reçu autant d'amour.

L'idée de vous appeler Petit Mathusalem rend mes pensées beaucoup moins sombres. Penser à vous en général rend mes pensées beaucoup moins sombres.

J'aime à vous imaginer disant une si belle prière. Merci.

Non, non, j'aime les jolies filles. C'est l'écharde dans ma chair, comme dirait saint Paul. Lorraine voulait qu'on la regarde, et j'aimais la regarder, comme on regarde un paysage – on n'en a pas besoin, mais c'est là devant vous, par hasard, ce n'est pas comme si j'attentais à sa vertu rien qu'en la couvant des yeux. Regarder quelqu'un qui veut être regardé n'est pas vraiment un péché, Frances, vous ne devriez pas en être jalouse.

J'ai lu Simone Weil et, comme vous, je pense qu'elle a raison, la plupart du temps. Elle a raison quand elle écrit : « Les hommes nous doivent ce que nous imaginons qu'ils nous donneront. Leur remettre cette dette. Accepter qu'ils soient autres que les créatures de notre imagination, c'est imiter le renoncement de Dieu. Moi aussi, je suis autre que ce que je m'imagine être. Le savoir, c'est le pardon[1]. »

Je frémis à la lecture de ces lignes. Chaque fois que j'ai imaginé quelqu'un ou quelque chose autres qu'ils ne sont, chaque fois que je me suis imaginé autre que je suis, j'ai eu les plus gros ennuis de ma vie. Dans ces moments-là, j'ai honte de ma nudité, pour reprendre vos mots. Mais je perds si facilement conscience de cette nudité.

Elle a raison, mais vous avez vous aussi raison à son sujet ! Je la lis et je me dis : si le Notre Père est une plaisanterie, les Psaumes en sont-ils une ? Qu'est-ce que la joie pour elle ? Toutes ses extases sont dans le déni de soi. Elle est obsédée par l'attrait des autres, les autres en tant qu'idoles. J'ai le sentiment de lire quelqu'un qui se châtie d'avoir trop aimé, ou d'avoir été trompée par sa foi en l'autre. Mais comment lui en tenir rigueur ? Qui n'a jamais idolâtré et n'a jamais souffert de cette idolâtrie ? Elle est une prophétesse, comme saint Jean. Elle est la voix de Jésus lorsqu'il dit : « Je suis venu apporter la division sur la terre. » Quand je me plains de sa gravité, c'est parce que je veux mon péché.

Mais est-ce la vérité ?

Je pense néanmoins qu'il y a trop de bouddhisme en elle, à mon goût. Et trop d'Augustin

1. Simone Weil, *La Pesanteur et la Grâce*.

en moi pour l'apprécier à sa juste valeur, pour penser que l'amour, le bonheur et la joie ne sont pas aussi intelligibles, aussi évidents, que la souffrance.

Amitiés,

BERNARD

5 avril 1958

Bernard,

Je ne suis pas jalouse. Je crois que cette pensée, pour emprunter l'expression de Simone Weil, est une créature de votre imagination. J'ai ri aux éclats en vous lisant. Oh, Bernard ! Vous savez certainement que toutes les filles ne valent pas la peine d'être regardées. Et qu'elles ne sont pas toutes jalouses. Voyons, vous n'êtes pas novice dans l'art de la séduction. Je n'étais pas jalouse. Je le répète, je jugeais. Vous étiez deux acteurs jouant l'affection, et pour quelqu'un qui ne réserve la sienne qu'à de rares privilégiés, disons que cette mise en scène laissait un peu perplexe.

Mais c'était avant de faire votre connaissance. Je dois avouer qu'au cours du déjeuner, et même après, je vous ai plutôt pris pour un goujat. Ce n'est plus le cas, mais peut-être y a-t-il trop de saint Augustin en vous !

J'ai beaucoup d'affection pour saint Augustin, même si je ne comprends ni ses appétits ni leur empire sur lui.

Amitiés,

FRANCES

17 avril 1958

Chère Frances,

Je vais interpréter la dernière ligne de votre lettre comme la preuve que vous avez aussi beaucoup d'affection pour moi. Je m'en réjouis vivement.

Hélas, oui, je me suis conduit comme un goujat. Un certain aveuglement en est la cause. La cruauté n'est pas la seule forme de muflerie, même si je reconnais avoir été cruel.

Je me demande… Avez-vous jamais accordé votre affection à quelqu'un en particulier ? Cette question me démangeait. Ne vous méprenez pas, je vous la pose avec toute la tendresse et l'innocence d'un frère. Tout comme je vous demanderais : Frances, quels sont les livres qui ont marqué votre enfance ?

À votre contact, je suis devenu circonspect. Ce n'est pas dans ma nature, mais ça me plaît.

Amitiés,

BERNARD

27 avril 1958

Cher Bernard,

Il y avait, à l'Université de l'Iowa, un jeune homme pour qui j'éprouvais de l'affection. Il est aujourd'hui marié à ma meilleure amie de l'époque. Inutile de vous en dire davantage.

Si ce n'est que j'ai rencontré mon amie la plus chère grâce à ce jeune homme. Lors d'une soirée dansante, j'étais aux toilettes en train de pleurer parce que ledit jeune homme avait choisi ce soir-là pour rompre avec moi. Claire se trouvait à côté. Pour couvrir le bruit de mes sanglots, je tirais et retirais la chasse, car j'avais honte de pleurer cet amour perdu et, qui plus est, en public, mais Claire entendit mes lamentations par-dessus le tsunami de la chasse d'eau. Elle frappa à la cloison. « Ça ne va pas ? demanda-t-elle. Voulez-vous que j'aille vous chercher de l'eau, de l'aspirine ou quelque chose à boire ? » Comme je tardais à répondre, elle ajouta : « Quelqu'un vous a fait de la peine ? » Mes pleurs redoublèrent. Claire se lava les mains et m'attendit. « Si vous saviez combien de fois j'ai pleuré dans les toilettes à des soirées dansantes, me confia-t-elle à travers la porte. C'est affreux, on s'en veut à mort. » L'emploi de l'expression « à mort » me plut. Quand j'émergeai enfin, j'aperçus une grande blonde aux cheveux relevés, vêtue d'une tunique en shantung vert. « Elle vous va à merveille cette robe ! » s'exclama-t-elle en me voyant. Je lui dis que je l'avais faite moi-même. Et à présent, deux ans plus tard, je ne sais pas ce que je ferais sans elle. Ce fut la première et dernière fois que je me rendis à un bal d'étudiants. Je préfère encore aller à un enterrement.

Et maintenant, dites-moi ce que vous lisiez quand vous étiez enfant.

Amitiés,

FRANCES

7 mai 1958

Chère Frances,

J'ai fait des choses assez moches dans ma vie, mais je n'ai jamais laissé tomber une fille pour une de ses amies. J'espère que je ne le ferai jamais. Il semblerait en fin de compte que c'est vous qui ayez gagné, puisqu'une amie comme Claire est apparue peu après dans votre vie.

Permettez à votre oncle Bernard ce petit sermon : à moins que, à l'instar de Kierkegaard, vous ne désiriez ce rejet et que vous échafaudiez tout un système philosophique autour de lui, vous devriez retomber amoureuse. Encore et encore, si nécessaire. C'est un des grands plaisirs de la vie.

Même aussi loin qu'ici, à Boston, je vous vois lever les yeux au ciel. Vos yeux si bleus.

Vos désirs sont des ordres, voici donc la liste des livres de mon enfance rangés par ordre de leur influence morale et esthétique.

La Bible. D'un bout à l'autre, à sept ans, puis très souvent, voire chaque jour, comme aujourd'hui à midi, au petit déjeuner. Le Psaume 51, dans la version King James.

Le Paradis perdu à onze ans. Mon attrait pour le diable était presque aussi effrayant que l'idée que je me faisais du personnage.

L'*Illiade* et l'*Odyssée* à huit ans. « Sur ces mots, il partit. Les autres le suivirent en poussant un cri perçant tandis que leur hôte hurlait derrière eux. »

La Mythologie de Bulfinch, à huit ans.

Hamlet, à douze ans.

Dickens. *Une histoire d'Angleterre pour les enfants*, à sept ans. Au début, je m'identifiai à Alfred, mais, plus tard, je vouai un culte à Cromwell, puritain lui aussi. Je recrutai les gamins du quartier pour former une New Model Army. Inutile de préciser qu'ils ne tardèrent pas à se mutiner, ce qui me fit vivre en reclus le reste de l'été ; j'en profitai pour lire...

L'Île au trésor.

Les frères Grimm, Hans Christian Andersen. À six ans, je les lisais et les relisais, fermement décidé à épouser une sirène. Dans l'espoir d'en trouver une, je m'éloignais du rivage et mon père était obligé de m'arracher à l'Atlantique. Après un de ces épisodes, alors que je frissonnais, sur le sable, enveloppé d'un plaid, j'entendis ma grand-mère maternelle dire à mon père avec un clin d'œil dans ma direction : « La seule façon d'assagir ce garçon, c'est le rouleau compresseur ! » Iceberg habillé de noir, elle était assise, immobile sous un parasol, une pile d'autres plaids recouvrait son pied gangrené de diabétique, que j'étais sans cesse prié d'éviter. J'ai souvent pensé que mon père avait peur de ce qu'il prenait pour les prémices du mal d'amour – mal qui le faisait languir de désir pour ma mère. À ce stade de leur mariage, elle avait suri, comme le lait. Elle était devenue une mégère sournoise et matérialiste. Cependant, j'ai largement compensé toute douceur qu'il craignait déceler en moi lors de ma préadolescence où je faisais régner la terreur en tabassant quiconque s'opposait à moi. Je me calmai, surtout au lycée, même si je flanquai un coup de poing à Ted durant ma première année à Harvard. Je le ratai. Lui, en revanche, me mit K.-O. Voilà pourquoi je le recrutai comme ami. Impossible de nous rappeler le motif de cette bagarre. Ted prétend que c'est parce que nous nous sommes présentés au café dans la même tenue.

Quand je demande à mes étudiants de première année ce qu'ils ont lu, ils me regardent un moment avec des yeux ronds, puis ils me parlent de télé et de bandes dessinées. Un écart de huit ou dix ans peut-il faire une telle différence ? Vous et moi aurions sans doute pu écouter des feuilletons à deux sous à la radio, mais cela ne nous intéressait pas – ou est-ce que je me trompe en ce qui vous concerne ? Je peux toutefois vous garantir que *Superman* est une lecture fascinante si vous déjeunez à un comptoir de drugstore et qu'il ne reste plus de revue sur les présentoirs.

Je vous embrasse (je peux ?),

BERNARD

8 mai 1958

Chère Frances,

J'ai posté ma lettre oubliant que je voulais vous poser la question suivante : voudriez-vous collaborer à la *Charles Review* ? Je ne suis pas en mesure de vous rémunérer, mais je vous propose d'être publiée dans un journal dont la réputation n'est plus à faire, vos mots se bousculeront avec ceux de lauréats du prix Pulitzer et de célèbres auteurs expatriés. Je ne vous ferai pas côtoyer les plumitifs de l'Iowa.

Amitiés,

BERNARD

16 mai 1958

Cher oncle Bernard,

Votre nièce Frances, cet ornithorynque à quatre yeux et une tresse, qui attend de perdre ses rondeurs poupines, vous remercie pour vos bons conseils en amour. Je n'ai jamais été du genre à réfléchir aux raisons pour lesquelles un homme et une femme se plaisent ou non. De quoi rendre une femme névrosée, terme que je méprise et que je ne voudrais surtout pas que l'on m'applique.

Je crois que dans mes lectures je suis proche de vos étudiants ! À une époque, je dévorais les bandes dessinées. Un de mes oncles, chauffeur-livreur pour un distributeur de magazines, rapportait des tonnes d'invendus à la maison. Je partage votre avis : la lecture de *Superman* ne cesse de m'épater. Comme excuse, je dirai que pour l'enfant que j'étais, les bandes dessinées étaient aussi stimulantes que la Bible et elles avaient une morale tout aussi évidente, c'est pour ça que je les dévorais. J'ai également lu tous les Alice détective, même s'il s'agissait toujours de la même histoire. Voyant que je les avais tous lus et relus, mes tantes m'assénèrent les Judy Bolton, persuadées que cette série me plairait aussi. Mais ce n'était pas pareil. Je les ai pourtant tous lus en un été, dévorant chaque page comme un paquet de Cracker Jacks. Je m'endormais sur la plage en les lisant, ce qui me valut des coups de soleil. J'étais loin d'en raffoler. Il m'arrive même de me demander si l'automatisme avec lequel je les ai consommés, l'un après l'autre, ne pensant qu'à lire le suivant, sans réellement en apprécier la saveur, ne signifie pas que je suis alcoolique par nature. Alors je me dis que lire quelque chose – n'importe quoi – était sans doute une façon de me cacher, car dans cette famille je n'avais aucune intimité. On n'aime pas les ours mal léchés. Quoi qu'il en soit, je n'ai pas lu *L'Île au trésor*, mais j'ai lu *Le Robinson suisse* et *Robinson Crusoé*. J'ai beaucoup aimé *Les Quatre Filles du docteur March*, même si j'avais du mal à accepter que les filles affublent leur mère d'un surnom aussi cucul que « Marmee ». Vous ne seriez sûrement pas surpris si je vous avouais que je m'identifiais à Jo et que je ne pouvais m'empêcher de voir ma sœur Ann sitôt qu'Amy surgissait. *Les Quatre Filles du docteur March* faisait partie des livres ayant appartenu à ma mère que mes tantes m'offrirent pour le Noël de mes huit ans, avec *Heidi, Les Hauts de Hurlevent* et *Jane Eyre*. Au Noël suivant, mon père me donna les livres qu'il avait lus enfant, et c'est ainsi que j'ai lu presque tout Dickens. Je regarde ces vieux volumes sur mon étagère alors que je vous écris. Leur reliure en cuir est aussi sombre que la poussière, et le haut de leur dos s'effiloche. En cas d'incendie, ces livres seraient la première chose que je sauverais.

Désolée, mais je n'ai lu *Le Paradis perdu* que l'an dernier. (Et je dois admettre que je suis d'accord avec vous en ce qui concerne Satan, c'est lui qui retient l'attention : Adam et Ève, on s'en fiche.) Auriez-vous le courage de correspondre avec cette péquenaude du Nord-Est ? Oncle Bernard, peut-être devriez-vous m'envoyer un colis de tragédies grecques, sans doute cela me sera-t-il plus bénéfique que des conseils pour le mal d'amour. À moins que la tragédie grecque ne soit à préconiser pour le mal d'amour ! Je n'en sais rien.

Pour répondre à votre deuxième lettre, oui, j'aimerais beaucoup être publiée dans la *Charles Review*. Je vous joins un chapitre de mon roman. S'il vous offusque, sachez que je n'en serai pas offusquée. Recevrai-je également un joli cache-nez avec la *Charles Review* à l'intérieur ? Je vous signale que le vert et le gris me vont à merveille.

Amitiés,

FRANCES

28 mai 1958

Chère Frances,

Suis ravi que vous acceptiez de contribuer à la revue. Je vous préviens, je vais faire des corrections.

Depuis ma dernière lettre, je broie du noir. Ted a demandé la main de cette femme qui jouera à coup sûr de ses charmes pour le convaincre de faire son droit. Ce ne sera pas difficile vu que le roman de Ted a été refusé par plusieurs maisons d'édition et il n'a pas assez confiance en lui pour continuer. Il devrait persévérer, mais en se tournant vers la vie de famille, il échappera, je pense, à cette catastrophe, ou, du moins, à ce qu'il estime être une catastrophe, car il s'était dit que si son livre n'était pas pris par un éditeur, il arrêterait d'écrire. Lui qui attendait son salut de l'écriture se voit désormais contraint de demander à cette femme de lui accorder ce substitut, à savoir une existence confortable et bourgeoise, avec des enfants, cette même existence qu'ont menée ses parents. Ted n'a pas besoin de grand-chose, si ce n'est de donner l'impression d'être archicompétent et il sait qu'il ferait un bon avocat et qu'il pourrait gagner de l'argent, parce que sa famille s'enrichit depuis des générations. (Malgré mes protestations véhémentes, Ted organisait des parties de poker lucratives dans notre chambre à Harvard. Peu m'importe de miser sur ma force physique, sur mon talent ou sur mon charme, mais il y a un je-ne-sais-quoi dans les paris d'argent qui me met mal à l'aise. Ça doit être mon côté puritain.) Je ne lui ai rien dit à propos de cette femme. Mais je crois qu'il sait ce que j'en pense, aussi règne-t-il dans l'appartement un étrange et pesant silence qui n'augure rien de bon.

Kay est la fille d'un membre du Congrès. J'ai failli écrire « membre du clergé », tant son nez aquilin dégouline d'une certaine mesquinerie provinciale. Kay est trop belle pour être une mégère, mais elle en a l'âme. Un week-end où elle était venue nous voir, alors que Ted et moi étions partis acheter de l'alcool, elle a vidé tous les cendriers sur le plancher, s'est assise à la table de la salle à manger en attendant notre retour, puis elle nous a dit : « Je vais nettoyer tout ça, mais je voulais que vous compreniez à quel point il est répugnant de vivre comme vous le faites, surtout pour une dame. » Et Ted de répondre : « Je vais nettoyer, *Madame* », en insistant sur le dernier mot. Elle et moi nous sommes défiés du regard pendant que Ted allait chercher le balai. Je comprends pourquoi Ted est amoureux d'elle. Elle a la tendresse d'un portrait de Dora Maar et cette ferme volonté de dominer la situation dont ont fait preuve toutes les femmes du Sud que j'ai rencontrées. Elle ressemble à la fille d'un aubergiste espagnol du XVIe siècle et voit la vie comme la marche vers la mer du général Sherman. Elle est belle. Je devrais mépriser Ted, car c'est le genre de mariage que l'on fait pour le fric ou pour entrer en politique. Une chose est sûre, Ted n'a pas besoin d'argent et pour lui la politique est un jeu pour utopistes qui ne s'intéressent pas au base-ball. (Tandis que j'écris ces lignes, je vous entends vous demander, comme je me le demande parfois : pourquoi suis-je ami avec Ted ? Disons que c'est l'une des personnes les plus intelligentes que je connaisse et quand je l'ai rencontré, j'ai senti que nos âmes vibraient à l'unisson, bien que ce ne soient ni les mêmes écrivains, ni les mêmes injustices, ni les mêmes femmes qui les fassent vibrer. Il s'agit là d'une de ces relations où deux êtres sont liés par un respect quasi inexplicable envers l'intensité et la force de l'autre.) Bref, je ne méprise pas Ted, même si je pense qu'en fin de compte, il se prépare à suivre le chemin familial par manque de courage – la même histoire encore et encore, mais qui me fait toujours enrager. C'est la femme là-dedans que je méprise.

Frances, dites-moi si j'ai tort. Je ne me fie à aucune Bostonienne.

Affectueusement,

BERNARD

4 juin 1958

Cher Bernard,

Je suis désolée pour Ted. Je vais un peu sortir Shakespeare de son contexte : « Allez ! Je ne veux plus de cela : cela m'a rendu fou. Je le déclare : nous n'aurons plus de mariages[1]. »

Du côté de ma mère, les femmes, mes trois tantes et ma grand-mère se sont plutôt bien mariées, sans

1. *Hamlet,* acte III, scène 1.

tomber dans le mélodrame habituel des immigrés, à savoir une foultitude de bébés et de difficultés ; mais à mesure que je grandissais, j'ai vu qu'elles semblaient passer leur temps à cuisiner, faire le ménage, gronder et coudre. Comme si le rôle de mère revenait à être la domestique et le confesseur de trois à sept personnes. Voire plus, pour peu que vous viviez votre catholicisme au pied de la lettre. Et tel fut le cas de mes tantes. Elles accueillaient les enfants du voisinage qui vivaient dans la précarité, les invitaient pour les repas, leur coupaient les cheveux, leur passaient les vieux vêtements de mes cousins. Mes tantes œuvraient à une mission digne de ce nom en dehors de chez elles. Ann, prête à épouser un chien perdu sans collier si elle le pouvait, tient beaucoup de mes tantes. Voilà pourquoi je ne me marierai pas. Je ne suis pas faite pour l'abnégation. Si je suis faite pour quelque chose, c'est l'écriture. Je ne suis même pas douée pour l'enseignement ! J'ai dû m'y adonner quand j'étais à l'Université de l'Iowa, mais je n'arrivais pas à cacher mon horreur de la léthargie intellectuelle et de la médiocrité. Et si quelqu'un mérite mon abnégation, ce doit être le Seigneur. Il l'attend depuis très longtemps, il sera agréablement surpris.

J'approuve de tout cœur le mariage de Claire et Bill. Claire est journaliste et Bill enseigne le latin dans un lycée de garçons, catholique et huppé. Je pense que je ne verrai jamais des êtres aussi amoureux que ces deux-là. Cela me rappelle qu'un mariage d'âmes loyales – pour citer à nouveau Simone Weil – est, à bien des égards, pur hasard. Deux de mes amies d'enfance ont épousé des hommes que je considère comme de parfaits nullards. J'irais jusqu'à décrire l'un d'eux comme un rustre : ayant trop bu lors de la soirée qu'ils donnaient pour Noël, il m'a dit qu'il s'était toujours demandé si j'étais lesbienne, mais que ce ne devait pas être le cas : une lesbienne ne pouvait être aussi jolie en velours noir. Je lui ai répondu que cela prouvait qu'il ne s'y connaissait guère en lesbiennes. Mais leurs épouses, elles, ne semblent pas y attacher autant d'importance que moi. Elles ne voient pas dans leur mari le prolongement de leur personnalité mais un moyen d'accéder à la maternité et à l'aisance matérielle. Elles semblent heureuses avec enfants, chiffons et foyer. Elles semblent heureuses et insouciantes. Je me dis parfois qu'elles ont trouvé une ligne de conduite que je ferais bien d'adopter. Il m'arrive aussi de les trouver carrément stupides.

Ted ne cherche-t-il pas seulement sa propre version de ce genre de bonheur ? Voir les choses ainsi n'est pas une consolation. Surmonter une déception par la réflexion n'a jamais été mon fort, alors prenez cela pour ce que ça vaut. Certains n'ont pas besoin de plus que ce qu'ils ont sous le nez. La plupart du temps, je me passe allègrement de ce talent, mais parfois (voir plus haut)... J'en resterai là. Je ne connais pas Ted, mais s'il est capable de répondre à la dame en question, je pense qu'il sait ce qui l'attend.

Maintenant, suffit. Vous n'avez pas tort.

Amitiés,

FRANCES

10 juin 1958

Chère Frances,

Votre lettre m'a aidé. Sans doute ne s'agit-il là que de la difficulté pour un garçon d'accepter que l'amour puisse revêtir différents aspects. L'élan vital de Ted n'est pas forcément le même que le mien, je dois l'accepter. Quand un ami cesse de vous renvoyer une image de vous-même qui entretient et flatte votre ego – tout le problème est là, je suppose. Quelque chose au fond de moi flaire un éventuel divorce.

Bien, bien, assez, assez. Je garde en mémoire ce qu'a suggéré la révérende mère Frances.

Affectueusement,

BERNARD

26 juin 1958

Bernard,

J'ai dégoté un boulot à New York ! Savez-vous que je suis une championne de la machine à écrire ? Eh bien, oui, j'en suis une, et ce talent m'a valu d'être embauchée comme secrétaire d'Alfred Sullivan, chez Sullivan and Shields. Jeanette, une amie de l'Université de l'Iowa qui habite New York où elle évolue dans le monde littéraire, était à l'affût d'un travail pour moi et quand elle a entendu parler de celui-là, elle s'est dit que je serais parfaite pour le poste. Alfred Sullivan, vous le savez, a soixante-dix-neuf ans, il est presque sénile, mais il est encore très fier du nom de son père et il faut le flatter pour qu'il paye son monde. Alfred Sullivan a besoin d'une secrétaire. Ou de l'illusion d'en avoir une, et c'est là que j'interviens. L'ancienne est morte. Elle avait soixante-sept ans. Elle travaillait pour lui depuis trente ans, sans doute même était-elle la mère de l'un de ses trois enfants, mais l'histoire ne le dit pas. Et s'il meurt au bout d'un an, j'y aurai au moins gagné d'aller vivre à New York. Elle aussi s'appelait Frances. Je crois que M. Sullivan est un vieux bougre d'Irlandais, superstitieux et sentimental.

Je lui suis très reconnaissante, car son parrainage me permet d'habiter au Barbizon. Vous connaissez ? Des actrices, des écrivains, des mannequins, des secrétaires, réfugiées là comme en communauté, loin des hommes, pour jouer les jeunes carriéristes sans être harcelées avant de se marier et être ainsi harcelées en toute légalité. Un autre couvent, somme toute. Mais j'ai ma chambre à moi, les repas nous sont servis, c'est propre et bon marché. M. Sullivan m'a remis une lettre de recommandation, et il a demandé à une autre huile de la maison d'en écrire une seconde. Après avoir passé près d'une année comme serveuse et, qui plus est, à tenir la maison pour mon père et Ann, je crois que je vais me permettre de profiter d'un peu de paternalisme.

Ce travail est tombé à point. Quand je commence à répondre à mon père à table, je sais qu'il est temps pour moi de partir.

Je me suis dit que vous aimeriez sans doute que je vous tienne au courant. J'espère que vous vous sentez mieux.

Amitiés,

FRANCES

2 juillet 1958

Chère Frances,

J'ai éclaté de rire en lisant votre lettre. Félicitations ! Si une femme écrivain doit avoir un travail, celui de servante d'un vieillard est le plus honorable. En revanche, ce couvent me paraît absurde. Faites-vous virer, que je sois fier de vous ! Promis ?

Et j'ai lu votre chapitre. Fantastique. Une remarque : la fin est trop abrupte. À mon avis, le problème c'est que vous, l'auteur, connaissez la suite et pouvez dormir sur vos deux oreilles, mais il existe peut-être une façon de vous mettre à la portée de ceux qui n'ont pas ce privilège. Non, j'y repense, j'ai hâte que la sœur dise quelque chose qui témoigne de sa théologie, ou qui montre, au moins, qu'elle en a une.

Je pense vraiment que c'est merveilleux. J'ai honte de ce que j'écris.

Amitiés,

BERNARD

9 juillet 1958

Cher Bernard,

Je ne saurais vous dire combien je suis heureuse que mon texte vous ait plu. Pas question toutefois d'y changer un iota. Et si un certain malaise subsiste à la fin, tant mieux.

Je vous écris de mon placard du Barbizon. J'ai une fenêtre minuscule qui donne sur la 63e Rue et à cet étage, les couchers de soleil sont d'agréables compagnons. L'endroit est très propre, ce qui compte pour moi. Mais pourquoi diable les femmes sont-elles aussi horribles ? Elles sont on ne peut plus aimables, et c'est là le problème. Au dîner, elles ne songent qu'à me demander si je fréquente. Quand je réponds non d'un ton joyeux, tout en continuant mon repas, vous pouvez sentir commisération et soupçon s'insinuer dans leur silence. Ne pouvant exprimer commisération ou soupçon à haute voix, elles se doivent d'être encourageantes : « Oh ! Vous trouverez, j'en suis sûre ! New York est une grande ville ! » Ça me rappelle un dîner avec ma sœur, mais multiplié par huit ou dix ! Au moins, ma sœur, elle, a le sens de l'humour. Ces filles-là ont de l'argent, leurs pères sont médecins, avocats ou banquiers, et je pense que l'argent élimine le besoin de se défouler par l'humour. Selon Kierkegaard, la comédie se glisse dans la béance entre l'éternel et le temporel. Ces filles, n'ayant pas connu la déception d'être coincées entre ce que l'on espère et ce que l'on reçoit, sont incapables d'avoir de l'humour. Mais vous fréquentez plus de riches que moi, dites-moi si je me trompe.

Mon boulot est une farce.

Je ne peux pas vous inviter dans ma chambre, mais je peux vous inviter à dîner si vous me rendez visite. Aimez-vous la purée en sachet ? Moi, oui. On en a chaque soir au menu.

Amitiés,

FRANCES

16 juillet 1958

Chère Frances,

Comme je suis content de vous savoir heureuse ! Cet endroit a l'air tout aussi ridicule que je l'imaginais. Je vous adresse ma commisération, que je crie haut et fort. Les femmes sont horribles au même titre que les hommes : elles ne voient pas plus loin que le bout de leur nez. Mais les riches sont capables eux aussi d'un peu d'humour. Au sujet de leurs domestiques qui ne cessent de les décevoir.

Je comprends votre remarque en ce qui concerne la fin de votre chapitre. Je demande sans doute plus de clarté à la prose qu'à la poésie. Que voulez-vous, je suis partial. Vous avez de la chance, je vous aime bien, sinon je vous aurais envoyée paître ! Comme ce fut le cas pour ce célèbre auteur exilé au sujet d'une citation latine qu'il n'avait pas traduite correctement.

J'aimerais beaucoup venir vous voir. Je ne manque pas d'amis susceptibles de m'héberger. Je n'ai pas grand-chose à faire cet été, vu que l'on m'a autorisé à prendre le premier trimestre pour commencer ce nouvel ouvrage.

Parfois, j'aimerais bien que nous habitions la même ville. Souvent même.

Quelle est votre paroisse ?

Amitiés,

Bernard

27 juillet 1958

Bernard,

Je vais à Notre-Dame-de-la-Paix, sur la 62ᵉ Rue. Cette église n'a rien d'extraordinaire, mais elle se trouve à deux pas de chez moi. L'organiste cogne comme une sourde, on se croirait à un match des Yankees ! La dernière fois, j'ai vu le prêtre remonter l'allée centrale à la fin de la messe, sursauter, grimacer comme si les premières mesures de la bénédiction lui flanquaient des coups dans le dos. J'ai apprécié ce petit signe de faillibilité, en revanche, je crois que je me passerais allègrement des autres fidèles autour de moi. J'y vais pour la liturgie et la communion et je me fiche pas mal du sermon. Comme vous, enfant, dans votre église congrégationaliste.

Je me suis rendue l'autre soir à un cocktail littéraire sans chichis, donné par mon patron. Si, comme à l'atelier d'écriture, j'ai eu l'impression d'être une bambine abstème parmi les Lotophages, j'ai passé un moment agréable. J'ai eu un échange intéressant avec une collègue secrétaire sur nos dernières lectures. Ce que j'ai le plus aimé dans cette soirée ? Surprendre des bribes de conversations où il était question a) d'un auteur que sa dulcinée avait plaqué pour l'acteur qui tenait son rôle dans la version cinématographique de son roman autobiographique ; b) d'une femme écrivain que son éditeur avait expédiée par avion à Los Angeles et installée à l'Ambassador Hotel pour l'éloigner d'un jazzman dont les ardeurs l'empêchaient d'achever son deuxième roman ; c) du mari, écrivain moins brillant et moins prolifique que son épouse, qui semblait-il avouait à son éditeur qu'il avait un soir jeté le diaphragme de sa tendre et chère et l'avait fait boire pour tenter de la mettre enceinte et l'éloigner ainsi des feux de la rampe pendant deux ou trois ans.

Savez-vous que je ne suis pas arrivée à saisir le nom de ces gens ? Fichtre ! Je me suis efforcée d'être polie et disponible quand on m'adressait la parole. Fallait-il voir là un reste de mon passage dans l'Iowa où chacun s'appariait par ennui, presque trop frigide pour attiser un scandale, mais j'avais l'impression que, de nos jours, les écrivains amoureux s'encourageaient mutuellement depuis leurs tables de travail scandinaves identiques. Ce n'est pas le cas, du moins à New York. Ces tables de travail scandinaves, d'une audacieuse modernité, ne cachent pas le fait que les relations entre hommes et femmes sont encore très barbares.

Revenons à nos moutons : je sais que vous vous rappelez Jim Schultz, le rédacteur en chef d'*Esquire*, qui, lors d'un dîner à l'atelier d'écriture, s'est vanté de faire payer à son éditeur les bordels qu'il avait visités au Vietnam. Eh bien, figurez-vous qu'il est venu me trouver au bar quand je reprenais un verre et m'a dit : « Seriez-vous Frances Reardon, par hasard ? » « Oui », ai-je répondu. « Vous avez l'air un tout petit peu moins inabordable que l'été passé », a-t-il dit en tapotant ma clavicule (j'avais une robe à décolleté bateau, pardon si vous ne savez pas ce que c'est, j'ai oublié que c'était à vous et non à Claire que j'écrivais). « Et vous, vous m'avez l'air un tout petit peu plus sobre », rétorquai-je. Il rit. C'était vrai. Il avait les cheveux moins gras, son costume était moins froissé. « Vous savez que je vous avais surnommée Fanny Price, comme l'héroïne de *Mansfield Park* », continua-t-il. « Si je dois voir là des avances, repris-je, je suis désolée de vous dire que ma porte est verrouillée. » Il leva son verre et je feignis ostensiblement de ne pas le voir pendant que j'attendais que l'on me resserve. Je n'ai rien à ajouter à cette anecdote, je la partage en pensant que nous avons enduré les mêmes personnes pendant un été. Je devrais aussi vous dire que j'ai vendu mon livre ! À Scribner ! La fille qui l'a acheté paraît un peu jeunette, mais mon agent m'a assurée qu'elle irait loin, comme on dit.

Pourquoi ne viendriez-vous pas me rendre visite le mois prochain ? Je serais si heureuse de faire un peu la fête avec vous. Merci pour votre gentillesse à l'égard de ma prose.

Amitiés,

FRANCES

2 août 1958

Chère Frances,

Votre livre ! Ah ! Si vous aviez vu mon sourire, un grand sourire jusqu'aux oreilles, quand j'ai ouvert votre lettre et appris la bonne nouvelle ! J'en souris encore, rien que d'y penser. J'espère que votre agent a exigé que vous soyez convenablement payée, et même plus, je vous arracherai le secret du montant exact quand je vous reverrai.

En lisant votre description de ce fameux cocktail, je n'ai qu'une envie : être avec vous à New York et aller à des soirées. J'avoue être un peu surpris que vous ayez pris un tel plaisir à cette foire aux jalousies, aux méchancetés et aux ambitions. Je supposais que vous ne montreriez que mépris envers ces péchés, que vous me laisseriez, moi, me réjouir des horreurs et des merveilles d'une telle exhibition. Vous savez, je crois avoir entendu, moi aussi, cette histoire de diaphragme. Mais impossible de me rappeler qui en était l'auteur. Comme vous l'avez dit : fichtre ! Laissez-moi venir vous trouver, j'aimerais tant ! Nous pourrions ainsi nous rendre ensemble à ces soirées et feindre de converser sans rien perdre des conversations des autres. Je vous garantis que je sais où ce sera le plus croustillant.

Je dois reconnaître que j'ai entendu Jim Schultz vous appeler Fanny Price à plusieurs reprises.

Comparé au surnom dont il a affublé Lorraine, Fanny Price était ni plus ni moins chevaleresque.

New York doit avoir noirci votre cœur dans son chaudron d'indifférence si vous ne transformez pas Jim Schultz en chair à pâté lorsqu'il vous touche la clavicule. Ça me choque un peu. (Une de mes anciennes étudiantes a récemment attiré mon attention sur ce plat appelé *scrapple*, à base de chair à pâté, et m'a dit que c'était un mets fort prisé dans votre ville natale qui est aussi la sienne. Frances, je dois dire que ce genre de délices m'aide à comprendre pourquoi vous parliez de vous-même comme d'une péquenaude du Nord-Est. Si barbare il y a...)

Que diriez-vous du week-end du 22 ?

Amitiés,

BERNARD

25 août 1958

Frances,

Merci de m'avoir permis de vous rendre visite. Voici une carte postale achetée pour vous aux Cloîtres. Elle représente sainte Claire jeune fille, recevant des mains de son évêque un rameau le dimanche des Rameaux. On dit qu'après cela, elle disparut du monde et se consacra à saint François et ses disciples.

Oh ! Par pitié, ne me faites pas le coup de disparaître comme ça !

Affectueusement,

BERNARD

25 août 1958

Ted,

Voici les bouquins que tu m'as demandés. *La Peinture, mon passe-temps* ? Décidément, ta passion pour Churchill ne connaît pas de limites. Si l'on en croit cette petite merveille, lui et moi sommes d'accord sur ce dont l'âme de l'artiste a besoin : « La première qualité qu'il lui faut est l'Audace. » Tu as des lectures de ploutocrate ces temps-ci, Ted : beaucoup d'histoire militaire, et très peu de romans ! La décoration de votre appartement occupe-t-elle Kay à ce point qu'il te faille ce genre de distraction ? Je suppose que désormais nous aurons des draps. Mais n'aurions-nous pas aussi bien pu nous en passer ?

Je profite de cette lettre pour te dire que cette visite à Frances Reardon a été merveilleuse. Je l'ai trimballée dans toute la ville, elle ne s'y était pas encore attaquée, nous avons donc fait cela ensemble. Tu as émis l'hypothèse qu'elle avait peut-être, je te cite, un faible pour moi, mais je ne le pense pas et de mon côté, je suis à peu près sûr de ne pas en avoir un pour elle. Je n'ai cessé de la regarder sous des angles différents, tout en étudiant mes réactions. Divers sentiments se sont manifestés en sa présence, mais rien de fleur bleue. J'ai étudié son plaisant minois de jeune laitière en fleur, parmi ces jolies filles aux bas de soie irisés, lors d'un dîner au Barbizon, cet aqueduc accommodé pour capter et conduire ces demoiselles de Westchester tout droit dans le Connecticut en les gardant bien au-dessus des catacombes grouillantes de rêves défunts. Et je ne me suis pas surpris à la trouver plus belle que ses consœurs qui, de toute évidence, n'étaient que des poissons élevés pour aleviner l'étang.

Ensuite, je l'ai vue s'agenouiller et se signer à la messe, elle était si recueillie et si naturelle qu'on aurait dit une biche se reposant dans un silence pastoral. Assis sur le banc auprès d'elle, j'ai senti que Dieu l'habitait vraiment. Je ne voulais pas la séduire, je voulais juste rester à ses côtés et boire avec elle à cette eau vive.

Ensuite j'ai chanté l'Agnus Dei trop fort à son goût, elle m'a fait taire d'un chut digne des gargouilles de la Bodléienne. Au cours du déjeuner qui a suivi, j'ai dû me laisser aller à une question de trop sur Étienne Gilson ; exaspérée, elle a posé ses couverts et s'est écriée : « Suffit, Bernard, Dieu n'est tout de même pas un examinateur ! »

Elle est à la fois une fille et un vieillard, et je perçois au fond de son cœur une obstination, inébranlable semble-t-il. Peut-être est-ce parce qu'elle a été élevée parmi des femmes dont le cœur l'emporte sur la tête, et qu'elle a renforcé son obstination innée pour se creuser une galerie menant à un endroit où elle pourrait écrire sans être dérangée par les exigences de la féminité ordinaire. Afin que sa tête l'emporte toujours sur son cœur.

Je la fais sourire, malgré elle, je le vois. Mon côté mâle conquérant n'y est pas insensible. C'est suffisamment romantique, me dis-je, vu la situation. Et c'est une sage. Sans doute tient-elle cela des femmes qui l'ont élevée, même si elle n'est pas prête à l'admettre. Je n'ai guère rencontré de femmes que je qualifierais de sages. J'ai rencontré des femmes rouées, mais c'est une autre histoire.

J'espère que tu feras bientôt sa connaissance. Je pense qu'elle te plaira, et même beaucoup. Peut-être pourrions-nous la kidnapper, l'amener dans le Maine, lui faire faire la tambouille et la laisser nous titiller jusqu'à nous subjuguer ?

Amitiés,

BERNARD

26 août 1958

Chère Claire,

Merci pour ta lettre. Si seulement tu vivais ici ou moi là-bas ! En fait, non, car je ne suis pas sûre de pouvoir m'habituer à Chicago. Tous ces gens sont trop aimables pour être honnêtes ! Comment peux-tu les supporter ?

Bernard Elliot est venu me rendre visite le week-end dernier. Je crois pouvoir dire que c'est un ami. Impossible de nous arrêter de parler. Parler avec lui c'est comme parler avec toi, si ce n'est que les conversations avec toi ne pompent pas toute mon énergie. Nous avons donc parlé. Deux soirs de suite, nous avons discuté le coup dans un bar cinq heures durant. Nous avons parlé. Nous avons parlé et nous nous sommes promenés. Comme la marche équivaut pour lui à un acte de purification, nous avons donc fait le tour de la ville. Partis de la 63e Rue et Lexington, nous avons descendu l'est de Manhattan, contourné la pointe sud de l'île, sommes remontés par l'ouest, avons traversé Central Park et regagné nos pénates. Il a vécu ici il y a quelques années. À mon grand plaisir, il m'a fait découvrir New York sous tous les angles, notamment ceux qui donnent à voir la ville sous son meilleur jour. Je n'ai toutefois pas pu m'empêcher de geindre un peu – tu me connais, j'aime marcher, mais parfois ma nature paresseuse me donne envie de m'asseoir et même de m'allonger sur le sol, un paquet de crackers à portée de main. Quand je suis fatiguée, je ne peux plus mettre un pied devant l'autre, surtout au mois d'août. Aussi, quand un gémissement plus audible m'échappa, il héla un taxi, m'emmena manger des huîtres à l'Oyster Bar et insista pour acheter une bouteille de champagne. Assis au comptoir, il m'expliqua quelles étaient à ses yeux les qualités que je devais rechercher chez un mari. D'après lui, et il y a longuement réfléchi, il me faut épouser un homme qui ait de l'argent, ce qui va à l'encontre de sa façon de voir habituelle mais, selon lui, je suis assez solide pour ça et le monde a besoin de mes livres. Il dit cela, bien sûr, alors qu'il n'a lu qu'un chapitre de mon premier et seul ouvrage et après m'avoir entendue répéter à plusieurs reprises que je ne voulais pas me marier. Je l'aurais mal pris venant de quelqu'un d'autre, mais dans ce contexte cela m'a amusée, parce que Bernard se plaît à pontifier et regrette de ne pas avoir eu de frères et sœurs à qui dispenser ses conseils. Ses étudiants ne satisfont pas ce désir. Après cette déclaration, il m'a regardée comme le taxidermiste qui essaye de décider où commencer le dépouillage, puis il m'a dit : « Je vois très bien à quoi vous auriez ressemblé avec des nattes. » De toute évidence, le charme n'opère pas.

Nous avons visité les Cloîtres. Nous sommes allés à la messe. (Il a chanté l'Agnus Dei avec une voix de stentor, ce qui lui a valu un coup de coude et un chut de ma part, mais j'avoue que j'étais touchée car il semble réellement remercier le Seigneur pour sa miséricorde et en appeler désespérément à sa pitié. Il m'a renvoyé mon coup de coude et a continué à chanter.) Il est venu deux fois dîner au poulailler, les filles l'ont adoré, il a montré un vif intérêt pour leurs aspirations, sentimentales ou autres. Où avaient-elles fait leurs études ? Leur petit ami avait-il l'air sérieux ? Les gens sont son oxygène. C'est là son côté professeur. Je pense, pour ma part, qu'au contact de ces gamines au cerveau encore immature, je finirai par sombrer dans la dégénérescence mentale. Il m'a expliqué par la suite, en plaisantant à moitié, qu'il s'était comporté ainsi parce qu'il voulait que je sorte de ma réserve. C'était à la fois drôle et un peu exaspérant. Je me suis sentie jalouse de ces filles ! Ces filles qui sentent à plein nez leurs sororités estudiantines ! Absurde. À moins que je ne sois jalouse de son charme, de sa gentillesse, apparemment si naturels, prolongement de son intelligence ? J'ai tendance, moi, à juger en silence ou à faire une plaisanterie déplacée.

Es-tu tombée sur sa photo au hasard de tes lectures ? Si ce n'est pas le cas : grosse tête, grand nez droit au bout caoutchouteux, front large, grande bouche aux lèvres minces et, pour compléter le tout, des yeux grands ouverts d'Américain et une tignasse brune. La taille de sa tête, le calme qui s'en dégage, son contenu me rappellent un buste en marbre qui tenterait de se hisser sur un piédestal.

Son esprit et son cœur semblent toutefois dénués de cruauté – alors qu'il parlait, ils me sont apparus comme deux embrayages reliés par la même courroie fonctionnant à plein régime, subissant sous l'effet de la vitesse et de la tension de fréquents à-coups, mais parvenant à ajuster le rythme et à continuer laborieusement.

C'est ça Bernard.

Mes amitiés à Bill.

Je t'embrasse,

FRANCES

1er septembre 1958

Chère Frances,

Je vais passer le mois d'octobre dans la ferme de Michael Lynch, en Virginie. Vous avez dû rencontrer Michael quand il enseignait la poésie à l'Université de l'Iowa, il y a quelques années. J'ai l'intention de prier et d'y faire le travail d'un ouvrier agricole. Ces derniers temps, je me sens trop cosmopolite, j'ai tendance à me disperser. Il se pourrait qu'une romancière, originaire de Kenyon, se pointe là-bas. La femme de Michael, Eliza, est poète, elle aussi. Ils ont une petite Sarah. Voici mon adresse :

Route 32, Box 2,
Ravenswood, WV 26164

J'espère que vous survivez à la chaleur de New York. Je vous proposerais bien de venir à la ferme, mais je crois connaître d'avance votre réponse.

Amitiés,

BERNARD

8 septembre 1958

Cher Monsieur Froc de Bure,

Puisque vous connaissez d'avance ma réponse, je n'hésiterai pas à vous dire ce que je pense de Michael Lynch et de sa femme. Une nuée d'acolytes voletait en permanence autour de lui. Tout le monde pensait qu'étant catholique et non pas une mama octogénaire, je l'aimerais moi aussi, mais ce ne fut pas le cas. Michael et Eliza (elle enseignait la poésie aux étudiants de première année et donnait aussi des cours de piano, je ne vous apprends rien, j'en suis sûre, mais savez-vous que son vrai nom est Eileen ?) avaient un air glacial à force de se prendre au sérieux et de s'imaginer nageant en pleine béatitude grâce à leur fidèle engagement auprès des hautes sphères de la pensée catholique. Pouah ! J'ai lu ceux qu'ils lisaient, mais sans adopter leur mise : cols roulés noirs, jupes froncées, barbe méticuleusement taillée, longs cheveux blonds. Les voir s'évertuer à jouer les objecteurs de conscience m'a fait douter de leur pureté d'intention. Pardon, nous n'avions pas tout à fait les mêmes lectures. À leurs yeux, Dostoïevski passait pour un évangéliste et le chapitre sur l'inquisition des *Frères Karamazov* était le Sermon sur la montagne. D'où une certaine antipathie à l'égard de D. que je viens tout juste de surmonter. Eliza est venue me trouver un jour après la messe pour me proposer de me joindre à eux pour le chapelet du dimanche soir. J'ai rechigné. Quand vous avez grandi au milieu de femmes qui récitent leur chapelet avec la même régularité qu'elles font la lessive, et pour qui la lessive est une sorte de chapelet, mieux vaut ne pas le récupérer pour vos élans de piété. J'ai entendu dire que dans sa ferme, vous habitiez dans des granges et pissiez par la fenêtre, comme un paysan du Moyen Âge !

Cela dit, j'espère que vous profiterez de votre séjour là-bas. Après une année bien occupée, vous méritez un temps de repos. Si vous trouvez un moyen de prier en continu, je veux dire sans commencer à vous demander ce que vous pourrez bien préparer pour le dîner, écrivez-moi !

Amitiés,

FRANCES

16 septembre 1958

Quelle dingue vous faites, Frances ! Je prierai pour le salut de votre âme pendant mon séjour là-bas. Je réciterai mon chapelet à vos intentions.

Affectueusement,

M. Froc de Bure

6 octobre 1958

Bernard,

J'espère que votre travail d'écriture progresse comme vous le souhaitez.

J'espère aussi que vous ne m'en voudrez pas d'interrompre votre solitude par cette lettre, mais j'ai remis aujourd'hui le manuscrit de mon roman et je tenais à l'annoncer à quelqu'un susceptible de comprendre un tel exploit ! J'en avais franchement marre, mais je doute que ceux qui l'ont à présent parviennent à l'améliorer. À la surprise initiale et à l'excitation d'avoir un contrat d'édition a succédé la crainte de l'incompétence de mon éditeur : elle a employé le terme « irréfléchiment » dans une lettre à mon agent !

Le poulailler vire au macabre. Certaines filles du foyer se plaignent. On ferait n'importe quoi pour un steak, disait l'une d'elles la semaine dernière pendant le dîner, mais n'allez pas croire que ce soit tout ce qu'ils veulent que vous mangiez, le steak ! Il semblerait qu'elles croquent tout aussi bien les hommes, jusqu'à ce que ces deux mets de choix, le steak et le sexe, les répugnent. Et puis, il y a Regina. Elle suit des cours d'art dramatique et travaille comme secrétaire. Elle est originaire de Brooklyn. Elle m'a confié qu'elle possédait trois jupes et trois pulls, achetés afin de les combiner de six façons différentes. Et une belle robe de laine noire, a-t-elle ajouté, au cas où elle devrait se rendre dans un endroit chic. Elle m'a proposé de me la prêter quand j'ai mentionné un dîner pour mon travail. Je lui ai répondu que je préférais ne pas porter une tenue affichant une étiquette à quatre chiffres. Elle n'a pas ri. Il paraît que plusieurs filles ont jeté leur dévolu sur cette robe, mais Regina a surenchéri, aussi pend-elle dans son placard. Un soir au dîner, elle s'est penchée vers moi et m'a dit : « Tu l'as vue, cette fille ? » La fille était à l'autre bout de la pièce, elle parlait, mangeait, rien de spécial. « Elle a eu des problèmes après un repas trop épicé, m'a dit Regina. Cette fille et moi on a emménagé ici en même temps, a-t-elle ajouté. Nous prenions nos repas ensemble, jusqu'au jour où elle a trouvé ces filles (je les ai regardées, ces filles, disons qu'elles semblaient un peu plus shampouinées que Regina, une Bohémienne manquée, du genre Marjorie Morningstar, à la différence qu'elle est italienne, catholique et qu'elle a une guitare acoustique) et alors ça a été fini. » Regina a continué à regarder les filles et moi, à manger. « Tu les vois changer les filles, une fois qu'elles sont ici, m'a-t-elle dit. Elles se font bouffer par New York. Elles changent de coiffure, leurs tenues deviennent plus voyantes, elles qui parlaient comme tout le monde se mettent à parler comme les gens de la haute et puis, du jour au lendemain, elles ne prennent plus leurs repas avec toi. Elles sortent avec des hommes. Tu les vois changer », a-t-elle répété avec une soudaine aigreur. Je décidai de ne plus m'asseoir à côté de Regina. J'ai la désagréable impression qu'elle va trouver une autre fille à qui parler, qu'elle me repérera dans le réfectoire, me montrera du doigt et racontera que je stocke les petits pains et fais main basse sur les petites cuillères. À moins qu'elle ne s'en prenne à moi avec un de ces couteaux à beurre émoussés, ternis par leurs fréquents passages au lave-vaisselle, et me dépèce tant bien que mal pendant mon sommeil.

Et puis il y a une femme qui passe son temps à lire des bouquins dans l'espoir de devenir membre de l'Église scientiste. Elle s'appelle Sarah, elle vient de l'Ohio. Elle a des kilos en trop. Je suis allée faire un tour dans sa chambre, j'y ai vu des photos de famille, j'ai donc pu constater qu'à une époque, elle était mince. On peut voir qu'elle aurait pu être une jolie *girl* à Broadway : visage de poupée, grands yeux, cheveux ondulés à la Veronica Lake, bouche en cerise. Elle a le regard d'une fille consciente qu'on lui fait avaler des couleuvres, mais qui ne peut s'empêcher d'y croire. Elle est venue habiter ici il y a dix ans, elle espérait chanter dans des comédies musicales, et elle est toujours là. Elle n'a jamais chanté sur une scène digne de ce nom – et c'est pas demain la veille, je suppose, m'a-t-elle dit, faisant allusion à son poids – mais elle aide à la cuisine et en contrepartie, elle est logée et nourrie. Si quelqu'un stocke les petits pains, c'est bien Sarah. Elle dit qu'elle remercie le Seigneur d'avoir mis cette chambre à sa disposition. Elle se rend compte aujourd'hui que le Seigneur voulait qu'elle se pose tranquillement afin d'accéder à Ses mystères à travers ses lectures. Une chance qu'elle ne voudrait laisser passer pour rien au monde. Sa chambre est bourrée de livres de prédicateurs qui ont des émissions de radio. C'est l'Évangile selon Joseph Smith, Mary Baker Eddy et Aimee Semple McPherson, dont le dynamisme à l'américaine devient une plate-forme en or pour la rédemption individuelle. La religion comme détergent, somme toute. Je remercie Dieu d'être née catholique. Au moins dans nos contes de fées, il est question d'yeux que l'on crève, de femmes écartelées sur le chevalet, sous-entendant ainsi que l'on n'échappe ni à la douleur, ni à la souffrance. Qu'il n'est point de rédemption sans souffrance et que la souffrance est parfois essentielle.

Où en étais-je ? Pardonnez-moi. Sarah me hante. Je crois voir Ann en elle. Je ne retrouve pas Ann dans les filles du foyer. Je me suis trompée. Je la retrouve dans Sarah. Elles ont le même regard. Peu avant mon départ de la maison, Ann et moi nous sommes disputées. Vous l'ai-je raconté quand vous êtes venu ? Au début de l'année, à une soirée dansante, ma sœur a fait la connaissance d'un homme. Il était, a-t-elle dit, acheteur de vêtements pour les magasins Wanamaker. Ils ont passé plusieurs soirées ensemble. Elle est tombée amoureuse. Il était italien, bel homme, il voyageait et, bien entendu, il était toujours très élégant. Il est venu dîner. Il s'est montré bien élevé, sans chercher pour autant à s'attirer les bonnes grâces familiales. Il a posé des questions à mon père sur son travail. Il m'a demandé ce que je pensais de l'Iowa : des parents à lui possédaient là-bas une exploitation agricole et il imaginait mal à quoi ressemblait la vie dans ce genre d'endroit. Quoi qu'il en soit, j'observais la façon dont il se comportait avec Ann. Il avait tout l'air du patient dans la salle d'attente qui trompe son ennui en vous baratinant. J'eus le sentiment que ma sœur n'était pas l'objet d'un attachement particulier de sa part, mais juste une jolie fille avec laquelle il avait entamé un brin de conversation en attendant que le médecin l'appelle pour son bilan de santé annuel. Pour quelqu'un comme moi qui, souvent, ne peux supporter la compagnie d'êtres si chers soient-ils, ce remède à l'ennui est un expédient que je ne comprendrai jamais. À mon avis, ce n'était pas que les bonnes manières qui l'empêchaient de jeter à Ann un regard complice ou un clin d'œil énamouré, mais authentique, sous prétexte qu'il y avait du monde. Je n'ai jamais été fleur bleue, mais j'ai ma petite idée sur la façon dont les gens devraient montrer qu'ils se sont choisis parmi la vaste foule. Mon père l'a trouvé plutôt bien, un gentleman – j'ai répondu que j'étais d'accord, oui, il était assez bien pour venir dans une maison bourgeoise partager un repas avec des inconnus, mais pas au point d'enlever Ann sur un fier coursier, comme elle l'espérait. Mon père s'est tu, et un instant j'ai regretté ce que j'avais dit. Mon père est très fleur bleue, il pense que ma mère et lui ont vécu une merveilleuse idylle, et il veut qu'Ann en vive une tout autant qu'il me souhaite de réussir. Le problème c'est qu'Ann sait qu'elle est belle, mais n'en est pas assez consciente. Si elle en était assez consciente, elle pourrait être sotte et intrigante comme Undine Spragg et nous n'aurions pas à nous inquiéter pour elle.

Quelques semaines plus tard, ce monsieur trouva un travail à Baltimore. Ann lui écrivit. Après quelques lettres, il ne répondit plus. Mais elle continua. Elle lui envoya une lettre par mois pendant six mois. En la revoyant après la sixième lettre, oui, je les ai comptées, je n'ai pu me retenir. « Arrête ! lui ai-je dit quand nous étions à la cuisine. Voyons, Ann, il ne te répondra jamais ! S'il n'est pas mort, toi, tu es morte pour lui ! »

Elle s'est levée, m'a regardée comme elle ne m'a jamais regardée, comme si j'étais morte à ses yeux. Elle est sortie de la pièce, a enfilé son manteau, et est partie faire un tour. Après cela, nous sommes restées une semaine sans nous parler.

La foi qui a incité Ann à prendre la plume est la même que celle qui lui avait fait brûler des cierges pour mon livre et pour moi.

Et je ne vous ai même pas parlé de la fille que j'ai surprise en train de se badigeonner les dents avec de la paraffine dans la salle de bains un samedi soir. Je lui ai demandé ce qu'elle faisait, cela rappelait un peu la toilette d'une courtisane à Versailles. Elle m'a répondu que c'était pour dissimuler la décoloration et les défauts de ses dents. Je ne vous ai pas parlé non plus de la vieille dame qui vit ici depuis vingt ans et descend dîner coiffée d'un bibi mauve à voilette, orné d'un brin de violette, les joues si bien poudrederizées que ses élégantes petites vestes poudroient. On m'a dit qu'elle avait tapissé chaque centimètre carré de sa chambre avec des magazines de cinéma.

Je crois que j'ai besoin de partir. Encore trois assiettes de purée et je deviendrai une matrone incapable d'avancer d'un pouce.

Amitiés,

FRANCES

18 octobre 1958

Frances,

Je vais vous sortir de ce couvent ! Mark, un de mes amis qui habite New York, a décidé d'aller vivre dans le New Hampshire. Du coup, son appartement est libre. Je lui ai parlé de vous, il m'a dit qu'il demanderait à son propriétaire de vous le louer. Si tout se passe bien, vous pourrez emménager à partir du 15 novembre. Cet appartement est situé dans le West Village, il a un lit escamotable encastré dans le mur. Appelez l'école Saint-François-Xavier, sur la 15e ou la 16e Rue, j'ai oublié laquelle, et demandez Mark Fitzgerald.

Affectueusement,

BERNARD

P.-S. – On m'a prié de partir de la ferme. Je vous raconterai ça plus tard. Adressez-moi votre prochaine lettre à Boston.

30 octobre 1958

Bernard,

Merci ! Merci ! J'ai appelé Mark, j'ai rencontré son propriétaire. J'emménagerai le 15 novembre avec bouquins et cafetière. C'est bien la seule fois de ma vie où j'ai apprécié d'appartenir au sexe faible : il semblerait que mon nouveau propriétaire, un Italien, soit soulagé d'avoir pour locataire ce qu'il imagine être une dame « bien ». Ça n'a pas fait un pli. Une dame « bien » et catholique par-dessus le marché ! J'ai eu le culot de demander à M. Bellegia où, d'après lui, je devrais aller à la messe, histoire de marquer des points. Bien m'en a pris : il m'a aussitôt dit que l'appartement était à moi. Espérons que le Seigneur ne m'en voudra pas d'avoir invoqué Son nom, sinon en vain, du moins… en gain. J'ose espérer que le Seigneur y verra l'astucieuse prudence du serpent… Hum. J'en doute.

J'aime beaucoup le quartier. J'aime le fleuve, j'aime la grisaille de la pierre, j'aime les briques, j'aime l'agitation des gens dans ces croisillons de rues étroites.

Votre amie plus que reconnaissante,

FRANCES REARDON

P.-S. – Qu'avez-vous fait ????

10 novembre 1958

Frances,

Vous voilà une vraie New-Yorkaise, délivrée de ces cinglées *in loco parentis* de Barbizon – les purées de patates ne capitonneront plus vos hanches. Bravo ! Méfiez-vous des bourrasques qui viennent de l'Hudson ! Vous pousseront-elles vers moi, je me le demande ?

Vous trouverez ci-joint les épreuves de votre nouvelle. Elle devrait paraître dans notre numéro du printemps. Vous avez droit à dix corrections en tout et pour tout. C'est là un de mes principes : chacun a droit à dix corrections, faute de quoi votre texte ne sera pas publié. J'imagine que tout le monde est aussi tatillon que moi. Voilà pourquoi mon livre a mis si longtemps à paraître. J'en étais à mon quatrième jeu d'épreuves quand je vous ai vue cet été. John Percy, mon éditeur, m'a confié qu'entre le troisième et le quatrième jeu d'épreuves la fabrication avait imprimé un avis de recherche, avec ma photo d'auteur. Je suis impatient de voir ça. Je prévois de me rendre à New York au cours des prochaines semaines. Je vais remettre mon manuscrit. J'ai hâte que ces vents me propulsent de votre côté, puis-je vous rendre visite ?

Ce qui s'est passé à la ferme, c'est qu'ils nous ont surpris l'autre écrivain, une fille, et moi, tous deux en train de nager dans le plus simple appareil, un soir, dans l'étang. La fille ne m'intéressait pas le moins du monde, ce qu'ils eurent du mal à croire. Un peu siphonnée sur les bords, elle avait des yeux immenses et était maigre comme un clou. Chaque fois que je la regardais, j'avais l'impression qu'elle tremblait, mais ce n'était qu'une illusion d'optique, due au fait qu'elle parlait sans arrêt, à tel point que j'en avais, moi aussi, les dents qui claquaient. Elle discourait sur le végétarisme et Tolstoï, en passant par Gandhi et le célibat, sans oublier un certain professeur russe dont elle avait été l'élève, il était marié et continuait à lui écrire à la ferme. « Il est marié », répétait-elle en me regardant comme si j'étais censé comprendre qu'il couchait avec elle, ou du moins qu'il avait essayé. Libre à moi d'en faire autant. Elle ne fit pas grand effort pour convaincre nos hôtes du contraire, car elle voulait rester, vu qu'elle était fauchée et n'avait nulle part où aller. Je pense qu'ils vont la garder pour s'occuper de leur fillette. Michael est sans doute bien meilleur chrétien que moi, si j'étais aussi pieux, je n'aurais pas décidé de fêter ma dernière semaine d'été par un plongeon nocturne en tenue d'Adam, mais avez-vous jamais vu le pâle croissant de lune flotter au ras du ciel, avez-vous jamais entendu la brise se jouer à travers les fourrés et les arbres ? Vous vous sentez aussi proche de la maturation, aussi coruscant que la nuit qui vous entoure et il vous est insupportable de rester là, passif – l'instantiation de Dieu, l'invitation de Dieu – alors que vous pourriez vous immerger au plus profond de la nature. Résister m'eût semblé péché. Cela me rappela saint Augustin.

> « Dieu donc, qui a créé toutes les natures avec une sagesse admirable, qui les ordonne avec une

souveraine justice et qui a placé l'homme sur la terre pour en être le plus bel ornement, nous a donné certains biens convenables à cette vie, c'est-à-dire la paix temporelle, dans la mesure où on peut l'avoir ici-bas, tant avec soi-même qu'avec les autres, et toutes les choses nécessaires pour la conserver ou pour la recouvrer, comme la lumière, l'air, l'eau, et tout ce qui sert à nourrir, à couvrir, à guérir ou à parer le corps, mais sous cette condition très équitable, que ceux qui feront bon usage de ces biens en recevront de plus grands et de meilleurs, c'est-à-dire une paix immortelle accompagnée d'une gloire sans fin et de la jouissance de Dieu et du prochain en Dieu, tandis que ceux qui en feront mauvais usage perdront même ces biens inférieurs et n'auront pas les autres[1]. »

La lumière, la nuit, l'air, les eaux, ces biens qui nous conviennent. Ils étaient là devant moi et j'ai senti que je pourrais en faire bon usage.

J'ai cité à Michael cet extrait de *La Cité de Dieu*, il m'a répondu que je dénaturais le texte. N'avais-je pas perdu la tête de croire que ces lignes justifiaient mon geste païen ? Je lui citai saint Paul, vous savez, le passage : si tu veux manger de la viande, manges-en, si tu ne veux pas en manger, n'en mange pas[2], etc. Il a rétorqué que ma façon de concevoir le péché était trop recherchée et il m'a

1. Saint Augustin, *La Cité de Dieu*, chapitre XIII, traduction M. Saisset, Presses de l'Abbaye de Saint-Benoît-sur-Loire.

2. Saint Paul, I Cor. VIII : 1-13, *Les Idolothytes*.

renvoyé saint Paul en me rappelant que je vivais selon la chair, que je vivais pour le péché et que j'étais mort au Christ. (Oui, la fille a donné un certain lustre à la soirée, et je dois vous avouer que nous deux dans l'eau, cela avait un côté édénique auquel je n'étais sans doute pas insensible, il m'est alors venu à l'esprit qu'effectivement, en ces instants, je vivais trop pour le péché, mais que dans notre nudité je ne cherchais rien d'autre qu'une image mentale.) Michael et moi avons discuté pendant une heure, à coup de citations bibliques. Le ton est monté, ce qui a attiré Eliza à la grange. Elle est entrée tel Yul Brynner inspectant les quartiers des esclaves dans *Les Dix Commandements*. (Voilà que votre mépris est contagieux, allez au diable !) Elle a posé la main sur mon bras et, si légère cette main fût-elle, quatre doigts sur mon avant-bras, je me suis tu, car elle me fixait de son regard bleu gris, aussi glacial que l'acier. « Je pense que vous semez le désordre dans cette maison », m'a-t-elle dit, puis elle m'a prié de partir. Ted pense qu'elle s'est prévalue de son autorité morale pour la seule et unique raison qu'elle s'est imaginé que j'avais harcelé une fille, et non parce que j'avais péché. J'ai ri, mais je crois qu'il se trompe. En grande partie.

Savez-vous que cela fait un peu plus d'un an que nous nous écrivons ?

Affectueusement,

BERNARD

17 novembre 1958

Bernard,

Merci pour les épreuves. J'ai mis à profit chacune des dix corrections autorisées. J'espère que réécrire un paragraphe ne compte que pour une seule correction ! Parce que quatre des dix corrections y sont passées ! Le reste s'est limité à corriger ce que vos correcteurs ont laissé passer. Mais je sais que vous avez une équipe de jeunes loups de Harvard pour faire ce boulot, je ne suis donc pas surprise qu'ils s'en moquent comme de l'an quarante. J'ai trouvé que ces pages sentaient le gin, auraient-elles été relues lors d'une soirée un peu arrosée ?

Bernard, vous êtes conscient, n'est-ce pas, que vous avez été flanqué à la porte de deux communautés catholiques en raison, semble-t-il, d'une incapacité à vous dominer en présence de femmes ? Je suppose que vous avez omis ce détail dans votre compte-rendu car cela va de soi. Sans doute devrais-je faire une fois de plus appel à ce brave Augustin pour vous gronder. Vous êtes encore en pré-conversion ! Toujours est-il que ça me fait sourire. Une part de moi estime que Ted pourrait bien avoir raison. J'aime à penser à vos excès comme Dieu porterait un jugement sur la ferveur de ces gens. Que vous êtes venu leur montrer que l'Église est la seule maison qui puisse nous rassembler en paix, nous pécheurs.

Oh ! S'il vous plaît, venez rendre visite à ma petite communauté catholique, une communauté d'une seule personne ! Pas de tâches ménagères, à part faire le café et laver cinq assiettes. Pareil labeur est-il assez expiatoire à vos yeux ? J'ai récupéré dans la rue une petite table en bois et deux chaises, et je me suis entraînée à faire des crêpes. J'en ai fait pour mes collègues de bureau, nous avons même eu droit à un début d'incendie à la fin de la soirée, quand un dénommé Peter, un attaché de presse, a essayé d'en faire flamber avec sa flasque de whisky. Quelques-unes de mes mèches ont roussi. Mais je ne me suis pas laissé démonter, je reste là, spatule en main, et j'aimerais en faire pour vous.

Amitiés,

FRANCES

27 novembre 1958

Frances,

Oui, je comprends pourquoi j'ai été, comme vous le dites si bien, flanqué à la porte de ces deux communautés catholiques, je demande chaque jour dans mes prières la sérénité. Je prie le Saint-Esprit. Je n'ai pas honte, mais je n'arrive pas à comprendre pourquoi cela se reproduit.

Pourquoi je ne tiens compte ni de la raison, ni de la volonté, ni de la pureté que Dieu exige de moi. Pourquoi je m'imagine faire là ce que Dieu attend de moi. Pourquoi je n'aurais pas honte s'il me surprenait la main dans le sac. Saint Paul me réconforte : je fais les choses que je ne veux pas faire, et jamais celles que je sais que je devrais faire. Saint Augustin me réconforte lui aussi, c'est vrai : son long, lent, réticent et tâtonnant cheminement vers Dieu. Le détour par la faute qu'il croyait légère.

Savoir que vous ne me lâchez pas me redonne courage.

J'ai entendu dire que *The Paris Review* aimerait m'interviewer au sujet de mon livre. Cet échange est censé être une conversation ayant pour thème « l'influence des classiques sur mon œuvre » (je cite). Je préférerais parler de la façon dont le catholicisme a influencé mon travail, parce que c'est la vérité, mais *The Paris Review* a peine à accepter que Dieu puisse être pris au sérieux par quelqu'un qui n'est ni un démagogue, ni un péquenaud. Ils m'envoient à Boston une jeune diplômée de Barnard College pour cette interview. Ils préparent un numéro sur les jeunes espoirs et il semblerait que j'aie leurs faveurs. Je leur ai dit que vous étiez l'une de mes favorites et je leur ai adressé un exemplaire de votre nouvelle.

Quels sont vos plans pour Thanksgiving ? Pas moyen d'éviter d'aller dans ma famille pour le repas, ce qui signifie les tantes, les oncles, les cousins/cousines, les petits plats dans les grands, la belle argenterie, les nappes frangées de dentelle jaunissante. Ma mère s'assiéra aux côtés de mon père qui présidera la table, elle ne manquera pas de le châtrer par le biais de remarques au tranchant habilement dissimulé. Il rira de certaines, mais il aura beau sentir qu'il est en terrain miné, il n'aura pas la force de caractère pour comprendre à quoi correspondent ces piques. Ma mère est son ancre de salut, elle lui rappelle qu'il a accompli son devoir d'homme, à savoir : épouser quelqu'un de bien, avoir un enfant, et remplir de sa propre descendance la maison qui est dans sa famille depuis le XVIIIe siècle. Après quoi, il s'est senti libre de flotter indéfiniment dans le ciel tranquille du mercantilisme moyen, sombrant dans la léthargie du passé, alors que ma mère était fougueuse, mais pas encore aigrie. « On va bientôt passer à table ? » demandera-t-il en entrant dans la cuisine dont ma mère et mes tantes s'escrimeront à fermer les écoutilles. Personne n'aura lu mon livre. « Bernard, dira ma mère, ces poèmes me donnent franchement mal à la tête. Mais je suis sûre que là-bas, à New York, ils savent ce qu'ils font. » Mon père ne les aura pas lus du tout. Il se sentira menacé par eux, parce que même si la vie intellectuelle est le cadet de ses soucis, il sait que, dans le milieu intellectuel, son fils est reconnu, comme lui-même ne l'a jamais été dans son domaine, il sait aussi qu'il a financé son éducation, mais il n'a jamais pensé que l'instruction servait à quoi que ce soit. Pour lui, Harvard faisait partie de ces conventions auxquelles il fallait se soumettre, tout comme l'église pour ma mère. Il aime me faire admettre que je n'ai pas le sou, curieux de savoir si je résisterais à une offre d'argent de sa part. Ne l'ai-je pas surpris à inspecter les semelles de mes chaussures pour voir si elles étaient trouées ? Revenons-en au dîner. Si ma grand-mère était encore de ce monde, elle dirait que c'est une chance que ma mère n'ait pas eu de fille parce que la malheureuse enfant aurait dû se passer de dessert toute sa vie ! Et là-dessus, elle me servirait une part de tarte. Mon oncle George ne manquera pas de me demander pourquoi je ne porte pas de col romain si je suis prêtre, et je devrais lui rappeler encore une fois que je n'ai jamais mis les pieds au séminaire. Et il dira, comme toujours, que je ne m'en porte que mieux parce que bien sûr, l'Église catholique est bourrée de païens immigrés, gominés, buveurs de sang, pas vrai ? Et qu'être le pasteur d'un tel troupeau revient à être expédié en mission en Afrique. C'est le frère de mon père. Sa fille, ma cousine Caroline, me posera, elle, des questions sur mon travail d'enseignant et me dira qu'elle essayera de lire mon livre. Je lui poserai à mon tour des questions sur ses jeunes élèves et me demanderai une fois de plus si, depuis notre dernière rencontre, j'ai croisé des jeunes gens au cœur tendre dignes d'elle. Caroline est jardinière d'enfants dans une école de Boston où l'on se sert des méthodes nouvelles, c'est une fille tout droit sortie des ouvrages de Louisa May Alcott élevée par des banquiers. Elle a Walden Pond dans les yeux, mais on sent l'institutrice au fond de son cœur, elle n'est pas du genre à trop s'éloigner de la philosophie des Elliot, poursuite obstinée de la respectabilité et de l'aisance. Ted et elle ont vécu jadis un intermède charmant qui s'est terminé parce que Ted a besoin d'un peu moins de Walden Pond et d'un peu plus de fougue méditerranéenne et qu'elle-même a besoin de quelqu'un de moins excentrique et d'un peu sûr de lui.

Passerez-vous Thanksgiving en famille ?

Comme vous diriez : qui est ce Peter ?!?!?!!!

Amitiés,

Bernard

5 décembre 1958

Bernard,

Qui est ce Peter ? Bernard... je soupire... avant de me moquer de vous et de votre obstination à vouloir à tout prix voir une idylle là où il n'y en a pas ! Peter est un jeune collègue de travail. Il a un faible pour le whisky et pour Edmund Burke.

C'est tout ce que je peux vous en dire. Le jour où je découvrirai que je suis vraiment amoureuse de lui, ce pauvre garçon, et malgré moi, je vous préviendrai. Juste ciel !

En revanche, cette jeune diplômée de Barnard était-elle aussi intelligente que mignonne ?

Thanksgiving s'est bien passé. Je suis rentrée en train à la maison et j'ai aidé mes tantes à préparer le repas. Nous sommes si nombreux qu'il faut prévoir des réchauds sur la table. Cette année, j'étais responsable des desserts. Sept, rien que ça ! J'ai confectionné pour mon père une *mincemeat pie*, dont il a gâché l'effet en s'en tranchant une part dans les coulisses. Les personnes âgées raffolent de ce gâteau, à base de fruits secs et de pommes. Mes cousins et leurs enfants lui préfèrent, et de loin, le gâteau au fromage blanc nappé de chocolat dont j'ai récupéré la recette sur un paquet de fromage à tartiner Ann Page. C'est déchoir à mes yeux que de suivre une recette de supermarché, mais il m'arrive, oui, de vouloir faire plaisir au plus grand nombre, de façon à mieux camoufler ma différence. Mon père a levé son verre pour fêter la remise de mon manuscrit, tous ont applaudi. J'aurais voulu rentrer sous terre. Dans mon livre, une tante et un oncle se cherchent comme une hache de guerre et une pierre à aiguiser. Mais cela m'étonnerait qu'ils le lisent. Et s'ils le lisaient, je parierais qu'ils ne se reconnaîtraient pas dans la peau de deux vieilles bonnes sœurs. Une autre tante a déclaré qu'elle était heureuse de constater que New York ne me montait pas à la tête. J'ai répondu que j'appréciais de ne pas avoir été vendue pour la traite des blanches. Disons que dans l'ensemble ça s'est plutôt bien passé.

Merci d'avoir envoyé mon manuscrit à ces gens. Ne vous attendez jamais à plus d'une poignée de lecteurs pour comprendre où vous voulez en venir quand vous écrivez sur Dieu. N'allez pas vous en faire pour ça.

Votre amie, cette païenne immigrée, buveuse de sang,

FRANCES

5 décembre 1958

Bernard,

J'ai donc eu un entretien avec mon agent au sujet de mon éditeur. Je n'en peux plus. Elle est farouchement allergique à tout mystère. Elle me demande d'expliquer pourquoi les choses se produisent quand elles se produisent. Elle me demande d'expliquer ce que je veux que le lecteur comprenne par accumulation de détails. « Pourquoi sœur John est-elle si méchante ? dit-elle. Je ne comprends pas. Dites-nous pourquoi. » Elle ne peut se résoudre à me demander de donner au livre une fin heureuse, mais c'est tout comme. Sans doute croit-elle que je peux faire de mon livre un nouvel *Au risque de se perdre*. Elle m'a dit que si je m'entêtais dans mon inintelligibilité, c'est le terme qu'elle emploie, j'étais libre d'aller dans une de ces petites maisons d'édition qui publient des livres exigeant un effort intellectuel.

La bonne idée !

Je déteste demander des faveurs, mais dès que l'on menace mon travail, mes scrupules s'envolent, l'essentiel étant pour moi de protéger mon livre. J'ose vous le demander humblement : pourriez-vous en toucher un mot à John ?

Avec toute ma reconnaissance,

Amitiés,

FRANCES

15 décembre 1958

Cher John,

J'ai reçu les exemplaires du livre. La couverture est très bien, moi je le suis moins. On dirait que quelqu'un m'a donné jusqu'à trois pour réfléchir à la *Poétique* d'Aristote avant d'appuyer sur l'obturateur. Pourquoi ne me l'a-t-on pas montrée plus tôt ? Pourquoi ne m'en avais-tu rien dit ? Ma mère aurait pu me le dire, mais j'ai toujours autant de mal à l'entendre quand elle essaye de me dire que je suis têtu, égoïste ou suffisant. Oh passons ! Cette photo est le cadet de mes soucis. L'important c'est ce qui est dans ces pages, et je n'y trouve rien à redire.

Merci d'avoir veillé à ce que la fabrication tienne compte de ces changements. Publier un ouvrage relève d'un processus désespérément bureaucratique, non dépourvu d'un côté philistin. Je me demande comment tu peux supporter ça. J'ai peine à rester éveillé pendant les réunions de profs de fac. Les gens discutent pédagogie. Ils se complaisent à couper les cheveux en quatre pour ouvrir l'esprit de manière bien programmée et affermir le jugement. « Bref, ai-je dit un jour – quand une discussion s'est arrêtée à un carrefour auquel nous étions parvenus après avoir décortiqué d'une façon péniblement démocratique et glaciale diverses méthodologies en fin de compte identiques –, les Grecs pensaient que vous pouviez aller assez loin avec la pédérastie. » Le président du débat a poussé un grand soupir. Oubliant où je me trouvais, j'avais dit ce qui me venait à l'esprit. T'est-il jamais arrivé de t'ennuyer à ce point que tu ne sentes plus que tes yeux dans ta tête ? Que tu ne sois plus que deux yeux et que le reste de ta personne se soit évaporé ? Je ne le pense pas. C'est pourtant l'état dans lequel je me trouvais quand j'ai prononcé ces mots. Voilà pourquoi tu fais ce travail d'édition et voilà pourquoi je m'évapore, tel un gaz, et il ne reste plus de moi que deux yeux chaque fois que j'ai un boulot. Mais j'aime vraiment les étudiants. Heureusement, ils sont là et pour les atteindre, il me faut traverser un bourbier de petits esprits. Comme si tu avançais dans du béton frais sorti de la bétonneuse. Avec les étudiants, j'accède à l'un des plus purs états que je connaisse. Après l'une de ces horribles réunions, je peux entrer en flottant dans la salle de cours, tel ce gaz, et à mesure que nous parlons je deviens un roc d'enthousiasme, de détermination. Comme tu le sais, la pureté de cœur est de vouloir une chose. Tout, inquiétude, colère, paresse, frustration, se dissipe quand on parle. Je sens Dieu dans la salle, à travers le pur échange d'idées et l'éveil de ces jeunes aux idées.

À propos de petits esprits, Frances Reardon, la jeune femme dont je t'ai parlé que j'ai rencontrée lors de ce séminaire, a besoin d'un nouvel éditeur. Je pense que le sien s'enlise encore davantage dans la bureaucratie et le philistinisme que ta maison d'édition. Son livre a besoin de toi. Son éditeur, qui a repris le manuscrit après que l'éditeur initial eut convolé avec un banquier, le lui a renvoyé avec seulement dix corrections, dont sept sont des suppressions purement arbitraires. Le manuscrit était accompagné d'une lettre lui demandant si elle accepterait de minimiser les thèmes religieux sous prétexte qu'ils pourraient paraître rébarbatifs, ajoutant qu'elle ne savait pas si l'héroïne lui était sympathique ou non, ce qui a gêné Frances. Je pense que son éditeur est une fille à qui l'on a confié ce travail pour la simple raison qu'elle est à la fois tenace et insignifiante – sa ténacité masquant son insignifiance et son insignifiance facilitant son ascension parce que l'insignifiance affranchit l'esprit d'une pénible et embarrassante remise en question. Dis-moi ce que nous pouvons faire.

Bien à toi,

BERNARD

16 décembre 1958

Frances,

J'ai écrit à John à votre sujet. Il doit contacter votre agent.

Je vous adresse un exemplaire de mon livre. Avec toute mon affection. Je me demande ce que vous en penserez. Votre opinion, quelle qu'elle soit, sera une grâce divine.

Amitiés,

BERNARD

20 décembre 1958

Bernard,

Je tiens à vous remercier de m'avoir tirée de ce couvent et de m'avoir sans doute sortie de cette autre maison des horreurs. Merci aussi pour votre livre. Il est très beau. Mais, par pitié, n'allez pas croire que j'aie une ligne directe avec Dieu. Rappelez-vous que mon domaine à moi, c'est la fiction. Non seulement mon opinion n'a rien de divin, mais elle est faussée par mon besoin obstiné, terre à terre, de concret. Je vous répète que vous et moi sommes très différents : j'avance un mot à la fois, un pied devant l'autre, lentement, en veillant à ce que mon pas soit bien assuré avant de passer à la phrase suivante, ponctuant cela de pauses ruminantes accompagnées d'une tasse de café et d'une tartine grillée. Vos poèmes me donnent la sensation d'appartenir au monde des vaches, d'être parquée dans un champ immense, hostile, seule à ruminer. Alors que vous, vous êtes Christopher Wren[1]. Vous m'avez fait commettre ce vilain péché qu'est l'hyperbole pour essayer de vous convaincre de mon estime, Christopher Wren ! Mon Dieu, mon Dieu ! Quoi qu'il en soit, voyez là un compliment.

Amitiés,

FRANCES

1. Sir Christopher Wren (1632–1723) est l'un des plus célèbres architectes anglais. On lui doit la reconstruction de Londres après le violent incendie qui détruisit le centre de la ville en 1666. La cathédrale Saint-Paul est son chef-d'œuvre.

15 janvier 1959

Très chère Claire,

Bonne année ! Il semble que ce sera John Percy de chez Harrow, qui m'éditera à l'avenir, grâce à l'intervention de Bernard. Bernard, pour sa part, aimerait dire que c'est grâce à Dieu, mais je me contente d'attribuer cela à la gentillesse de Ses créatures. Cela dit, je vis comme une bénédiction de savoir désormais où je vais. John me rappelle Bill. Jusqu'à ses chemises écossaises ! Si ce n'est que John ne rafistole pas ses manchettes avec des épingles à nourrice quand elles sont si usées qu'elles se détachent des manches. Je mourais d'envie de raconter à John la fois où Bill a épinglé par accident la manchette dans son poignet, mais John a un côté un peu guindé et j'essayais de me faire passer pour une artiste sérieuse.

Tu n'as pas idée de ce que cela m'a soulagée, mais il me reste une inquiétude. J'ai lu les poèmes de Bernard et, vois-tu, ma chère Claire, même si le Christ y est omniprésent, à travers des personnages historiques, ou de fréquentes références et citations, écartelé en quelque sorte pour se conformer à l'impressionnante imagerie de Bernard, je crains qu'Il n'habite pas réellement ces poèmes. Il reste trop en surface pour réellement les animer. Je ne doute pas que le Christ vive en Bernard, et même en ses tréfonds. Quand il parle de l'Église, il en parle avec humilité et passion, mais, dans ses poèmes et dans son cœur, le Christ disparaît tant l'auteur s'efforce d'être fidèle au sens et à la complexité socio-historiques. Dans les poèmes, j'entends lances et boucliers se heurter aux limites de ce monde imparfait, le Christ étant le bouclier et la lance, l'arme de Bernard contre le nihilisme. Je le mène moi aussi, ce combat. Voilà pourquoi j'ai besoin de Bernard. À mon avis, le symbolisme voile ce dont Bernard souhaiterait vraiment nous parler, à savoir sa propre histoire. Il dissimule ses combats avec la pureté, le désir et le désespoir dans les symboles de la religion, se référant parfois aux Grecs, pour faire bonne mesure. (Qu'en sais-je, moi, des Grecs ? J'arrive tout juste à les comprendre, à partir de saint Thomas d'Aquin. Bill, lui, est certainement apte à lire ces poèmes et à nous donner son opinion.) Je me demande si la vie d'un homme ne serait pas une meilleure arme contre le nihilisme. Un homme en plein combat, et à travers ce combat nous appréhendons plus clairement le réel. Sans doute est-ce pour cela que j'écris de la fiction : le personnage en tant qu'argument. Sans doute aussi est-ce pour cela que j'aime saint Augustin. Et Kierkegaard : un homme en guerre contre le désespoir, qui nous en éloigne tout boiteux que nous sommes.

Également trouvé chez Thomas d'Aquin : l'intellect, c'est Dieu présent dans Sa Création. L'intellect devrait être un serviteur de la révélation. Bernard estime que l'intellect en soi, tel qu'il imprègne la page, est révélation.

Sans doute devrais-je faire part à Bernard de ces remarques. J'ignore pourquoi, cette fois, je suis incapable de dire ce que je pense. Toi et moi ne pourrions pas être amies, n'est-ce pas, si tu ne m'avais pas dit un jour d'arrêter de me murer dans mon silence au cours des ateliers d'écriture, et si de mon côté, je ne t'avais pas dit que tu serais folle de ne pas épouser Bill ? Je ne pense pas que ce que je lui dirai puisse l'affecter. Sa confiance en lui est inébranlable, mes mots lui feront autant d'effet qu'un écureuil grignotant le tronc d'un séquoia. Il ne peut pas entendre, pas plus qu'il ne peut percevoir que c'est son désarroi et non la voix du Christ qui s'exprime dans ses poèmes. Je doute qu'il soit capable d'entendre ce que je dis. Au moins, l'aurai-je dit ; je sens que cela m'incombe.

Est-ce que je pense, malgré tout, que ces pages sont pure beauté ? Je ne dirais pas que c'est un génie, même si je persiste à croire que le génie a un rapport avec l'abondance et la vélocité. À mes yeux, son torrent de mots, sa prolixité, ce constant déluge d'images et de syntaxe shakespearienne relèvent du génie. Sans l'ombre d'un doute. Je perçois là une telle intelligence, une telle force que cela annihile ma volonté créatrice, tout comme lui parler peut annihiler tout désir de parler. Après avoir lu son livre, je suis restée une semaine sans pouvoir écrire. Mais je sais que Bernard recherche beauté et vérité, et que la vérité est un peu malmenée par les lames vrombissantes de son esprit.

Vois-tu, après t'avoir écrit ces lignes, j'ai l'impression que je peux écrire tout ça à Bernard.

Affectueusement,

FRANCES

11 février 1959

Frances,

Merci pour votre lettre.

Si vous saviez combien je voulais que vous aimiez mon livre. C'était puéril de ma part, n'est-ce pas ? Je devinais ce que vous en penseriez. Je crois que je voulais que vous me disiez ce que vous m'avez dit, aussi ai-je qualifié votre jugement de grâce divine.

Mais vous le trouvez beau, même si j'erre encore, et cela veut dire beaucoup pour moi. Je n'ai pas honte de ce que j'ai écrit, j'en reste satisfait. Le critiquer serait désespérer à son sujet, et le désespoir, comme vous le savez, est un péché. Qui plus est, je vous ai pour lectrice. Et c'est une joie. Enfin, je n'en suis qu'à mon deuxième ouvrage, tout espoir n'est donc pas perdu !

Merci de ne pas m'avoir surnommé l'Airain qui résonne dans votre commentaire !

Affectueusement,

BERNARD

15 février 1959

Cher Bernard,

Souvenez-vous, s'il vous plaît, qu'en dépit de tout ce que je pense de vos poèmes, je les trouve également très beaux. Peut-être n'ai-je pas assez insisté sur l'honneur que cela a été pour moi que vous me demandiez de les lire. Un très, très grand honneur. J'ai un peu honte car votre lettre m'a rappelé les reproches que je m'attirais lors des ateliers d'écriture pour m'être montrée trop avare de compliments. À l'époque, je m'en fichais pas mal parce que la seule personne de cet atelier qui comptait pour moi était Claire. À présent, tout est très différent. J'aurais dû ne pas imposer mon point de vue avec une telle vigueur.

Février à New York est sinistre. Le printemps semble aussi lointain que les îles Fidji. Ne feriez-vous pas un saut jusqu'ici pour égayer un peu l'atmosphère ? Dans ce cas, nous pourrions parler davantage de vos poèmes. Il fait froid dans nos bureaux, tout le monde a la goutte au nez et une mine de papier mâché à croire qu'ils n'ont pas fermé l'œil de la nuit et ne se sont pas lavé les cheveux depuis une éternité. Lundi dernier, j'ai rembarré Sullivan quand il m'a demandé pour la troisième fois où il devait déjeuner. Je lis trop ces temps-ci parce qu'il fait trop froid pour sortir. Trois romans de Hardy en quinze jours !

J'ai tout de même de bonnes nouvelles. Le *New Yorker* envisagerait de me publier. Ils ont une de mes nouvelles et en réclament une autre. Maudit soit toutefois ce magazine ! Ils ont dit à John qu'ils avaient déjà une femme écrivain catholique, Elizabeth Pfeffer, je pense, car si mes souvenirs sont bons, ils l'ont déjà publiée deux ou trois fois. Une de ses nouvelles étant programmée pour cette année, ils se demandent s'il est judicieux de publier deux femmes écrivains catholiques en douze mois, par conséquent ce sera ou elle ou moi, et ils garderont sous le coude la nouvelle que je leur ai confiée si nous acceptons. Elizabeth Pfeffer et moi sommes très différentes. Comme vous le savez, c'est une fana de la vie familiale, aussi n'y a-t-il aucune chance pour qu'une publication rapprochée de nos nouvelles donne l'impression que le Vatican a annexé la rubrique fiction du *New Yorker* pour en faire une officine de la censure. Peut-être que John ou vous devriez leur écrire que plusieurs catholiques en vue refusent de croire que je suis catholique ! Dieu merci, travailler dans l'édition m'a initiée au constant et stupide arbitraire qui se veut bon goût, et m'a également endurcie. Dieu merci, j'ai assez d'énergie pour mener de front écriture et travail. Et, disons-le, même au bureau. Le jour où il arrivera quelque chose à Sullivan, j'aurai des ennuis. S'ils me gardent, ils pourraient bien me refiler à quelqu'un qui ait réellement besoin de moi.

Venez me trouver, s'il vous plaît ! Je vous ferai un gâteau que je meurs d'envie d'ajouter à mes victoires culinaires.

Amicalement,

FRANCES

20 février 1959

Frances, ma chère,

J'aimerais bien connaître ce genre de problèmes. Alice et Tom m'hébergeront. Je viendrai le 5 mars, par le train du vendredi soir. Est-ce trop tôt ? Trop tard ? Je vous appellerai dès mon arrivée.

Frances, ma très, très chère amie, n'allez pas vous rendre malade au sujet du *New Yorker*. Il y a de la place pour tout le monde quand on a atteint votre niveau. Le véritable talent ne cesse d'ouvrir des portes. S'ils ne prennent pas votre nouvelle, John ou votre agent veilleront à ce qu'un autre magazine digne de ce nom la publie. Et n'oubliez pas que vous avez votre travail, ce qui vous permet de ne pas paniquer, vous n'avez pas plus besoin du *New Yorker* pour vous faire mieux connaître dans le milieu littéraire que vous n'en avez besoin pour alimenter votre compte en banque. (Pour le moment, comme je l'ai dit, vous feriez mieux de vous trouver un mari avec un revenu assuré et un vague intérêt pour la littérature. Un gars dans le genre de Ted. S'il n'avait pas fichu sa vie en l'air en épousant Kay, je vous aurais déjà mariée avec lui !) Je suis là, John est là, votre agent, dont j'oublie toujours le nom, est là et votre travail mérite d'être internationalement reconnu. Ne soyez pas surprise si le *New Yorker* décide de publier la brave ménagère : dites-vous que vos sœurs de Barbizon y sont abonnées ! Mais par pitié, que cela ne vous empêche pas de dormir ! Comme vous le savez, je n'ai jamais rien publié dans ce magazine. Et je serais fort étonné que cela m'arrive un jour. Écrivez juste ce qui vous vient.

VOTRE BERNARD

27 février 1959

Le 5 mars est trop loin ! Mais je survivrai jusque-là. Je me sens moins prisonnière, là-haut dans ma mansarde, maintenant que le temps s'est un peu réchauffé et que je me suis réveillée au chant des oiseaux. De vrais oiseaux ! D'où viennent-ils ? Je n'ose poser la question. Et si j'avais des hallucinations ?

En tout cas, merci pour vos encouragements concernant le *New Yorker.* Il me semble que vous avez plus ou moins raison. (Mais… internationalement ? Voilà bien la différence entre vous et moi.) J'apprécie ma chance d'avoir désormais John pour éditeur. Cela me rassure et me redonne confiance en mon (proche) avenir. Mais voyez-vous, je suis obligée de vous rappeler que vous avez acquis une notoriété telle que l'on ne cesse de vous proposer des postes d'enseignant, ce qui vous permet de refuser l'aide financière que vos parents vous proposent constamment. Je ne dis pas cela par envie, mais parce que je ressens le besoin de vous mettre devant la réalité que vous écartez souvent. De jeunes Irlandaises originaires de Philadelphie ne peuvent se permettre de croire qu'elles s'en sortiront sans la bienveillance du *New Yorker*, même si elles le conspuent. Et si j'entends dire que je suis en compétition avec quelqu'un : oh lala ! Je déteste perdre. Vraiment. Surtout quand je sais que je suis la meilleure.

Quoi qu'il en soit, j'ai votre amitié, et l'Irlandaise de Philadelphie que je suis vous est très reconnaissante pour la gentillesse avec laquelle vous la lui accordez.

Amitiés,

FRANCES

8 mars 1959

Chère Frances,

Je ne sais toujours pas lequel de nous deux devrait s'excuser envers l'autre.

Je ne suis pas venu à New York dans l'intention de t'embrasser. Il a suffi d'un moment dans un bar bruyant, chaleureux, sympathique, bouillonnant de rires, un moment marqué par un sourire ravageur, presque coquin, dont j'ai cru être la cause ou le seul destinataire, et je n'ai pu résister.

Tu comptes beaucoup pour moi et je me demande ce que cela signifie. Tu as toujours compté pour moi, dès le début, et, à présent, je me demande si je me suis menti sur mes sentiments.

Je sais que cela te mettra encore plus en colère que tu ne l'étais après que je t'ai embrassée, mais je me surprends souvent à vouloir t'appeler mon amour. Mon amour. Deux mots. Pour la façon dont tu as souri dans le métro à un enfant qui te faisait des signes sur les genoux de sa mère, tandis que nous traversions un tunnel avec un bruit de tonnerre. Je te revois plantée devant un Turner au Met dans une salle bondée de touristes, tu lisses avec insouciance ta jupe bleue, comme si une meute de chiens s'agitait à tes pieds dans l'attente de tes ordres. Tu laisses ton regard errer par la fenêtre pendant que tu fais la vaisselle du soir, tout en inventant des histoires de bandes dessinées sur ce qu'il se passe derrière les fenêtres d'en face.

Vois-tu, je crois que c'est en partie pour cela que je veux t'appeler mon amour : tu t'intéresses à ce qui se passe autour de toi.

Cela te vexerait-il ou au contraire te soulagerait-il si je te disais avoir agi par simple jalousie masculine ? Je pourrais mentir et te dire que je l'ai fait parce que tu avais parlé trop longtemps avec Peter. Tu es très fière, mais tu ne réagirais pas comme moi. Sans doute serais-tu soulagée par ce mensonge, car cela voudrait dire que je l'ai fait par dépit, par jeu et non parce que je te désirais. Du coup, je te déteste un peu. Parce que j'ai ma fierté moi aussi, et je veux sentir que tu me veux ou que tu as besoin de moi. Parce que moi, j'ai besoin de toi. Et je ne vois pas de qui tu pourrais jamais avoir besoin. Dans ta lettre tu m'as demandé de venir te voir, il était clair que tu souhaitais ma compagnie, mais, au fond de moi, je pense que tu n'as besoin de personne. Sinon, tu serais déjà tombée amoureuse de quelqu'un. Ne prends pas ça pour une insulte. C'est une pensée qui m'est venue en écrivant. Encore une fois, ce n'est pas une insulte. Je n'ai pas été vraiment amoureux de qui que ce soit, moi non plus. Ça n'a jamais marché. Mais je sais que j'ai besoin des autres. Et toi tu ne sais pas comment avoir besoin des autres.

Si nous disons que nous nous aimons, qu'est-ce que cela peut faire ? Ce n'est pas pour autant que nous devrions nous marier. Cela signifie juste que nous avons besoin l'un de l'autre, que nous sommes attirés l'un par l'autre. Que l'un sans l'autre nos vies y perdraient. Et c'est parce que je t'aime que je t'écris ces lignes. Je suis convaincu que c'est Dieu qui t'a mise sur mon chemin. J'ai tout plein de gens autour de moi à qui parler poésie, mais je ne veux parler à personne, pas même à John, de Dieu et de l'art – de la façon dont je veux en parler avec toi. J'ai besoin de savoir que tu t'intéresses aux mêmes choses que moi. On m'a mal compris, mais toi tu me comprends, du moins intellectuellement. Je pense que Dieu m'a mis sur ton chemin parce que Claire ne peut plus te dresser. Je pense qu'elle a essayé, d'après ce que tu me dis, mais vous ressemblez trop à un vieux ménage pour que vos piques mutuelles ne vous déchirent vraiment. Qui plus est, elle est mariée et elle a sa vie à construire. Il lui semblera moins nécessaire de te sculpter à sa façon, parce qu'elle a désormais quelqu'un qui a besoin de sa gouge, tout comme Ted n'est pas par ici pour me sculpter pour la bonne raison qu'il va se marier et qu'il a sa vie à construire. Aussi je pense que toi et moi nous sommes trouvés au bon moment.

Peut-être, après avoir lu cette lettre, refuseras-tu de m'écrire ou de me voir, mais je crois en l'honnêteté absolue. Je crois aussi que notre amitié résistera à ma confusion et à ton horreur.

Bernard

15 mars 1959

Bernard, tu m'as coupé le souffle, et j'ai besoin de comprendre.

Ne réponds pas à cette lettre, s'il te plaît. Je t'écrirai plus longuement quand je serai prête. Tout ce que je dirai à présent te fera l'effet d'un coup de marteau sur la tête, et j'ai de l'affection pour toi, et même beaucoup, il faut donc que je prenne de la distance de façon à être aussi gentille que le Seigneur voudrait que je le sois. C'est la première fois que j'éprouve ce genre de chose. Sans doute ce besoin conscient de me taire par amour de Jésus ou d'un autre est-il dû à mon affection pour toi.

Sans toi, ma vie serait moins riche. Ça, j'en suis sûre.

FRANCES

31 mars 1959

Claire,

J'espère que tu vas bien.

Je t'écris pour te raconter quelque chose que je n'arrive toujours pas à croire.

Dimanche dernier, Bernard a débarqué en ville à l'improviste. Assise à l'église, j'attendais que la messe de 17 heures commence, nous n'étions pas plus d'une dizaine, quand j'ai senti une tape sur mon épaule. C'était Bernard. Il faisait à peine dix degrés dehors, mais il n'avait pas mis de manteau. Il portait une veste de coton bleu, une chemise, et son pantalon de velours côtelé brun était retenu par une ceinture en cuir tressé. Une souffrance expliquait certainement sa mise encore plus débraillée qu'à l'ordinaire. Au genou de sa jambe droite, il avait un trou de la taille d'une pièce de monnaie. Ses cheveux se dressaient deux centimètres plus haut que d'habitude et ses yeux me fixaient comme si j'étais un arbre au milieu d'une forêt. Ses chevilles étaient tout écorchées, il était pieds nus dans ses mocassins. Il avait les ongles sales.

Il s'est glissé sur le banc, m'a poussée vers la droite avec sa hanche. « Frances, a-t-il bredouillé, ton propriétaire m'a dit que tu serais ici. »

Je suis restée sans voix. Je l'ai juste fixé du regard. Je sentais qu'il allait se passer quelque chose d'horrible, sans savoir quoi. Tout ce dont j'étais capable, c'était de répéter : Seigneur, aie pitié, Seigneur, aie pitié, Seigneur, aie pitié. Mon esprit restait bloqué sur cette pensée, telle une chaîne de vélo qui déraille. Il a posé la main sur mon genou. Ne sachant que dire j'ai posé la mienne sur la sienne. « C'est ton anniversaire », a-t-il dit, et il a serré ma main encore plus fort.

Sans trop savoir pourquoi, j'ai fait preuve de présence d'esprit. « Si nous allions faire un tour ? » ai-je dit. Sa réponse a été des plus bizarres : « C'est ton anniversaire, c'est ta fête et c'est pour ça que je suis venu. Aujourd'hui, c'est la fête de Frances Reardon, jeune orpheline de *Brigid's Isle*, sainte patronne des genoux frigides. Des vœux non exaucés, des idées fixes, des yeux qui s'atrophient, des prétextes faciles. » Il me regardait sans bouger, comme si j'étais un arbre au milieu d'une forêt, mais après cette déclaration, son regard durcit, jusqu'à devenir cruel. Oui, j'avais bien perçu de la cruauté dans ses paroles, son regard le confirmait.

Là-dessus, il se leva et remonta l'allée latérale. Il se mit à hurler et à proférer des choses encore plus bizarres, entre autres que ces lieux, sous-entendant l'église, ne valaient pas mieux qu'un bar. « C'est un endroit où les gens viennent boire, hurla-t-il. Ils boivent pour oublier, pour se détacher de la réalité, ils se prosternent en prière, et ils boivent, et ils boivent en mémoire de moi. » Le choc était tel que je souhaitais désespérément qu'il me soit donné de m'évanouir. Il descendit l'allée centrale. « Sortez de là, je vous dis ! » cria-t-il. Deux femmes se levèrent et se hâtèrent de sortir de l'église. Prenant mon courage à deux mains, je filai chercher le prêtre. Je retournai à la porte entre le sanctuaire et la sacristie, le prêtre était là, il se contorsionnait pour enfiler son aube. Quand tu vois un homme d'Église en pantalon, ceinture et mocassins, tu as toujours l'impression de le surprendre en sous-vêtements ! Il leva la tête : ses cheveux étaient blancs mais son regard était encore jeune, je me sentis soulagée. Je lui racontai ce qui se passait, il me suivit et ce petit Irlandais chenu réussit à plaquer Bernard au sol et l'organiste, un rouquin sculptural presque corpulent, l'aida à l'y maintenir. Du moins le temps que je coure chercher un agent de police qui appela une ambulance. À mon retour, Bernard avait, bien sûr, échappé au prêtre et à l'organiste, il lançait des livres de messe dans tous les azimuts. Il a fallu quatre ambulanciers pour le sangler sur une civière. Il en a mordu un. Bernard est hospitalisé dans la banlieue de Boston. Depuis deux semaines.

John Percy est passé le voir, les médecins lui ont dit que Bernard avait eu une crise de démence. En réfléchissant à tout ce que je sais de Bernard et à ce que je viens de lire sur sa maladie, je comprends qu'elle le guettait. Elle reviendra. Encore et encore.

Pour autant que John le sache, Bernard est arrivé en train cet après-midi-là. Bernard lui avait téléphoné peu avant de venir me voir et lui avait tenu des propos sans queue ni tête. Sentant que Bernard ne tournait pas rond, John a essayé de me joindre pour me proposer de passer chez moi, mais j'étais déjà partie à la messe. Il semblerait que Bernard ait fait part à John d'une révélation qu'il avait eue dans une église de Boston et selon laquelle j'étais une sainte, la seule chose pure de la ville de New York : John ne pouvait-il pas voir que j'étais nimbée de lumière, parce que je n'avais pas péché, que nul ne m'avait touchée, que je connaissais le véritable objectif de l'Église dont j'étais la championne, que je ne buvais pas le sang comme du lait, que l'hostie était pour moi une nourriture solide, que j'étais une sainte et que le jour où mon livre paraîtrait, tout le monde en conviendrait ? John a rendu visite à Bernard, qui n'avait aucun souvenir de tout ça. Il a ajouté qu'en l'écoutant Bernard avait émis un grognement, enfoui son visage dans ses mains, puis s'était tu un long moment. Quand il a relevé la tête, il semblait accablé, honteux. John m'a demandé d'aller le voir, estimant que si Bernard n'avait pas de mes nouvelles, cela pourrait retarder son rétablissement. John Percy n'est pas du genre à dire n'importe quoi, aussi je tiens compte de son avis.

J'ai prié pour Bernard tout au long de mes journées. Je vais le voir cette semaine. Je descendrai chez son ami Ted et sa femme.

Quoi qu'il en soit, je suis très en colère contre lui. Priez, je vous en supplie, pour que cette colère se dissipe, c'est moche d'en vouloir à un ami qui souffre. Je lui en veux beaucoup parce que, dans sa démence, il m'a prise pour une sainte. J'ai la main qui se crispe rien que d'écrire ces mots. Je lui en veux parce qu'il m'a dénaturée dans sa tête, ce qui m'incite à me demander ce qu'il pouvait avoir d'autre à l'esprit. Du coup, il m'est très difficile d'écrire. Je ne sais pas ce qui pèse le plus lourd sur ma conscience : la page blanche qui résulte de ma colère ou ma colère elle-même. Assise devant ma machine à écrire, je tape et voilà que mon regard s'évade par la fenêtre. Tour à tour, je m'inquiète pour Bernard et je peste contre lui. Il a donc fait de moi une folle, aussi. Il m'a conduite au royaume de l'angoisse et du doute.

Affectueusement,

FRANCES

15 avril 1959

Cher John,

Votre bureau m'a appelée pour me dire que vous étiez en voyage d'affaires en Angleterre et seriez donc absent plusieurs semaines. J'espère que tout va bien et que votre séjour là-bas se passe bien.

Vous m'aviez demandé de vous raconter ma visite à Bernard.

Les hôpitaux sont des endroits abominables, surtout ce genre d'hôpital. Ça coûte une fortune, mais on se croirait dans un dépotoir.

Je suis entrée dans la salle commune pendant la retransmission d'un match de base-ball, on aurait cru entendre un essaim de mouches bourdonnant au-dessus de la tête de ces corps affalés dans des fauteuils recouverts de vinyle. Linoléum gris, vinyle bleu marine. J'avais fait chez Ted des biscuits aux pépites de chocolat. Ted m'avait dit que Bernard mourait de faim et qu'il rendait l'équipe soignante enragée à force de vociférer contre la nourriture. Je pénétrai donc dans cette horrible nébuleuse couleur d'ecchymose et je vis la grosse tête frisée de Bernard émerger du col d'une robe de chambre bon marché en velours bordeaux. « Bernard », ai-je dit dans son dos. Il s'est levé, il est venu vers moi. Il paraissait épuisé. Effrangée, d'une autre époque, sa robe de chambre pendouillait, mais il n'en avait pas moins l'air majestueux, tel un chef de guerre dépossédé de son épée. « Bernard », ai-je dit, en lui prenant la main. « Non, non, ce n'est pas assez », a-t-il protesté. Là-dessus, il a pris le paquet que j'avais dans l'autre main, l'a posé sur une chaise et m'a tirée vers lui. Il avait raison, ce n'était pas assez.

Après cela, nous nous assîmes. Nous restâmes un moment silencieux. La salle sentait à la fois le renfermé, l'odeur corporelle et la poussière sur un fond d'ammoniaque. Le match de base-ball ronronnait. Je ne savais que dire qui n'aurait semblé ni déplacé par son insignifiance, ni condescendant par sa sincérité. « Je t'ai fait des biscuits, commençai-je, parce que Ted m'a raconté que tu avais incité à la rébellion lors des repas ! » Bernard sourit, un sourire plus long à venir que d'habitude. Sans doute nageait-il dans la Thorazine… Je me mis à pleurer, il s'en aperçut. « Maintenant, je sais que tu m'aimes », a-t-il dit.

J'avais apporté *La Tempête* dans l'idée de lui en lire des passages. Sans doute aurais-je dû me dire que ce n'était pas le meilleur des choix. Au bout d'un moment, il me demanda d'arrêter ma lecture. « Dis-moi, Frances, tu as peur de moi ? » « Non, ai-je répondu. Je n'ai pas peur de toi. Je veux que tu te rétablisses. »

« Tu as attendu trop longtemps avant de venir », a-t-il dit.

Je n'ai rien répondu, estimant que c'était l'attitude la plus élégante.

En repartant, j'ai croisé ses parents. J'ai entendu sa mère se disputer avec les infirmières qui, je crois, s'étaient trompées dans le planning de Bernard. Elle réclamait le droit de voir son fils bien que ce ne soit plus l'heure des visites. Je vois de qui Bernard tient son aplomb quand il réclame une amélioration des repas des patients. Et il lui ressemble aussi. « Surveillez mon sac », a-t-elle ordonné à une infirmière qui s'affairait près d'elle. Elle est l'ancre et M. Elliot le petit canot qui y est accroché, il danse sur l'eau, oublieux de ce qui se passe autour de lui. Sans doute aurais-je dû me présenter, mais j'ai craint que ce ne soit pas opportun.

J'y retourne en fin de semaine, je vous donnerai alors un nouveau bulletin de santé.

Sincèrement vôtre,

FRANCES

15 avril 1959

Chère Claire,

Comment vas-tu ?

Je viens d'écrire à John Percy pour lui raconter ma visite à Bernard, je crois avoir laissé de côté dans ma lettre certains sentiments plutôt lâches. Beaucoup de gens pensent que la raison d'être de leur éditeur est de recueillir ce genre de sentiments, mais j'aurais honte si John s'imaginait que je n'étais pas aussi stoïque que lui.

Cette visite fut très pénible. Bernard est sous Thorazine, un sédatif extrêmement puissant censé prévenir les troubles du comportement. Cela veut dire que quand on lui parle, il y a souvent une pause de plusieurs secondes avant sa réponse, comme si tu étais cliente dans une vieille épicerie poussiéreuse dont il était le caissier momifié censé se rappeler où il a mis tel ou tel produit ou s'il l'a même en réserve. Ce médicament lui fait aussi trembler les mains. Ces tremblements ont commencé vers la fin de ma visite, quand je lui faisais la lecture, il m'a aussitôt regardée, désemparé, paniqué, l'air de dire : *Je ne sais pas au juste ce qui m'arrive, mais je ne veux pas que tu assistes à ça.* Il a fini par s'asseoir sur ses mains. Tout ce que j'ai su faire, ça a été de lui embrasser la tête. « Peut-être devrait-on m'interner plus souvent », a-t-il dit.

Depuis vingt-six ans que je suis sur cette terre, je n'ai encore jamais vu personne dans un cercueil – on m'avait tenue à l'écart lors de l'enterrement de ma mère – mais le spectacle de Bernard à l'hôpital n'en est pas si éloigné. Je n'ai jamais vu un être cher aussi physiquement diminué. Il est gris et tout fripé. Son regard est terne. Il m'a fallu tout mon courage pour le regarder droit dans les yeux, déterminée que j'étais à ne pas me comporter comme une enfant devant lui.

En repartant, j'ai demandé à une infirmière combien de fois par jour et sous quelle forme on lui administrait ce médicament. Elle me jeta un coup d'œil méfiant, puis elle m'expliqua : on le déshabille jusqu'aux genoux, on le sangle sur une table et on le lui injecte quatre fois par jour à quatre endroits différents. Je la remerciai d'un signe de tête et courus me cacher aux toilettes jusqu'à ce que je retrouve mon calme. Quelle humiliation ! À sa place, je me serais suicidée. Le pensé-je vraiment ? Espérons que nous n'aurons jamais à le savoir. J'ai du mal à croire que j'écris ces lignes mais, dans un sens, je suis heureuse que ma mère s'en soit allée, parce que si elle avait vécu plus longtemps, qui sait si elle n'aurait pas fini ses jours dans un endroit comme celui-là ?

Quand Ted est venu me chercher, je lui ai demandé de s'arrêter dans la première église venue. « Bien sûr », m'a-t-il dit. Je suis entrée et j'ai prié pour que mon angoisse ne me rende pas inutile. J'ai demandé pardon pour ma colère contre Bernard. Là-dessus, Ted m'a ramenée chez lui et il nous a servi à tous deux un martini. Je n'étais pas sûre d'en vouloir, il était 3 heures de l'après-midi et j'envisageais de travailler un peu, mais il a continué à secouer et à remuer. « Vous ne serez utile à personne si vous n'en buvez pas, a-t-il répondu en me tendant un verre. Tout ce vin n'en est pas moins transsubstantié, si c'est ce qui vous inquiète. »

Je remercie le ciel pour Ted.

Je terminerai ma lettre ici.

Je t'embrasse,

FRANCES

1er mai 1959

Chère Frances,

Pourrais-tu me faire passer en douce d'autres bouquins le week-end prochain ? Ma mère ne m'a pas apporté le Shakespeare que je réclamais. À la place, j'ai eu droit à des Agatha Christie et des John Dickson Carr. « Tes méninges ont besoin de repos, a-t-elle déclaré. Les stimuler à coup de Shakespeare n'est pas judicieux. Je sais que tu n'aimes pas la télévision, aussi je me suis dit que des polars te distrairaient. »

Je ne supporte pas les romans policiers, pas plus que les ouvrages de science-fiction. Pourquoi prétendre que nous sommes ailleurs ? La médecine légale est un leurre. Pourquoi détourner notre attention des éternelles questions en les noyant sous une sauce toute faite ? Une sauce de salade.

Cela ne t'ennuierait pas de m'apporter *Cymbeline* et *Le Conte d'hiver* ? Ma mère m'offre une sorte de pudding, Ted une autre. Ted prétend que, quand tu perds la boule, rien n'égale les convenances et les banalités du roman victorien, des phrases qui acheminent l'intrigue, telle une succession de fourgons, jusqu'à Leeds, sa destination finale. Vu la façon dont il m'a décrit l'œuvre de Trollope, Gissing et Thackeray, je désire à présent cette oasis de convenances où l'on parle un anglais sans affectation tout comme je me damnerais pour un poulet rôti : il y a dans les deux une secrète opulence. Ted me conseille de ne pas m'en faire. Mon attirance pour ce genre d'ouvrages ne signifie pas pour autant que je finirai la corde au cou comme lui. Entendre déjà Ted plaisanter avec une pointe de sérieux sur cette mort qu'est le mariage m'a fendu le cœur. Sais-tu que je n'ai jamais lu *La Foire aux vanités* ? Dans mon esprit, je l'avais confondue avec *Les Quatre Filles du docteur March*. D'après Ted, si tu vois dans Becky Sharp une héroïne, tu réduis *La Foire aux vanités* à un roman de la Bibliothèque rose, alors qu'il s'agit d'un roman de forbans.

Les gens d'ici me rappellent des mégots de cigarette. Racornis, blanchâtres, cendreux, usés. Moi y compris.

Je dors comme d'autres se suicident.

L'aumônier de l'institution est, comme tu le dirais, un vrai cornichon. Il m'a donné un ouvrage de Monseigneur Sheen[1]. Cela m'a flanqué le cafard pendant un jour ou deux. J'ai commencé à me dire qu'après tout, Dieu était aussi petit que les esprits qui l'aiment aveuglément.

Là où je suis, il n'y a rien d'autre à faire que dormir, lire, manger, regarder par la fenêtre ou écrire une longue lettre à Frances.

Je me demande si Dieu ne me joue pas des tours : ici, les filles sont des caricatures des femmes que j'ai fréquentées ou voulu fréquenter. Il y a une fille aux tresses jaunes et au front sévère qui se balade avec *L'Imitation de Jésus-Christ*, une brune qui me fait du pied sous la table pendant les repas, mais feint de ne pas me voir quand je la croise dans le couloir, une troisième aux cheveux auburn qui ne me parle qu'en calembours. À présent, j'imagine ce que le couvent a dû être pour toi ! Mon psychiatre te dirait que ces filles sont des variations de

1. Monseigneur Fulton J. Sheen (1895-1979). Théologien et philosophe, évêque auxiliaire de New York, il est l'auteur de plus d'une cinquantaine d'ouvrages.

ma mère. Je refuse de le croire, comment aurais-je pu être aussi manifestement œdipien ? Ne sommes-nous pas bien davantage qu'une impulsion collective à frustrer et être frustrés ? Serait-ce non pas le libre arbitre mais plutôt l'inconscient qui nous a été donné ? Je me demande ce dont chacun hérite de sa mère à son insu, ce qui dans notre vie est un message qu'elle nous a écrit, que nous venons d'ouvrir et qu'il nous faudra toute une vie pour décoder.

Je t'embrasse,

BERNARD

15 mai 1959

Chère Frances,

Merci de m'avoir apporté ces livres. Comme tu étais belle dans ta robe à rayures verte et blanche ! Sans doute penseras-tu que je dis cela pour la simple raison que je suis à l'asile et que tu étais la seule personne à s'être lavée de la semaine et à ne pas être catatonique. Mais je tiens à le redire : que tu étais belle ! Comme de la crème ou du trèfle en fleur ! Ton visage en dit si long en un temps si court. Tu laisses tes pensées éclore sur ton visage et l'un de mes plus grands bonheurs est d'y voir passer cinq humeurs en cinq minutes. Quel temps splendide !

Je pense que tu m'as pardonné. N'est-ce pas ?

Il est 3 heures de l'après-midi et, entre nos allées et venues en troupeau pour nous repaître, j'éprouve le besoin de parler à un être cher. Je ne parle guère aux autres patients. En réalité, je ne veux pas parler à qui que ce soit ici, de crainte de percevoir les similarités entre la vieille femme qui passe la tête par la fenêtre chaque jour à midi en criant « coucou ! » dans la cour et moi-même. Sans doute le narcissisme des petites différences. Je m'oblige à lire, quitte à faire un effort pour ne pas me déconcentrer au bout de quelques pages. Je m'accroche à ma lecture, même si une heure s'écoule entre deux pages, parce que je refuse de laisser la chimie avoir raison de mon esprit. J'ai besoin de me prouver que je peux consciemment habiter d'autres mots que les miens.

Je n'aime pas non plus me regarder dans une glace. J'ai vieilli en une nuit. Il y a des jours où je parais aussi émacié que le *Saint Jacques* du Greco, d'autres où j'ai les bajoues de ma grand-mère. En général, j'ai l'air grêlé d'autant de cratères et aussi vide de sens que la lune. Tantôt hirsutes, rebelles ou au garde-à-vous, mes cheveux m'agacent. Ils donnent l'impression d'une végétation luxuriante et vivace, mais tiennent plutôt de quelque vestige d'un costume que je louais. Je ne les peigne pas, pour les punir de se moquer de mon état, par ailleurs gélatineux. Les infirmières veulent toujours s'en prendre à eux.

Je me réjouis que John soit enchanté par ton roman. J'y repense souvent, c'est pour moi une bouffée de bonheur.

Je te quitte. Je voudrais juste continuer à écrire combien je te trouve belle, sans encourir le risque de ta censure. Si belle et dire que tu tolères ce Polyphème qui te cherche à tâtons dans les ténèbres de sa grotte.

Je t'embrasse,

BERNARD

21 mai 1959

Cher Bernard,

Je te verrai d'ici à quelques jours, mais en attendant, je voulais que tu aies autre chose à lire que ces feuilles ronéotypées stipulant ce que tu ne dois pas boire avec ton jus d'orange. Je me dépêche pour ne pas rater le courrier, aussi serai-je brève. S'il te plaît, continue à lire, c'est une excellente idée. Je tenais à te dire que je suis plongée moi aussi dans *Cymbeline*. Je ne l'avais jamais lu, ce qui ne te surprendra pas, j'en suis sûre. En fait, je viens de le terminer, aussi pourrons-nous en parler lors de notre prochaine rencontre. On prétend que c'est médiocre, mais j'aime ce vers de la fin : « En ce monde, il faut tout pardonner. »

Tu as l'air aussi gentil que toujours.

Amitiés,

FRANCES

P.-S. – Quoi que tu en penses, tu devrais bien laisser les infirmières tailler tes broussailles, ne serait-ce que pour ta mère. Et, qui sait, pour moi ?

1er juin 1959

Cher John,

J'espère que votre séjour en Angleterre se poursuit agréablement. Si jamais vous découvrez des ouvrages méritant attention, ayez l'amabilité de me les signaler.

Je vous écris comme promis au sujet d'une visite de votre part à Bernard. Ils le laisseront sortir le 15 et il paraît qu'il passera le reste de l'été chez ses parents avant de s'installer à New York où il doit prendre un poste d'enseignant à Hunter College. Sans doute est-ce là un de ces moments où des parents, si inadéquats soient-ils, valent mieux que pas de parents du tout. Je pense qu'après cette leçon d'humilité, Bernard acceptera qu'ils veillent sur lui, et que, de leur côté, ils seront assez humbles pour taire leurs objections et accepter qu'il soit Bernard et non pas un fils docile.

Il a l'air d'aller mieux, même si je n'ai pas idée de ce que mieux veut dire en pareilles circonstances. Je crois que ce que j'entends par là, c'est qu'il semble impatient de sortir de l'hôpital pour reprendre une vie normale et que l'équipe soignante l'y autorise. J'éprouve toutefois certaines inquiétudes à son sujet car je sens qu'il a peur de lui-même, qu'il se voit à présent comme un pistolet chargé prêt à partir sans crier gare. Tout ce que je peux faire, c'est prier pour lui et tâcher de le faire rire, ce n'est pas grand-chose, mais c'est toujours ça.

Bernard serait ravi de vous voir à votre retour. Vos lettres lui remontent le moral. Si vous prévoyez de lui rendre visite, dites-le-moi, Ted McCoy nous y conduira.

Cordialement,

FRANCES

12 juillet 1959

Ma chère Claire,

Sais-tu à quoi ressemble le ciel ? Je veux dire le ciel vu par un enfant : à un endroit où tu ne voudrais pour rien au monde te retrouver coincée parce que ça doit être éternellement silencieux et triste. Comme les quartiers chics de Boston. Là où habitent les parents de Bernard. Chaque fois que j'ai fait un pas dans leur maison, j'aurais juré entendre cliqueter vaisselle et argenterie, à coup sûr une alarme pour signaler à ces Bostoniens de vieille souche que la descendante d'une bonniche irlandaise s'était introduite dans leur territoire, peut-être dans l'intention de chaparder. Et dans le profond silence une pendule égrenait chaque seconde d'éternité. La maison me rappelait ces pièces de style colonial aperçues au musée : de fières commodes en acajou, discrets chuchotis d'étain et lacis de dentelle. Les parents de Bernard se sont montrés parfaitement civils, mais je ne dirais pas qu'ils palpitent de vie. Sa mère vous pose des questions, sans se soucier de la réponse, quant à son père, il a piqué du nez dans son assiette avant le café. Bernard l'a réveillé en sifflant entre ses doigts, tout comme son père le tirait du lit quand il était adolescent. « Écoute, Bernard, tu as vraiment envie de voir ton père terrassé par une crise cardiaque ? » a demandé sa mère qui naviguait avec le plateau du café dans les brumes d'une sérénité matriarcale. Je laissai à Ted et à John le soin de meubler la conversation.

Nous avons passé une bonne partie du temps dans leur petit jardin agrémenté de rosiers. Je n'ai pu m'empêcher de remarquer qu'ils semblaient moins infestés de bestioles que ceux que mon père s'évertue à faire pousser dans des bidons de lait sur le pas de notre porte. Je n'oserais l'affirmer, mais Bernard m'a paru reposé et presque dans son état normal. Il m'a dit avoir écrit soixante-dix pages d'un ouvrage qui ne lui semblait pas si mauvais. Il plaisantait, écoutait avec attention, il a arraché à John deux ou trois ragots. (Il n'y a pas de plus grand amour que de laisser là vos scrupules au nom de votre ami Lazare.) Au bout d'environ une demi-heure, il a renvoyé Ted et John. « Allez parler de la guerre avec mon père », leur a-t-il dit, et ils y sont allés. Quant à moi, j'ai paniqué : allait-il devenir sentimental ? Il m'a pris la main, l'a portée à ses lèvres et l'a embrassée non sans tristesse. Je me suis sentie rassurée, mais j'ai eu de la peine. Il m'a embrassé la main encore plus fort, l'a posée sur mes genoux sans la lâcher. « C'est terrible, a-t-il dit. Tu as répondu à une lettre et tu t'es liée d'amitié avec un monstre. » Sa mère est arrivée. Elle a claqué la langue, nous avons levé la tête, stupéfaits. Jamais je n'avais vu Bernard stupéfait, n'est-ce pas plutôt lui, en général, qui surprend les autres ? « Arrête ça tout de suite », a-t-elle ordonné. Elle en avait le menton qui tremblait. « Tu vaux mieux que ça. » Ni Bernard ni moi n'avons dit mot. « Aimeriez-vous boire quelque chose ? » a-t-elle demandé. Entre-temps, il s'était calmé. Je n'aurais pas cru qu'un menton puisse trembler, mais celui de sa mère l'avait bel et bien fait. « Non merci, mère », a-t-il dit. À la note d'heureuse surprise que j'ai détectée dans sa voix, j'ai saisi qu'il avait apprécié qu'elle soit en quelque sorte intervenue en sa faveur. D'après lui, cette semonce protectrice et affectueuse était plutôt rare. Nous restâmes quelques instants sans mot dire, puis il se mit à passer la main dans mes cheveux. Je ne l'en ai pas empêché, tout en pensant qu'il essayait peut-être de voir jusqu'où il pouvait aller. Je n'avais pas le cœur à l'envoyer promener. Au bout d'un moment, Ted est revenu dans le jardin, il m'a regardée, l'air de dire de ne pas m'inquiéter. « C'est l'heure, Dante ! a-t-il dit. Je suis revenu parce que John était trop gentil avec toi. Allez, remercie-nous en réintégrant tes pénates ! »

Il y eut d'autres instants de panique. Après le déjeuner, quand les hommes furent sortis fumer leurs tabacs divers et variés, je me suis retrouvée seule à table avec Madame Mère qui a déclaré, comme si deux heures ne s'étaient pas écoulées entre le moment passé dans le jardin et le déjeuner : « Il s'apitoie sur son sort. Jamais, je ne tolérerai ça. » Si cette tendance qu'a Bernard à tout exagérer finit par être lassante, je reconnais aussi que j'ai apprécié qu'elle le rappelle à l'ordre, car cela m'a évité d'avoir à le faire, mais ce manque de compassion à l'égard de son fils m'a donné l'idée complètement dingue de le ramener à la maison pour que mes tantes entourent et égayent sa convalescence. N'écoutant que mon instinct, j'ai riposté : « S'il y a quoi que ce soit qui vous autorise à vous apitoyer sur votre propre sort, ce pourrait bien être le fait de perdre la tête. » Cela m'a valu de sa part un regard qui m'a glacé le sang, peut-être me rappelait-il ceux que m'avait lancés Bernard en ce jour de mars. Une colère froide étincelait dans les prunelles de la mère, jusqu'à en oublier qu'elle s'adressait à un autre être humain, et qui plus est, à un être humain dont le point de vue méritait d'être pris en compte. Mais en y repensant, je ne suis pas sûre d'avoir vu ce que j'ai cru voir.

J'ai remercié le ciel quand je me suis retrouvée peu après en voiture avec Ted et John, même si Bernard avait paru très heureux de nous voir. Et j'étais heureuse de le voir ainsi.

Voilà donc les dernières nouvelles. Ajoutons que j'ai le dessus des pieds qui pèle, c'est horrible, parce que je suis allée passer la journée à Rockaway Beach avec une collègue de bureau, et que j'avais oublié de les tartiner de Coppertone ! Donne-moi vite de tes nouvelles.

Je t'embrasse,

FRANCES

12 juillet 1959

Chère Frances,

Tu as donc vu la résidence des Elliot. Qu'en as-tu pensé ?

J'ai vraiment apprécié votre visite à tous trois. As-tu remarqué la façon dont John s'est laissé aller à cancaner au sujet de Carl et Nancy ? À voir son grand sourire, de plus en plus narquois, j'ose croire que John prenait plaisir à rapporter par le menu cette histoire, tel du caviar que, fier comme Artaban, il étalait à notre intention sur un grand pain de seigle.

Sans doute devrais-je te présenter mes excuses pour t'avoir caressé les cheveux, n'est-ce pas ?

Que te dire d'autre ? Que tu me manques déjà. Et quoi d'autre encore ? Que ma mère essaye de me faire arrêter de fumer en balançant les paquets de cigarettes qui traînent dans la maison. Et Dieu sait qu'il y en a, car je les perds entre ma chambre, la cuisine et le jardin, et je dois en racheter, tu vois le topo… J'avoue que tu ne lui as pas plu. Amusant, non ? « Dis-moi encore, où l'as-tu rencontrée cette fille ? » m'a-t-elle sorti hier et je croyais entendre, comme en pointillé : *En tout cas pas à Smith College…* Sans doute perçoit-elle que tu te donnes du mal pour t'affirmer, elle aimerait connaître d'où te vient cette liberté d'esprit, qui, sent-elle, est loin de me déplaire.

J'apprécie d'avoir l'été pour me remettre. Ça te paraît ridicule, non ? Presque toute ma vie a suivi le rythme de l'année universitaire, aussi ai-je l'habitude de fainéanter au cours de ces mois-là. Après tout, pourquoi ne ferais-je pas de même avec ce congé de maladie ? Et par les temps qui courent, je suis loin d'être le seul en congé de la vie, j'oserais même dire que je ne suis pas tellement en déphasage avec la réalité.

Maintenant que je ne prends plus cette drogue, je peux m'asseoir au soleil. Je vais chaque jour fêter ça dans le jardin. Ma mère vient d'ouvrir une fenêtre pour me crier de m'enduire le nez de crème solaire. Il est midi, et je pourrais rester là jusqu'à ce que le ciel s'empourpre tel une prune à maturité, pour la bonne raison que je n'ai aucune obligation.

Si j'avais pu concevoir des mots aptes à exprimer une préférence ou un espoir, j'aurais prié le ciel pour qu'il me délivre de cette drogue. Ça m'était égal de ne pas écrire, tout m'était égal. Cela me rappelait ce que j'avais ressenti lors de précédentes dépressions : les mots étaient hors d'atteinte, perchés sur une étagère trop haute pour mes bras paresseux, infidèles, des mots flous, barbouillés au fond de ce creuset flottant qu'était mon esprit. Voilà que les mots dont j'avais été amoureux me décevaient par leur vacuité. Pire encore : mon esprit était une boule de paille de fer et de graisse.

Quand ils ont arrêté le médicament, j'ai eu deux ou trois crises de panique, en attendant, semble-t-il, que ma volonté revienne. Je l'imaginais à jamais disparue, et pourtant, je suis dans le jardin de mes parents, assis au soleil, en train de t'écrire. Je ne me sens pas pour autant guéri, mais j'apprécie d'aller me coucher sans souhaiter que le sommeil mette fin à mes jours. Je n'y croyais plus. Après tout, je tiens sans doute de ma famille, l'autre jour mon père n'a-t-il pas dit que tous avaient été préoccupés par mon état de santé, mais que « personne n'aimait les fainéants ». Jamais je n'aurais dit une chose pareille, mais tout ce qui compte aujourd'hui pour moi, c'est d'avancer, comme dirait mon père. Cela rappelle un peu la différence entre l'état nauséeux et la bonne santé. Quand on se sent bien, on ne peut imaginer ce qu'est la maladie, on a oublié jusqu'où peut aller l'épuisement et le jour où l'on est malade, on est prêt à tout pour recouvrer une santé dont la vigueur vous paraît pour le moment impossible à imaginer. Son moi sain d'esprit, son vrai moi – cela s'est forcément passé, sinon comment expliquer tant de scènes aussi précises que le départ de chez soi pour aboutir là où on voulait se rendre, comment expliquer que l'on parle vite et sans contrainte, que l'on était compris, que l'on se souvienne de l'émerveillement que causaient de petites joies, les siennes ou celles d'autrui ? On sait que cela a dû se passer, mais on n'en est plus aussi sûr – ce courant de pensée et d'action, fiable, ininterrompu, semble tenir aujourd'hui de la fiction, rien à voir avec cet esprit brisé. Mais me voici dans le jardin. Il y a des oiseaux. J'écris et même davantage que je ne l'aurais cru possible. La jeune voisine aux aimables rondeurs massacre Schumann au piano. Les cloches de l'église s'en mêlent et carillonnent *This is my Father's World*, elle laisse en plan le pauvre Schumann, et les accompagne avec le zèle aseptisé d'une gosse du catéchisme. J'ai envie de lui dire que c'est peut-être une bonne idée de se réfugier dans la cadence rassurante d'un hymne pour échapper à l'un des plus romantiques des Romantiques. Je ferme les yeux, je les rouvre, et rien n'a changé, rien ne tourne, rien ne se déforme. Je ferme les yeux, je les rouvre, c'est la même chose. Du coup, je continue à écrire.

Frances, toi aussi tu restes la même, tu ne tournes pas. Tu ne tourneras plus jamais, je te le garantis.

Je sens que ni toi ni moi ne souhaitons parler de ce qui s'est passé, maintenant que nous voilà sortis du tunnel, sans doute est-ce mieux ainsi. En l'occurrence, ma chère Frances, j'apprécie ta discrétion. J'ai passé trop de temps dernièrement à essayer de comprendre comment mes parents, leurs parents et les parents de leurs parents, etc. avaient créé les conditions qui m'ont conduit à l'hôpital. Au début, j'étais heureux de pouvoir leur mettre ça sur le dos. Lorsqu'il s'agit de rejeter la responsabilité sur ses parents, chacun de nous aime la sensation de brandir une torche allumée, d'autant plus si cette torche vous est tendue par un médecin auréolé du prestige de Harvard, adepte de l'un des grands cadres interprétatifs de l'Ouest. Hélas, cette torche s'est vite éteinte et je me suis senti écrasé par l'aveuglement de mes parents. Dans un sens, ils me font de la peine. Je m'efforce de m'apitoyer sur leur sort, afin de ne pas m'apitoyer sur le mien.

Ne t'apitoie pas sur mon sort, n'aie pas peur de moi. Reste mon amie, s'il te plaît.

Je t'embrasse,

BERNARD

20 juillet 1959

Cher Bernard,

Ta lettre m'a profondément émue.

Bien sûr que je resterai ton amie.

Ce que j'ai pensé de la résidence des Elliot ? Disons qu'elle en impose dans la mesure où elle paraît à la fois austère et fastueuse. Si jamais une révolution marxiste éclatait sur le territoire américain, tes parents seraient en sécurité, car leurs parents leur ont appris à se cacher au vu et au su de tous. Eh bien, si tu veux savoir, et en toute franchise, j'ai été archijalouse des rosiers mirifiques de ta mère. Si un jour j'ai un jardin à moi, ma priorité ira à des rosiers tout aussi mirifiques. Pâles et vaporeux, les jaunes sont mes préférés. Leur fragrance rappelle le lait de poule plutôt que la rose.

Disons juste que ta mère et moi ne serons jamais fans l'une de l'autre.

Tu as raison, j'hésite à parler de ce qui s'est passé. Dans ma famille, on m'a appris, pour le meilleur ou pour le pire, à cacher ce qui était trop difficile à porter. Je me sens toute gênée quand je t'écris, soucieuse de ne rien dire qui soit mal à propos. Une des choses que je veux te dire est, je le sais, puérile, mais elle me tient vraiment à cœur : j'espère que tu n'auras jamais à reprendre de la Thorazine.

Je veux que tu retrouves l'espoir et que tu ne cèdes plus au désespoir, voilà ce que je demande dans mes prières.

Cordialement,

FRANCES

30 juillet 1959

Chère et très chère Frances,

Ça cahote encore un peu dans ma tête, mais je crois que le cœur est plus stable que jamais. Surtout ne me ménage pas : dis-moi ce que tu penses.

J'ai le vague sentiment qu'après avoir lu ces lignes, tu vas me prendre au mot, et pas qu'un peu.

Quand j'ai lu ta lettre et que je t'ai imaginée en train de prier pour moi, je me suis dit qu'il fallait que je t'avoue certaines de mes pensées. Penser, c'est bien tout ce que je peux faire ici, et tu es la seule avec qui je puisse partager mes élucubrations. Elles ne te plairont pas, mais tant pis.

Te souviens-tu de ce que tu as écrit au sujet de Simone Weil ? Que, d'après elle, la phrase « Notre Père qui êtes aux cieux » avait un côté humoristique ? C'est exact, je commence à le percevoir. Un côté humoristique et même ridicule. Oui, je me berçais de douces illusions en m'imaginant que je pouvais communiquer avec lui. Je pense que toi, à juste titre, tu vois dans ces mots une façon de rester humble, d'affranchir ta foi d'une obédience empreinte de lâcheté : s'il ne peut pas te répondre, il ne peut rien retenir contre toi. Je voulais parvenir moi aussi à cette humilité et à cette patience. À présent, je me dis que je n'ai jamais eu ces deux vertus et que, par conséquent, je ne L'ai peut-être jamais vraiment accueilli.

J'ai pensé à la lettre que tu m'as adressée à la parution de mon livre. Tu n'as pas dit que je poétisais mon amour pour Dieu, mais je me rends compte qu'il en était ainsi. Je me demande jusqu'à quel point sa parole tenait une place dans ma vie, jusqu'à quel point Dieu s'était ancré en moi. Je me demande ce que je faisais quand je priais. Quand l'abbé m'a vu, je peux voir à présent ce qu'il a vu.

À qui ma prière s'adressait-elle ? Était-elle au prix d'un grand effort ? Ce grand effort a-t-il entraîné le silence ? N'était-il qu'à mes propres fins ? Je voulais ressentir quelque chose. Aussi sonnai-je ma trompette, espérant que mon égoïsme s'effondrerait. Une autre métaphore de l'Ancien Testament : je me suis construit un faux dieu qui n'était qu'une version illimitée de moi-même. Quand je revois tout ce que j'ai fait en me disant que j'étais aux prises avec ce que j'appellerais aujourd'hui le Saint-Esprit, je me dis que c'est une autre boucle d'oreille en or jetée au feu. Ma ferveur n'était qu'une parure.

Quand je repense à toute cette ferveur et me rends compte que Dieu est une image conjurée par ma maladie, il m'est très difficile de voir dans ma foi autre chose qu'un délire dû à la fièvre. Surtout lorsqu'on me rapporte ce que j'ai dit pendant ma crise. La foi est désormais pour moi inextricablement liée à la folie. À mon très grand chagrin. Sache combien ce chagrin est sincère.

Je ne serai jamais du genre à mépriser la religion. Et il se pourrait bien que ma foi ait été nourrie par une grande peur, je voulais prétendre à une ascendance différente de celle, dénuée de sens, de ma famille : le sang, la terre et l'argent. Oui, je voulais une ascendance, et où mieux la chercher qu'à travers l'Église ?

Comme tu vois, tout relève beaucoup de la peur, de l'entêtement, de la vanité, de la maladie.

M'obstiner dans cette voie reviendrait, j'imagine, à rester marié après avoir découvert l'infidélité de son conjoint. J'en connais qui s'accrocheraient, se battraient pour sauver leur union, y voyant une belle chose qui a été abîmée, et ils se serviraient de leur amour pour réparer les dégâts. Mais je questionne ce genre d'amour, plus proche de la crainte que de l'amour. Je ne pourrais pas me tenir à présent sous le regard de Dieu avec un cœur pur et plein d'attente. Après tout ce qui s'est passé, je pense que mon cœur garde encore une certaine pureté et un semblant d'espoir, sinon je ne t'écrirais pas. Mais je refuse de me dire que je dois ma pureté à une force extérieure. La semaine dernière, j'ai repris ma lecture de saint Augustin : son besoin de Dieu demeure très personnel. Cela ne m'émeut pas. Ce qui m'émeut c'est la tendresse avec laquelle il aborde les problèmes philosophiques de la mémoire, du temps et des métaphores de la Création, mais cela ne m'incite pas à capituler comme lui. Un ancien prêtre que la guerre avait rendu athée m'a confié un jour que chaque lecture des *Confessions* ravivait son désir de croire à cause de la description que nous donne saint Augustin d'un Dieu qui ne nous laissera jamais tomber. Mais je suis loin de vibrer aux mêmes harmoniques.

Désolé !

Je t'embrasse,

BERNARD

5 août 1959

Cher Bernard,

Après deux autres versions de cette lettre, j'ai décidé de procéder comme si ton cœur était aussi solide que tu le prétends.

Si tu focalises à ce point sur ton propre égoïsme, ton propre péché, bien sûr que tu perdras ta foi. Si c'est pour la galerie que tu te concentres sur ton besoin de foi, tu ne trouveras jamais Dieu.

Cette idée que ton égoïsme t'empêche d'aimer réellement, c'est encore prêter trop d'attention à toi. Je t'ai entendu parler, Bernard. Et même si je suis d'accord avec toi et te dis que oui, il m'est arrivé de penser exactement comme toi, à savoir que Dieu se résumait parfois à une simple canalisation pour acheminer des sentiments et des pensées que même tes poèmes n'auraient pu contenir, jamais, au grand jamais, il ne m'a effleuré l'esprit que ton amour pour Lui était une illusion. Ou du cinéma. Je te voyais comme quelqu'un qui essaye en toute honnêteté d'aimer Dieu.

Un mot au sujet des paroissiens, les paroissiens ne sont pas des chrétiens. Leur fidélité ne va pas à Dieu, mais à leur curé qu'ils prennent pour Dieu. Cela rappelle Kurtz, dans *Au cœur des ténèbres*. Ajoutons que souvent les prêtres ne sont pas non plus des chrétiens, car il y a en eux une trop grande part de Kurtz. Une de mes amies, âgée à l'époque de treize ou quatorze ans, s'aperçut un jour qu'un jeune homme la suivait. Ce garçon avait été réformé après une dépression nerveuse et son père, qui possédait une grosse épicerie, participait généreusement aux frais de l'école paroissiale. Les attentions de ce garçon perturbaient mon amie et quand il en arriva un soir à stationner, phares éteints, devant chez elle, son père alla trouver le curé de la paroisse pour lui demander d'en toucher un mot à la famille du garçon. Le prêtre lui répondit que cela n'était pas envisageable : il craignait de vexer ces donateurs dont les largesses facilitaient la mission de l'église. Leur générosité passait donc avant la sécurité de mon amie. À la fin, le père de la jeune fille déménagea dans une ville voisine pour s'éloigner du garçon. Ce genre d'histoires me met hors de moi et j'en ai entendu bien d'autres. Mais si j'en restais là pour définir Dieu, je ne vaudrais pas mieux que ce prêtre qui avait décidé de laisser ce roi du supermarché définir la charité. Il y a église et Église.

Pour ce qui est d'aimer son prochain, tu as toujours fait de ce côté-là un meilleur boulot que moi, ne te reproche pas de ne pas avoir fondé les Catholic Workers.

Je me demande si tu ne devrais pas méditer un peu sur l'idée que Dieu est éternel et qu'Il attend son heure. Tu m'as écrit un jour de prendre exemple sur le lent et tâtonnant cheminement de saint Augustin. Je prie pour que tu voies à nouveau qu'en cette vie nous n'atteindrons jamais la perfection, car telle est la volonté de Dieu. La perfection est ce qui vient après cette vie. Toi qui connais saint Paul, tu es bien placé pour le savoir !

Si Dieu est éternel, il se tient à l'écart de ta maladie. Il ne saurait être corrompu par elle.

J'ajouterai qu'à mon avis, la psychanalyse ne fait que renforcer tout égoïsme dont tu te crois affligé. Si tu penses souffrir du désir d'être un héros, à tel point que ta foi en a été altérée, je ne vois pas comment la psychanalyse y remédiera. Je crois plutôt qu'elle ne fera que te conforter dans ton propre mythe. Pourquoi l'inconscient vaudrait-il mieux que le libre arbitre ? À quoi bon nous imaginer esclaves de nos pulsions ? Si tu n'as jamais imaginé que nous étions esclaves du péché, pourquoi alors irais-tu imaginer que tu es esclave de pulsions et paralysé par des frustrations qui ne sont en aucun cas de ton fait ? Cela tient du nihilisme.

Quitte à ressembler à mes tantes et à ces toquées qui achètent les ouvrages de Monseigneur Sheen, je t'adresse cette prière à saint Antoine dans l'espoir qu'elle te secouera un peu. Je suis prête à prendre les armes de la guerre spirituelle que brandissent les sorcières irlandaises de Kensington, si cela peut te ramener dans le troupeau.

Je t'embrasse,

FRANCES

16 août 1959

Chère Frances,

L'image de saint Antoine est désormais dans mon portefeuille, et j'ai bien l'intention qu'elle y reste.

Quoi qu'il en soit, je ne suis pas maître de mes pensées ni de mes sentiments, ces temps-ci. Ces pensées et ces sentiments sont des vérités qui s'empilent tels des rochers pour empêcher mes vieilles lubies de me submerger. Ils donnent l'impression d'être des matériaux sur lesquels bâtir. Tout ce que je croyais savoir s'éloigne à la dérive quand je me demande à qui et à quoi a profité pareil épisode. Sans doute est-ce la première fois de ma vie que je sais ce que j'ai dans le crâne. J'aurais souhaité l'apprendre de façon moins désastreuse, mais je n'en suis pas mécontent. Et quelque chose en moi persiste à dire que Dieu a orchestré cette révélation. Vois-tu, Frances, je ne suis pas un athée indifférent, outrecuidant, excessivement rationnel, adepte béat du bouddhisme. Ne t'inquiète pas, je ne vais pas proclamer que Freud est le Grand Horloger.

Je ne veux pas que cette divergence d'opinion mette un terme à notre amitié. Suis-je naïf de croire qu'elle ne l'affectera pas ? Je veux que tu continues à me faire rire, et je veux, moi aussi, te faire rire. Je veux suivre ton travail, voir comment il prend forme et t'aider à progresser, si tu le souhaites. En ce qui concerne le mien, prends ton crayon et indique-moi quels points je ferais mieux de passer sous silence. Que l'impitoyable franchise de ta dernière lettre mette en pièces mon travail ! Quand je te regarde sans ma foi, je continue à te voir, Frances, le regard vif, pénétrant, assuré. Je sais que ce n'est pas Dieu en moi que tu aimes, mais bien moi. Ou suis-je assez naïf pour le croire ? Comme je serais triste à l'idée que toi et moi ne puissions jamais plus nous promener ensemble sur les bords de l'Hudson et bavarder jusqu'au coucher du soleil. Et si nous ne pouvons plus communier ensemble, comme en juin ou en février, pourquoi ne pas faire de New York notre sanctuaire ?

Écris-moi quand tu t'en sentiras capable.

Je t'embrasse,

BERNARD

25 août 1959

Cher Bernard,

J'ai réfléchi à la foi, à ta foi, et à ce qu'il serait bon pour toi d'entendre en ce moment. Peut-être n'as-tu pas envie d'écouter mes cogitations ou trouveras-tu qu'elles sonnent creux, dans ce cas, écris-le-moi. Je t'ai dit quand je ne voulais pas avoir de nouvelles de toi, sans doute mon tour est-il venu de tester mon propre remède.

« Il est beau de prier et bien des promesses sont accordées à celui qui prie sans relâche, mais bienheureux celui qui remercie ! » Cette phrase de Kierkegaard me revient souvent à l'esprit. Nous devrions aimer Dieu, sans attendre son amour en retour. Ainsi saurons-nous que notre amour pour Lui ne procède pas de la peur. L'amour devient alors un acte créateur, un acte dans lequel chaque jour nous avançons consciemment vers une pratique plus parfaite de l'oubli de soi.

Il nous aime en nous laissant tout le temps nécessaire pour parfaire cette pratique, connue aussi sous le nom de grâce. Il nous laisse, avec un libre arbitre total, commettre des erreurs et réessayer. Que je sois encore debout et non pas déjà réduite à un tas de cendres fumantes est une preuve que Sa nature est toute grâce. S'il te faut du temps pour décider si tu L'aimes ou non, Il attendra patiemment.

Et peut-être ne serai-je pas impatiente moi non plus. Si tu te surprends un beau jour à entrer par mégarde en prière, demande donc un peu de patience pour moi, s'il te plaît. Je peux être trop dure. Plus dure que Dieu, et ça, c'est de l'orgueil. D'ailleurs, je me suis montrée un peu dure dans ma dernière lettre et tu as eu la bienveillance de ne pas faire de remarque à ce sujet.

À mon avis, le problème, c'est ta peur. Ta peur et l'idée que tu as manqué à tes engagements envers l'Église parce que ton péché a éclipsé ton amour. (Par bonheur, tu ne penses pas que l'Église ait failli à ses engagements à ton égard parce que tu la quitterais en client mécontent. Le ressentiment, et je suis bien placée pour le savoir, est un poison cause de paralysie, sinon d'éternelle inimitié.) Sache toutefois que tu pourrais être un chevalier de la foi. Tu es la seule personne de ma connaissance qui semble à même de vivre en accord avec les principes de Kierkegaard. Je ne cherche pas à te flatter, mais après tout un peu de flatterie ne te ferait sans doute pas de mal ces temps-ci.

Et si tu laissais de côté saint Augustin pour t'intéresser à nouveau à Kierkegaard et Dostoïevski ? Je sais que nous avons beaucoup parlé de ces deux-là, mais j'insiste. Les Évangiles nous disent que le Christ a souffert, or la seule preuve que nous ayons de cette souffrance est le vitrail triptyque que nous en donne saint Marc : la tentation au désert, la prière à Gethsémani, son appel à Dieu sur la croix. Il est bon de savoir que le Christ a été aux prises avec la tentation, je suis heureuse que ce soit reconnu, mais cela ressemble parfois à un passage du catéchisme que nous répétons sans avoir une réelle idée de ce qu'Il a enduré. Ces deux écrivains modernes sont d'après moi les plus aptes à nous faire comprendre ce que signifie lutter contre ce qui nous opprime. Ce sont des poètes des affres du doute et du fardeau qu'est la conscience.

Vois-tu, Bernard, je vais te flatter encore une fois, mais je sens que tu peux parvenir à une expression aussi valable que la leur. Je pense que si tu décrivais ce combat, si tu écrivais sur toi, Bernard Elliot, né en 1932 à Boston, Massachusetts, si tu parlais de tes tentations et de tes peurs, de ton grand besoin de miséricorde divine, et de cette mort qu'entraîne le sentiment d'en être aussi éloigné, si tu parlais de cela sans te voir en héros conquérant cette mort, mais comme un être enchaîné, ce serait tout aussi fort. Je te l'ai déjà dit, mais il est bon que je te le redise. Ce que je ne t'avais pas dit, estimant que tu avais déjà assez la grosse tête, c'est que la première fois que j'ai entendu tes poèmes, lors de l'atelier d'écriture, ils m'ont rappelé John Donne. Il serait bon que tu le lises.

Je crois que je t'en ai dit assez, voire trop !

Je t'embrasse,

FRANCES

30 août 1959

Frances, ma préférée, si Dieu existe, Il n'existe qu'en toi.

Avec toute mon affection,

BERNARD

5 septembre 1959

Chère Claire,

Merci de m'avoir accueillie la semaine dernière. Je suis reconnaissante à ce vieux Sullivan de m'avoir laissé m'échapper de ses griffes le temps de me changer les idées auprès de Bill et toi. Aie la gentillesse de redire à Bill toute mon affection. J'apprécie son sourire quand il est avec nous ainsi que sa façon de se remettre discrètement au travail comme par respect pour nous. J'apprécie également que lui et moi puissions boire une tasse de café pendant que tu dors et sentir des liens d'amitié entre nous. Ajoutons qu'il n'a pas son pareil pour accommoder les innombrables saucisses qui peuplent Chicago ! Je te le répète, tu as bien de la chance.

J'ai un peu honte d'avoir refusé de participer à cette randonnée à l'instant où j'ai vu le doberman se prélasser à l'entrée de la piste. Ta voiture est parfaite pour une petite sieste. Là aussi, Bill a été adorable. N'en dis pas un mot à qui que ce soit ! J'essaye de faire comme si j'avais des nerfs d'acier. Je ne sais pas d'où me vient cette peur des chiens.

Pourrais-tu m'envoyer la recette du quatre-quarts que tu as servi samedi au dessert ? Je pense que lors de mes premiers essais, le mien aura tout d'une brique. Côté pâtisseries, les tiennes sont légères comme l'air par rapport aux miennes, je reste persuadée que ton secret, c'est que tu ne gardes jamais rancune.

À propos. Merci de m'avoir écoutée parler de Bernard, mais contrairement à ce que tu t'imagines, je ne suis pas amoureuse de lui. Quand j'essaye de voir ce qu'il est pour moi, et tu sais très bien que je n'aime pas trop m'attarder sur qui que ce soit en dehors de la famille, parce que cela mène à la déception et à l'autosatisfaction, je vois en lui un frère aîné. Je sais trop bien ce qu'il est pour être amoureuse de lui.

Je le répète, mes sentiments à son égard sont d'ordre familial ; ils sont tout aussi protecteurs et exacerbés que ceux que j'ai pour Ann, voire plus intenses, car ils manifestent souvent mon admiration pour son intelligence. Il m'est douloureux de repenser à ce visage grisâtre et las qui était le sien sans l'être vraiment, meulé par les médicaments et l'épuisement.

Je ne puis comprendre ce qu'il endure. Oui, j'ai perdu ma mère quand j'avais quatre ans, mais peut-on parler là de réelle douleur ? Je pense que mes mots et ma présence ne le réconfortent guère, qu'ils reviennent à peu près à caresser la tête d'un chien malheureux. Je suis juste là, à caresser Bernard, mais à quoi bon ? Pourquoi écouterait-il quelqu'un qui, comme moi, jouit d'une santé de fer ? Que pourrais-je lui dire qui ait le moindre sens pour lui ? Et pourtant je lui ai écrit, deux fois, imaginant que j'avais quelque chose à dire. Je commence à me sentir un peu coupable pour la façon dont j'ai réagi à son égard au printemps dernier. Je l'ai rejeté, pourtant il continue à m'appeler sa préférée, il faut qu'il soit vraiment cinglé, n'est-ce pas ?

Je le trouve bel homme. Tu es mon amie Claire, et je ne peux te mentir. Sa vigueur ne laisse pas indifférent. Il aime l'eau et nage sans se soucier du style, fendant la mer comme s'il s'agissait d'une feuille de papier. Je l'ai vu grimper aux arbres au milieu d'une promenade, juste pour le plaisir ; je l'ai vu aussi arracher les cuisses d'une dinde à peine sortie du four, quitte à se brûler les doigts, tant il était impatient de les manger. Sa force brute me fait rire et me le rend attachant, oui, attachant.

Qu'il m'a été pénible, connaissant cette vigueur, de le voir aussi diminué à l'hôpital ! J'angoisse un peu à l'idée que nous nous trouverons à proximité l'un de l'autre quand il enseignera à Hunter

College – Bernard est envahissant, même par correspondance –, mais je me réjouis qu'il reprenne ses activités.

Que lis-tu en ce moment ? Je suis plongée dans l'ouvrage de Philip Roth que tu m'as recommandé. Je ne suis pas emballée.

Philip Roth me rappelle Ann. La façon dont elle pourrait se laisser piéger. En l'écoutant, il m'arrive de me dire qu'elle est à la fois Yeats (de par son asservissement à un idéal, fût-il un poison) et Maud Gonne (de par sa parfaite indifférence envers l'empoisonnement qu'elle a perpétré). Je n'ai parfois qu'une envie : lui flanquer une gifle. Oh, mon Dieu ! Plus nous vieillissons, plus je m'inquiète pour elle et pour son insatiabilité. Dans ma jeunesse, cela m'horripilait. Elle se resservait alors que notre dîner était censé tenir lieu de déjeuner du lendemain. Elle empruntait mes vêtements sans me prévenir et, n'ayant plus sou qui vaille en fin de mois, elle subtilisait de l'argent dans mon portefeuille pour aller retrouver ses copains, non sans y glisser un petit mot, truffé de points d'exclamation contrits, me promettant de me le rendre. Mais tu sais déjà tout ça. Aujourd'hui, vois-tu, je crains pour son bonheur, je crains que ses plaisirs ne la rendent misérable, faute d'un travail qui la protège de l'ennui, faute d'un choix judicieux lorsqu'il s'agira d'un mari, incapable qu'elle est de voir combien la beauté est vaine. Mon père cédait à tous ses caprices. Issu d'une famille de deux enfants, lui-même avait un aîné studieux, le préféré de son propre père et, à mon avis, il laissait ma sœur n'en faire qu'à sa tête, conscient de la traiter comme il avait été traité, même s'il me préférait en raison de mon goût pour l'étude. Je n'avais pas le droit d'appeler Ann ma petite sœur. « Elle est ta jeune sœur et non pas ta petite sœur », me répétait mon père, et cela émanait d'un homme qui n'exigeait jamais rien de personne. Toujours est-il qu'Ann pense que je suis la préférée de mon père, et je me tais quand elle aborde le sujet. Je sais que je suis la préférée de mon père car je suis le prêtre studieux et abstème que son frère n'est jamais devenu. Et pourtant, il aime Ann d'un amour féroce. Il la gâtera, badinera avec elle, mais il jettera dehors les sales types qui tournent autour d'elle. Disons qu'il m'aime comme un fils et Ann comme une fille. Et que moi, j'ai veillé sur eux comme une mère. J'écris cela sans la moindre amertume. Franchement.

Au fait, je ne sais pas pourquoi je te raconte encore une fois tout ça. Ann me préoccupe. Je lui ai proposé de me rendre visite. Crois-le ou non, elle n'est jamais venue me voir à New York ! Sans doute est-elle jalouse de ne pas y vivre. À moins qu'elle ne tienne pas à s'y rendre par dépit. Nous avons un pacte tacite : je me suis occupée de mon père pendant des années, c'est à elle de prendre la relève. Pendant quelque temps, du moins. Bref, je l'ai invitée, et j'espère que ce séjour sera le plus plaisant possible et pour elle et pour moi. Je veux qu'elle en profite.

Comme tu vois, ma chère Claire, ces pensées sont précisément celles qui m'empêchent d'avoir une famille. Quand je réfléchis à ce que représente une famille, je ne vois qu'ennui, incompréhension chronique, deuils, chamailleries, insultes, fardeaux nés du devoir, mais qui n'engendrent aucun amour. Non que je ne comprenne pas que Bill et toi en souhaitiez une. Pardonne ma franchise : tu sais que je parle strictement pour moi, avec mon pessimisme habituel.

Bon, il faut que je te quitte. Regarde tout ce que j'ai écrit ! Je ferais mieux d'aller me coucher, merci encore pour ce séjour chez toi.

Je t'embrasse,

FRANCES

13 septembre 1959

Chère Claire,

Je t'envoie un livre que nous publions et que, pour une fois, je ne trouve pas si mal. As-tu entendu parler de cet auteur ? Il s'agit de son second ouvrage. Je ne la connaissais pas. C'est l'histoire de femmes d'un certain âge qui finissent leurs jours ensemble dans une pension de famille londonienne pendant la guerre. Ce roman est court, environ deux cents pages, et on sent d'emblée que l'auteur connaît bien ses personnages, elle les campe avec habileté, n'a pas besoin de continuer pendant des pages et des pages pour en tirer ce qu'elle veut. Sans doute ai-je vibré à cet ouvrage pour la simple raison que j'ai vécu au poulailler.

Ann est venue. Je crois qu'elle a été contente de sa visite. Elle est passée me prendre au bureau pour déjeuner un jour et je l'ai présentée à l'équipe. « Vous êtes sœurs ? » a demandé le vieux Sullivan. Peter, dont je crois t'avoir parlé, a fait la même remarque. Sous-entendu : *Pourquoi n'êtes-vous pas aussi jolie, Frances ?* « Frances est un vrai cordon-bleu », a répondu Ann à chaque fois. Histoire, sans doute, de leur signaler que je n'étais pas sans dot ni talent ! J'ai entendu le sifflement appréciatif d'un jeune éditeur à notre sortie du bureau qu'il partage avec d'autres garçons. Profitant de la pause-déjeuner, nous avons trouvé une robe pour elle chez Bonwit Teller. J'ai complété avec quelques dollars. Nos différences me font parfois frôler la crise cardiaque ! Exemple : nous descendons Central Park West en nous rendant au parc. Ma sœur repère un acteur qui joue dans une série télévisée. « Oh ! C'est Untel », s'exclame-t-elle en me serrant le bras. « Oh ! » dis-je et je continue à marcher. « Non, non, je vais lui demander un autographe. » « Oh non, pas question ! » « Pourquoi pas ? insiste Ann. Tante Peggy et tante Helen trouveraient ça marrant ! » Et moi de rétorquer : « C'est ramper pour obtenir une faveur vraiment ridicule. » « Oh ! Arrête ! riposte Ann. Viens avec moi ! » « Non ! » Je dégage mon bras de sa main et m'arrête. Et voilà que la gamine de sept ans, c'est moi et non plus elle ! « Comme pisse-vinaigre, tu te poses là ! » Et hop, elle rattrape à grandes enjambées l'acteur et la femme qui l'accompagne. Je ne supporte pas un tel spectacle. Elle revient, en agitant le reçu dûment autographié de l'épicerie où nous avions fait nos courses. « Regarde ! Il a été adorable. Il a de la famille à Philadelphie ! » Elle dit cela comme si cela signifiait quelque chose, comme si elle avait réellement établi un contact avec lui. Elle a tout de la vieille qui croit encore au Père Noël. Anecdote suivante, toujours dans la rue : nous allons faire un tour après le dîner pour prendre une glace, et nous dépassons un ménage d'octogénaires, rabougris et frêles. L'homme porte une chemise à manches courtes, bien repassée, un pantalon impeccable, des lunettes et il pousse le fauteuil roulant de son épouse, vêtue d'une robe en imprimé à grosses fleurs, à manches courtes elle aussi. La rue monte légèrement. Ann estime que nous devrions leur proposer notre aide. L'homme ne donne pas l'impression que la pente lui pose problème, mais Ann ne peut s'empêcher de me dire : « Tu ne crois pas que nous devrions leur proposer notre aide ? » « Oh, je ne sais pas », je lui réponds, hésitante : « Ils pourraient nous prendre pour des jeunes à l'affabilité protectrice, voire être vexés que nous nous apitoyions ainsi sur leur âge et leur fragilité. » Petit écureuil en robe vichy bleu, Ann leur lance gaiement : « Avez-vous besoin d'un coup de main ? » « Non », répond l'homme, à qui la question ne fait visiblement ni chaud ni froid. J'avais donc raison. Et je le regrette. Ann veut s'insérer dans le monde pour aider, qu'importe la façon dont elle sera accueillie, consciente qu'en tant que catholique, elle doit être attentive aux autres, et moi, je reste en retrait, timide, craignant que l'on ne prenne pour de la condescendance mon humble offre d'aide, alors qu'on en a tous si grand besoin tout le temps. Découragée par l'ampleur de ce besoin, je m'en détourne. « Voyons, un peu de discrétion, Ann », et « Frances, la générosité, c'est pas ton fort », ne cessons-nous de nous répéter mutuellement. Cela rappelle la liturgie, à la seule différence que ces répétitions réconfortent, mais n'amènent aucun changement.

Elle m'a confié également qu'elle avait quelqu'un dans sa vie. Elle n'en a pas dit grand-chose. Au point où nous en sommes, elle sait qu'il y a de fortes chances pour que je n'approuve pas son choix. Je devrais m'en vouloir pour mon attitude, mais j'aime à croire qu'un jour, je ne pourrai que m'en féliciter. Il s'appelle Michael et elle l'a rencontré, m'a-t-elle dit, aux fiançailles d'une collègue de bureau. Il suit des cours du soir pour devenir géomètre-arpenteur et, dans la journée, il dirige un supermarché Acmé. Encore un Italien.

Décidément, Ann a un faible pour les Italiens. Ma tante la taquine à ce sujet. Ils sont si chaleureux d'après elle. Si chaleureux.

Je ferais bien de poster ma lettre. Bernard vient dîner et il m'a fait discrètement comprendre qu'il aimerait que je lui fasse un gâteau, il est 4 heures de l'après-midi et je suis encore en chemise de nuit.

Je t'embrasse,

FRANCES

14 septembre 1959

Chère Frances,

Maintenant que nous habitons la même ville, sans doute ne nous écrirons-nous plus. Je tenais toutefois à te mettre un mot après t'avoir vue hier soir. Merci d'avoir préparé ce dîner. J'avoue ne pas comprendre ce que tu reprochais à ton quatre-quarts : imaginons qu'on y attache un chaton et qu'on jette le tout dans le fleuve, jamais la malheureuse bête n'aurait coulé à pic, je te le garantis ! Je ne sais même pas faire cuire un œuf. Si je n'en avais pas aussi honte, je te demanderais de m'inviter à dîner une fois par semaine. Tu pourrais te prendre pour la Croix-Rouge, le Secours catholique ou le YMCA. Je réglerais la note d'épicerie.

Vois-tu, nous pouvons avoir une grande conversation sans que Dieu en soit le centre : Roth, Updike, mes étudiants, tes collègues, ton travail, le mien, ton père, ta mère, ton propriétaire. Je tiens à te garder dans ma vie. Et je constate que toi non plus, tu ne tiens pas à ce que j'en sorte. Je remarque ton sourire quand je suis dans les parages, tes lèvres commencent par se pincer avant de basculer vers la gauche, tel un bateau soulevé par la houle.

Je me réjouis que tu me laisses à nouveau m'asseoir à ta table. Et que tu me laisses trinquer à ton beau livre, si redoutable.

Je t'embrasse,

BERNARD

20 février 1960

Chère Claire,

Comment assez te remercier d'être venue à New York ? John Percy t'a trouvée fantastique, Bernard aussi. « Claire a des vapeurs préraphaélites qui ondulent autour de ses formes à la Katharine Hepburn », a-t-il déclaré.

Merci d'être venue à ce dîner. J'ai toujours l'impression que je dois veiller à ne pas baver d'admiration sur ma petite personne quand John est dans les parages. Il m'intimide, même si moi je le fais rire, mais c'est une bonne chose. Merci aussi d'avoir charmé Sullivan, Claire, je suis persuadée que tes vapeurs préraphaélites l'ont stupéfié. Et je suis sûre et certaine que Bernard aurait été à moitié ivre, si tu n'avais pas été là et qu'il nous aurait gratifiés d'un discours trois fois, et non pas juste deux fois, plus long que celui de John. (Bernard… je dois avouer que son témoignage en ma faveur m'a fait rougir, et s'il n'avait pas été à cette table, j'en aurais été très triste, mais j'ai apprécié que John finisse par mettre un terme à ses élans oratoires.) Comme tu le sais, être ainsi mise en avant me gêne. J'espère avoir montré ma reconnaissance. Elle était sincère. Mais je ne sais pas comment assumer d'être le centre d'attention ni comment me comporter en invitée d'honneur. N'empêche que j'accepterais sans problème un prix Pulitzer adressé par la poste. Mais j'ai dû me retenir afin de ne pas me lever pour débarrasser la table.

Je suis rentrée à la maison le week-end dernier et ma sœur n'a cessé de répéter à qui voulait l'entendre : « Frances vient de publier un roman ! » Partout, à l'église, dans la rue ou au supermarché. J'accepte mal d'être le point de mire mais je suis tout autant agacée par l'incapacité d'autrui à accepter de bonne grâce que je le sois. « Oh ! J'ai écrit un livre, moi aussi », a déclaré une femme, d'une quarantaine d'années, cardigan blanc et sac à main, qui se tenait sur les marches de l'église à la sortie de la messe. Renseignements pris, il s'agissait du livre de recettes de la paroisse Saint-Louis-de-Gonzague. Et cette autre : « Oh ! Mon frère a écrit un livre. » (Un roman de six cents pages racontant comment leur famille avait fui l'Irlande, qu'il n'a pas voulu soumettre à un éditeur.) Ou encore : « Oh ! J'ai écrit un livre. » (Un manuel à l'usage des catéchistes.) Somme toute, les gens refusent de se laisser simplement impressionner ou d'exprimer des félicitations. Comme s'ils se sentaient menacés par quelque chose qui est sans doute plus réel que leurs velléités, à moins qu'ils ne soient gênés de ne pas savoir quelles questions poser à une artiste – et je ne prétends pas en être une ! Aussi détournent-ils sur eux le sujet de la conversation. Et/ou ils sont narcissiques. Jamais je n'irais dire à un peintre : « Oh ! J'aime bien aller au parc avec mon chevalet » ; pas plus que je ne dirais à un chirurgien : « Oh, quand j'étais au lycée, je vous disséquais un cochonnet en trente secondes chrono. » Vois-tu, je préférerais surtout que personne ne sache ce que j'ai fait. Je préférerais l'indifférence.

Et quand les gens me disent qu'ils ont acheté un exemplaire de mon livre, des gens qui connaissent mon père et Ann par personne interposée, des gens qui n'ont chez eux pour toute lecture que le *Reader's Digest,* mon amour-propre en prend un coup. Pourquoi m'ont-ils fait ça, à moi, une inconnue ? Si la sœur de Bill publiait un livre, je ne pense pas que je le lirais. Sans vouloir l'offenser. En outre, ces gens se sentiront mystifiés, ils seront horrifiés sitôt qu'ils l'ouvriront. Ils se demanderont s'ils n'ont pas acheté par erreur un ouvrage figurant à l'Index.

Mes tantes, bien sûr, font un effort concerté pour se comporter comme si de rien n'était. À mon arrivée, elles m'ont embrassée vite fait, et m'ont posé des questions pleines de sous-entendus sur mon travail. Ce n'est pas moi qui vais m'en plaindre ! Je préférerais ne pas aborder le sujet avec elles non plus. Ann a donné à ma tante Helen un exemplaire de mon livre, ce que je lui avais demandé de ne pas faire, mais Ann se laisse manipuler et ma tante Helen a l'art de vous manipuler. Helen a confié à Ann qu'elle n'avait pas pu en achever la lecture tant ma méchanceté à l'égard des bonnes sœurs la contrariait. Peggy, Mary et Helen se demandent depuis toujours à quoi je crois réellement : à l'avenir, se fiant au témoignage de ma tante Helen, elles s'imagineront avoir élevé une infidèle. Entre elles, elles pousseront des petits cris et des soupirs en songeant à mon âme en perdition. Elles ne savent pas quelle attitude adopter vis-à-vis d'un livre qui traite de Dieu sans empester la piété comme sainte Thérèse de Lisieux empestait la rose. Elles seront incapables de voir que les bonnes sœurs sont à l'origine de leurs propres malheurs et que chacun d'entre nous est, toujours et partout, aussi pécheur que ces religieuses. Elles se sentiront seulement persécutées parce qu'il leur semblera que je persécute cela même qu'on leur a appris à ne jamais remettre en question.

Dieu soit loué pour mon père. « Sœur John, c'est sœur Ann, n'est-ce pas ? » Nous faisions un tour après le dîner. « Oui », ai-je répondu. « Et les sœurs Monica et Barbara sont ta tante Mary et ton oncle Tom. » « Oui », ai-je répondu. Il a ri avant d'ajouter : « Motus et bouche cousue ! » Et il a ri de nouveau.

Des articles sont déjà parus. Le critique de *Time* a décidé qu'il ne le détestait pas au point de l'éreinter, mais il semblait au fond de lui-même déçu de ne pas avoir affaire à un ouvrage entièrement différent. Incapable d'analyser sa déception, il ne s'est pas trouvé en mesure de résumer les véritables faiblesses et forces de l'ouvrage. Sa recension s'est bornée à dire qu'il n'était pas tenté par la lecture d'un roman au sujet de bonnes sœurs.

Les métaphores bibliques déferlent. Quelqu'un d'autre a écrit que « je brandissais la prose comme Judith triomphante brandissait la tête d'Holopherne ». Seigneur ! Quelqu'un d'autre encore a écrit d'un ton approbateur que l'ouvrage « vibrait de cette malicieuse sagesse dont le roi Salomon avait fait preuve, dans le premier livre des Rois, quand deux femmes étaient venues à lui, chacune se prétendant la mère d'un fils nouveau-né, et qu'il avait déclaré que la seule chose à faire était de couper l'enfant en deux ». Serais-je un Hun, sans le savoir ?

Serais-je de Pittsburgh, sans le savoir ? On a été jusqu'à me faire naître à Pittsburgh !

Dans ma ville natale, l'*Inquirer* a écrit : « Mlle Reardon a un sens méthodique de la justice qui, si dérangeant soit-il, n'en est pas moins piquant. »

Eh bien, merci.

En ce qui concerne le *New York Times*, je suis soulagée.

Encore merci.

Je t'embrasse,

FRANCES

12 mars 1960

Ted,

Merci, comme toujours, pour ta visite. Dommage que tu aies dû repartir plus tôt samedi à cause de cette fichue déposition ! Tu prétends que les soirées que donnent les avocats sont nulles, nous aurions pu t'emmener à la soirée de lancement du nouveau journal de Carl : une vraie mêlée de rugby, une hydre aux innombrables têtes, avec les habitués, mais pas moins divertissante pour autant. Te souviens-tu de Betsy, cette amie de Caroline qui n'a siroté qu'un Manhattan la nuit où nous avons célébré la remise du diplôme de Caroline ? Elle sortait avec un garçon à qui je l'avais présentée, un dénommé Robert, étudiant de troisième cycle en philosophie, qui suivait un de mes cours. Il s'était pris d'amitié pour moi parce que, si j'ai bonne mémoire, il n'avait pas de père et que ses frères aînés étaient loin d'ici et dans l'armée. Il est venu me trouver dans mon bureau, il y a une quinzaine de jours pour me demander conseil. Nous avons pris un verre et il m'a raconté l'histoire suivante : assistant d'un professeur de philo émérite, mon jeune ami veillait à raviver le feu faiblard qu'était le discours ronronnant du vieillard. Sitôt que les flammes menaçaient de s'éteindre pour de bon, il y allait par-ci par-là d'une petite étincelle pour réchauffer l'exposé. Il remarqua alors cette fille assise au milieu de l'amphithéâtre, cheveux roux retenus en chignon, dont le visage serein, impassible et, par moments, dédaigneux s'embrasa tant et si bien que Robert en vint à s'interroger sur le feu qui animait la jeune fille. À la fin du cours, elle lui demanda ses conseils au sujet d'une dissertation. Ils s'en furent donc à un café et bavardèrent quelques heures. Elle lui raconte sa vie : ses parents étaient morts de la polio et elle se sentait perdue à Hunter College. Lui s'aperçoit qu'il n'a qu'une envie : toucher la fille pendant qu'elle parle, il s'aperçoit qu'il vibre à sa beauté – à mon avis, Robert était trop peu conscient de ses propres désirs pour savoir à quoi il succombait – mais qu'il est conditionné par l'idée que beauté remarquée doit être beauté consommée (principe qu'il n'a pas dû suivre jusqu'à sa conclusion logique car, en l'occurrence, il se serait rendu compte de ses implications). Il sait néanmoins qu'il aime Betsy, mais la rouquine, elle, n'en a aucune idée, car Robert n'a pas eu le courage de mentionner ce détail.

Il tend la main et prend celle de la fille par-dessus la table et, crois-le ou non, ne voilà-t-il pas que Betsy est sortie plus tôt de son travail pour lui faire une visite surprise ! Hélas, c'est *elle* qui en est pour une surprise quand elle les aperçoit derrière la vitre du café, sur son trajet, au moment précis où Robert tend la main pour prendre celle de la fille. Betsy réagit comme si Robert était Don José et la fille, Carmen. Elle s'en va, l'appelle et rompt avec lui. Elle n'est pas sortie avec beaucoup d'hommes, m'a confié Robert, aussi, d'après lui, a-t-elle agi comme elle a estimé devoir agir quand on découvre une voie d'eau dans le navire, sans même prendre la peine d'en évaluer l'importance. Tandis que nous parlions, Robert me faisait pitié. Son regard était anxieux derrière ses lunettes, on aurait dit une vitrine brisée après un pillage, comme si un voleur avait fait main basse sur ce qu'il avait dans le crâne. Je croyais entendre crisser sur le plancher de son cerveau des éclats de verre que les malfrats venaient de piétiner. Pour Betsy, la seule façon de réagir était de prendre les armes et de bannir le traître. Pour Robert, la seule façon de réagir était de vivre désormais en ermite dans les grottes de la culpabilité. « Ni elle ni vous ne connaissez le mot “peccadille” ? » demandai-je à Robert. Moi aussi, je pense que je serais attiré par Betsy, si ce n’est que je vois en elle une fleur à la tige trop molle. Betsy est une fille sensible, passive, du genre à chanter des madrigaux quand elle était jeune étudiante, parce que cela lui permettait de gambader dans une prairie qui n’avait pas encore disparu sous les mauvaises herbes du mal du siècle, une fille qui se mariera à seule fin de se bâtir un château fort contre l’invasion du mal du siècle, les enfants étant ses douves et le mari son pont-levis. Il y a en elle une douceur qu’elle s’efforçait de surcompenser en s’insurgeant contre Robert. Quant à Robert, sa passion pour Betsy a cédé la place à la honte. Il fallait qu’une tierce personne rétablisse la communication entre eux, car chacun était si persuadé de sa parfaite honnêteté qu’on aurait dit deux gamins de vingt-six ans pas tout à fait sortis du jardin d’enfants.

J’ai donc invité Betsy à cette soirée, puis Robert, assurant à chacun que je n’avais pas invité l’autre et, qui plus est, que je savais que l’autre n’y serait pas, car il m’avait dit être pris ce jour-là. Et voilà qu’ils s’y retrouvent ! Debout dans un coin, je suivais la scène. Je tirai Frances vers moi, elle déclara ne pas vouloir s’en mêler mais, la prenant par le bras, je la contraignis à rester là. Elle les regarda se dévisager tels un cerf et une biche ahuris. « C’est elle qui va filer la première », dit Frances, et il en fut ainsi, mais Robert la retint (à cet instant, Frances dégagea son bras) et Betsy se mit à pleurer, oui, à pleurer. Robert la prit dans ses bras. « Ne va pas t'imaginer que tu as des dons de rabibocheur », commenta Frances alors que nous allions reprendre un cocktail. Je suis très content et, je l'avoue, pas peu fier : Robert m'a dit que tout avait été pardonné. Même mon intervention à la Prospero. Je ne peux supporter ni les frileux, ni ceux qui ne démordent pas de leurs principes.

Mais venons-en à ce que je voulais te dire. Frances a été très heureuse de te voir et très touchée que tu nous emmènes à l'Oak Room pour fêter la parution de son livre. (Ce qu'elle ne te dira pas, c'est que quand toi et moi sommes revenus des toilettes, je l'ai surprise en train de glisser dans son sac un bâtonnet pour remuer les cocktails.) Je sais que tu m'as dit que si je lui avouais ce que je t'avais avoué, jamais plus elle ne me parlerait mais, vois-tu, Ted, je commence à croire qu'il se pourrait même qu'elle y soit sensible. Ce soir-là, j'ai eu l'extrême plaisir de la voir trahir ce que je considère comme un brin de jalousie. Figure-toi qu'il y avait là une fille qui m'avait interviewé l'an dernier pour le magazine. Brune et potelée, aussi grande et raide qu'une caryatide, elle serait de taille à porter un glorieux destin ou, en te voyant, de décrypter ton avenir et de sonder ton passé dans le lac de ses yeux creux. Elle s'est animée néanmoins quand elle s'est mise à parler et, au cours de notre entretien, nous avons discuté des mérites de E. M. Forster. Je n'en suis pas convaincu, ayant réellement aimé le Christ, ayant erré si longtemps sur les mers en compagnie d'Ulysse, il m'est très difficile de voir dans Bloomsbury autre chose qu'une séance incestueuse au sein d'un victorianisme anti-victorien qui m'a fait concéder un certain génie à tes Victoriens, à vrai dire éminents, même si, à la fin de notre entretien, elle m'a fait comprendre qu'au moins je pourrais préférer Forster à Woolf. Elle s'est donc approchée de moi à cette dernière soirée et je l'ai remerciée pour son article. Elle m'a demandé quelles étaient mes dernières lectures, je le lui ai dit.

Je n'avais pas détecté la moindre coquetterie dans son comportement, mais Frances s'est amenée quand nous évoquions Philip Larkin (j'envie sa maîtrise de l'écriture, le genre d'envie née d'une incapacité fondamentale à rivaliser avec son idole, libre alors à soi de se cantonner dans une admiration inconditionnelle). La fille, m'a-t-il semblé, s'est figée, sans doute en raison du silence opiniâtre de Frances, mutisme qui suggérait notre proximité au quotidien. Prenant alors Frances par la main, j'ai dit à la fille : « Je vous présente Frances Reardon. Elle vient d'écrire un beau roman. » « J'ai entendu parler de votre livre », a dit la fille, dévisageant Frances avant d'émettre le « félicitations » de rigueur. « Vous n'avez rien à craindre, a dit Frances, Bernard ne m'appartient pas. » « Je ne suis pas du tout inquiète », a répondu la fille, même si elle avait l'air interloquée. « Bon, je vous laisse », a dit Frances en s'éloignant. J'ai eu du mal à ne pas rire. Je souhaiterais parfois que les bonnes femmes se flanquent carrément un coup de poing. Dans ce cas, je parierais sûrement pour Frances.

Amitiés,

BERNARD

5 avril 1960

Chère Frances,

Je tiens à écrire ces lignes pour que tu saches que j'ai repensé à tout cela et te faire part de ce que je ressens maintenant que j'ai retrouvé à peu près mon calme. Je t'appellerais bien, mais je crains que tu ne me raccroches au nez ou que tu ne décroches pas.

Je t'écris ce matin entre deux cours. Il est 10 heures et demie. Un étudiant est apparu derrière la fenêtre, l'air suppliant, mais je lui ai fait signe de s'éloigner. J'entends plaisanter des collègues et des pas décidés derrière la porte. Je vois Lexington Avenue au-dessous de moi, par la fenêtre à ma droite. Je vois les enfants encore en gros manteaux traverser et retraverser la rue, selon un tracé qui me rappelle celui des haies des jardins de Florence.

Je ne regrette pas de t'avoir embrassée. Une nouvelle fois. Aussi maintenant, je dois te dire que je te veux d'une façon inconvenante, criminelle, bestiale.

Je tiens à me faire bien comprendre. Je parle, j'en conviens, pour te stimuler, si tant est que tu sois stimulable.

Tu penseras que je retombe dans la folie. Il n'en est rien, je le sais. Si j'étais fou, je t'écrirais en vers.

Appelle-moi quand tu recevras cette lettre.

BERNARD

1er juin 1960

Chère Claire,

Pardon de ne pas avoir répondu à tes deux dernières lettres.

Bernard et moi nous sommes engagés dans ce que l'on pourrait, en termes juridiques, appeler une liaison. Je l'ai vu de nombreux soirs, depuis de non moins nombreuses semaines. J'ai couché dans son lit. Oui, Claire, la fille qui t'écrit ces lignes a couché dans le lit de Bernard. En chemise de nuit, je te rassure, mais dans son lit. Il dit être amoureux de moi. Je crois qu'il pense l'être et c'est fort possible. Je ne lui ai pas dit que j'étais amoureuse de lui, pour la bonne raison que je ne sais pas où j'en suis. Il prétend que ça lui est égal. Il me connaît, répète-t-il, et il sait que l'idée a besoin de faire son chemin avant que je me décide. Il a raison. Mais j'ai peur. Oui, j'ai peur, ne serait-ce que de te décrire ce que j'ai ressenti ou le plaisir que j'éprouve à l'entendre me dire que je suis belle. C'est vrai, il me trouve belle. J'ai parfois envie de rire quand il le dit.

Je ne sais pas si je l'aime, mais une chose est sûre : j'aime l'entendre me dire que je suis belle. Je ne sais plus où j'en suis. J'en ai honte. Après ça, je devrais me montrer plus indulgente avec ma sœur. Impossible de raconter tout cela à Ann, ou de lui demander conseil. Autant demander à un alcoolique des conseils pour ne plus picoler.

Je ne pense pas qu'il y ait là péché. Ce n'est pas ça. Pas même si j'oublie, ou peut-être même pardonne, qu'il prétend ne pas croire. Il y aura péché si je trahis ses espoirs. Ou si j'ai des espoirs et que lui les trahit. De mon côté, je suis décidée à ne pas nourrir d'espoirs. Je préférerais que l'on pèche contre moi plutôt que de pécher. Je ne pourrais supporter de lui faire du mal. J'ai l'impression d'être la seule à connaître la vérité quant à ce qui se passe entre nous et il m'incombe de déceler chez lui toute fatigue ou tout signe précurseur d'une rechute. Tu te rappelles cette fameuse soirée après laquelle Ed était gentiment éméché, et que nous avons insisté pour qu'il reste ? Après ça, tu es allée te coucher et il a insisté tout aussi gentiment pour m'embrasser et je me suis aperçue que je ne pouvais pas le lui refuser. J'étais consciente qu'il m'embrassait parce qu'il était perturbé de ne pas avoir obtenu sa bourse d'enseignement, qu'il ne savait que penser des exigences d'Ellen et avait besoin de se sentir à la fois rassuré et fort. Loin de sa machine à écrire, les femmes étaient la seule façon qu'il connaissait pour reprendre le dessus. C'était comme donner du sang à la Croix-Rouge : je l'ai laissé prendre ce dont il avait besoin, tout en attendant patiemment, indifférente, que ce soit terminé et, après son départ, je suis allée à la cuisine manger un beignet.

Je retrouve un peu de ça dans le cas présent.

Je m'aperçois que je ne peux guère t'en dire beaucoup plus. Tu es ma plus fidèle amie. Vu l'ironie quasi théâtrale de mes confessions, je crains de t'offenser, de t'agacer ou de peser sur toi. (Je t'ai dit certaines choses, mais toi, Claire, tu savais dès le début qu'il s'agissait précisément du contraire. Cela est déjà arrivé, rappelle-toi cette lettre que je t'ai écrite il y a quelque temps et dans laquelle je te confiais que je n'étais pas amoureuse de lui. Et maintenant, regarde où j'en suis.)

En ce qui concerne l'amour humain, j'en sais aussi peu que les bonnes sœurs qui m'ont élevée. Toute femme normale saurait ce qu'elle doit ressentir et pourquoi elle a ressenti ce qu'elle a ressenti, ou elle se contenterait de dire : « Au diable les sentiments, je prends le fric et je fiche le camp. » Novice en la matière, je panique un peu. D'un côté, je pense qu'en septembre, date à laquelle il doit prendre ses fonctions d'enseignant, Bernard pourrait bien se lasser, mettre au placard son désir pour moi. C'est le genre de choses qui arrivent. Je sais qu'il n'est pas comme ça, avec lui ou bien c'est à la fille de prendre de la distance ou bien c'est lui qui doit en être éloigné de force. Mais pour être franche, je m'inquiète d'être un mirage au milieu de je ne sais quelle folie, d'où mes hésitations.

Tes conseils seront les bienvenus !

Je t'embrasse,

FRANCES

10 juin 1960

F,

Pour l'amour de Dieu ! Primo : il est amoureux de toi ! Ne revenons pas là-dessus, la question est réglée. J'ai vu avec quels yeux il te regardait le soir où nous sommes allés fêter la sortie de ton livre. Il avait tout du chien qui a passé une minute de trop attaché à une chaîne. Il semblait dans les vapes et cela bien avant que nous soyons tous bourrés. Il avait l'air plaisamment déboussolé. Un fatras intime dont tu es la cause. Répète après moi : « Bernard est amoureux de Frances. »

Secundo : prends plaisir à t'entendre dire que tu es belle ! Nous serons bien assez tôt de vieilles pommes ratatinées !

Tertio : essaye, s'il te plaît, d'apprécier ses attentions. Écoute, tu as parfaitement raison de te soucier de sa santé mentale. Non que je te conseille de faire l'autruche à ce sujet, mais ce que je cherche à te dire c'est que tu devrais bien le laisser te ravir au septième ciel ! Tu as passé trop de temps, et non sans raison, à voir les hommes d'un œil méfiant. Mais tu vis à New York et tu es une jeune femme qui vient de publier, avec grand succès, son premier ouvrage, que bien d'autres suivront. Ce n'est pas *Rien n'est trop beau*[1], on ne va pas te retrouver morte dans une cage d'escalier de l'East Side, parce que tu n'as pas su dire non. Bernard n'a rien à voir avec Ed dont il a fallu que tu complètes par un beignet les ardeurs amoureuses. Vois plutôt Bernard comme une omelette norvégienne, offerte à titre gracieux par un restaurant trois étoiles, une friandise que tu ne connaissais pas, mais qui t'est servie sur un plateau d'argent et à laquelle tu ne saurais résister. Je ne crois pas que tu te rendes vraiment compte de ce que Bernard est bel homme. J'estimerais avoir bien de la chance de faire une entrée à son bras, et je serais loin de me plaindre

1. Ce premier roman de l'Américaine Rona Jaffe fut un succès en 1958. Les lectrices américaines s'identifièrent immédiatement au cinq jeunes femmes actives de ce roman.

s'il posait les mains sur moi. À l'aube d'une histoire d'amour, une femme devrait se montrer insouciante, voire empressée. Les débuts sont toujours le meilleur. Ils te permettront de retomber amoureuse de ton bien-aimé quand le feu sera éteint, et dire que tu les gâches déjà en t'inquiétant ! Par pitié, ne va pas tuer l'oiseau dans l'œuf ! Tu en es à la dernière strophe de *L'Ode sur une urne grecque* de Keats : « Froide pastorale ! » Laisse-toi plutôt porter par la première : « Sauvage extase. » Il faut toujours que tu doutes de tes capacités.

C'est comme ça que ça marche…

J'ignore ce qui se passera entre vous deux. Je ne sais pas encore ce que je pense qu'il *devrait* se passer entre vous. Il se pourrait même que je t'envoie une autre lettre demain pour te dire de te tenir à distance. Mais si chacun de nous se mettait à fuir ce qui lui fait peur… je ne sais même pas comment terminer cette phrase. Sans doute pourrions-nous toi et moi trouver un tas de réponses qui t'inciteraient à te précipiter par défi vers ce qui t'effraye.

Écris-moi n'importe quand à ce sujet. Tu n'as que moi et moi je n'ai que toi à qui parler de tout ça, vu que nous ne sommes ni l'une ni l'autre des femmes normales.

Je t'embrasse,

CLAIRE

30 juin 1960

Chère Claire,

Merci ! Non seulement tu m'as donné des conseils, mais tu m'as fait rire, ce dont j'avais sans doute autant besoin. Ce que tu dis est tout à fait pertinent. J'essayerai, comme le recommanderait William James, d'agir *comme si... comme si* Bernard était sincère.

Je t'embrasse,

FRANCES

10 juillet 1960

Chère Frances,

Je regrette que tu ne m'aies pas accompagné chez Ted dans le Maine. Il te salue. « Cette fille est du genre sérieux, dit-il. Pour peu que tu lui sortes une plaisanterie d'un goût douteux, elle te regardera avec pitié et te la renverra, revue et corrigée. » Je le crois jaloux de moi. Et il a de quoi l'être. Un homme veut toujours que ses amis soient un peu amoureux de sa bien-aimée.

Il y a un grand lit, juste au-dessous d'une fenêtre encadrée de branches de pin et d'une guirlande de gelée blanche. De ma chambre, j'aperçois la mer. Le matin, j'essaye d'imaginer tes bras nus, mouchetés de rousseurs, dans cette belle eau claire et l'après-midi, je me demande si l'eau, chauffée par le soleil, marbrerait ta peau d'une résille de sel, telle une mosaïque irlandaise d'écume vénusienne. Tes rousseurs, je veux m'en repaître comme des huîtres, m'en gorger sur un rocher que nul ne saura trouver. Je pense à tes seins et me masturbe comme un gamin à qui l'on a raconté que ça l'aiderait à se débarrasser de son acné. Pourquoi a-t-il fallu que tu sois vertueuse et décides de rester en ville ? Je t'aurais laissé faire chambre à part. Et il y aurait eu assez de monde ici pour servir de butoir entre toi et mes désirs. Tous sont des gars bien, des mecs solides que Ted a rencontrés en fac de droit. Il y a aussi un scénariste qui a fui Hollywood pour devenir journaliste à Boston, aussi, quand nous avons fini de nager et que le débat sur les élections s'essouffle, le scénariste distille les derniers potins à savoir qui est alcoolique et qui couche avec qui. Tu vois donc qu'il n'y a pas de femme ici pour fourrer le nez dans notre relation. L'épouse de Ted est bien trop occupée à organiser le déjeuner de la branche locale des Filles de la Révolution américaine pour s'y intéresser. (Je ne plaisante pas, hélas.) En outre, il y a des huîtres dignes de ce nom que nous descendons à tire-larigot avec du vinaigre.

J'ai envie d'écrire une autre lettre bourrée de détails qui te feraient rougir. J'ai envie d'écrire des obscénités qui te mettront en colère. Mais mon âme de puritain m'empêche de laisser enfler mes désirs d'une façon plus baroque, corsetés de velours noir, à la Sade. Je rectifie, oui, comment ai-je pu commettre cette erreur : un puritain se satisferait d'aimer une absence. Pas moi. Tout ce que je peux dire, et vois là un aveu aussi ingénu que fleur bleue, c'est que ta peau de velours, tachetée de rousseurs, m'empêchera de dormir ce soir.

Bien à toi,

BERNARD

11 juillet 1960

Mon amour,

N'étant pas encore couché, je contemple la lune sur l'océan et je pense.

Je perçois autour de toi une certaine méfiance, une certaine froideur. Je pense que tu t'attends à ce que je me lasse de toi. Je pense que tu penses que j'ai peut-être un peu perdu la tête. Crois-moi, s'il te plaît, je t'aime.

Il n'y a rien que je puisse dire qui te convaincrait. Je sais que sitôt que j'ouvrirai la bouche tu croiras que je délire. Si les lettres d'amour sont autorisées à porter la passion jusqu'au délire, cette licence est toutefois révoquée quand tu traînes derrière toi un épisode de délire. J'imagine aisément quel effet a pu te faire ma dernière lettre, mais te donner une sérénade est un plaisir pour moi. Et tant pis si elle résonne à tes oreilles tel du Mozart : une ridicule prolificité de notes et une douceur intime. Je sais que tu détestes Mozart.

J'ai tant à chanter pour célébrer la beauté de ma mie. Je t'ai toujours trouvée belle. Au déjeuner de l'atelier d'écriture, j'ai été frappé par tes yeux bleus, tes grands yeux qui riaient, écoutaient, se méfiaient, ne me lâchaient pas. Je me rappelle m'être dit : « Quel joli cou a cette fille ! Ses bras et son cou ont des courbes qui laissent présager d'autres courbes encore plus séduisantes. Son visage est épanoui et moucheté, telle une belle-de-jour. » Je revois les autres participants, desséchés par la boisson, l'ambition, et la peur. C'est cruel, je le sais. Ne suis-je pas, moi aussi, un peu desséché par la boisson ? Tu as la radieuse beauté de quelqu'un qui connaît sa valeur et ne va pas la galvauder. Cette valeur, tu ne l'as pas volée, c'est clair. Tu l'as reçue à ta naissance. Comme moi. Mais à la fin de ce déjeuner, je pense que ta réserve, due au fait que tu connais ta valeur, a contribué à reléguer mes élucubrations au congélateur, à moins qu'une remarque de ta part au sujet de saint Thomas d'Aquin ne m'ait incité à te classer parmi les camarades du catéchisme. En réalité, ce pourrait bien être ta boutade au sujet de Mozart, à savoir qu'il te rappelait des petits rires idiots et que tu lui préférais Bach et ses profondeurs caverneuses noircies d'encens brûlé. Et il y avait Lorraine, cette Salomé toute cliquetante de bracelets, sa façon de dire qu'elle ne savait pas où elle en était, une fille insaisissable, libre, éphémère. Tu veux savoir ce que j'ai entendu en m'asseyant à côté de toi ? Le souffle d'une brise suivi d'un pesant silence. Un son dont la régularité aurait pu me permettre de me passer de montre. Une maîtrise de soi, tant sur le plan intellectuel que spirituel, et une gaieté, tempérée par une certaine tendance à juger autrui. Je n'y étais pas indifférent, mais après avoir tant aspiré à l'amour idéal, j'avais envie d'un divertissement.

Après des heures passées à te contempler, à te toucher, je connais les multiples facettes de ta beauté. Mais tu as d'abord été mon amie – et non point une réflexion sur l'art ou sur Tolstoï ou sur la pureté ou la blondeur – et je pense que tu demeures mon amie. Je ne crois peut-être pas en Dieu, mais je suis d'accord avec Simone Weil qui nous enjoint de voir les êtres tels qu'ils sont et de ne pas en faire des créatures de notre imagination. J'essaye de te regarder avec amour, mais sans illusions.

J'aime ta méfiance, elle est la preuve que ton esprit ne cesse de s'affûter, de se prémunir contre les nombreux mensonges de ce monde, mais pour le moment, elle me tue. Aussi vais-je te demander de m'écrire une lettre pour me convaincre que tu crois en moi. Tu n'as pas à me dire que tu es amoureuse de moi, tu n'as pas à me faire part de tes sentiments à mon égard. Tu dois m'écrire pour me dire que tu crois que je t'aime.

Amitiés,

BERNARD

13 juillet 1960

Chère Mademoiselle Reardon,

C'est moi, Ted. Comment trouvez-vous New York ? Notre séjour dans le Maine a été merveilleux. Est-ce parce que vous n'étiez pas sûre de pouvoir aller à la messe par ici que vous n'êtes pas venue ? Ne saviez-vous pas que le Maine grouille de Canadiens français plus papistes que le pape ?

Permettez-moi d'abord de préciser que Bernard n'est pas au courant de cette lettre. C'est bien la première fois de ma vie que j'interviens dans une histoire d'amour, mais je considère Bernard comme un frère et vous m'êtes très sympathique. L'autre jour, une remarque de sa part m'a donné à croire que vous aviez besoin d'être rassurée quant à l'authenticité de ses sentiments. Je sais à quoi Bernard ressemble quand il n'est pas dans son état normal. Rien à voir avec ça. Je peux dire que je lui en ai connu des toquades ! Rien à voir avec ça. Qu'est-ce que j'en sais ? Il nous rebattait les oreilles de ces autres filles. Elles ne lui rendaient pas son affection, aussi en parlait-il à longueur de temps pour donner l'impression qu'elles existaient. Il devait se taper tout le boulot et cela l'aigrissait. Il cherchait à se quereller avec moi, avec des inconnus dans les bars. Avec vous dans sa vie, fini les grandes conversations, amertumes et disputes. Il garde ça pour lui. On le sent calme. Comme s'il se rendait compte que la sérénité est la meilleure façon d'évaluer la profondeur, la solidité, l'authenticité, voire la naïveté de son amour. J'ai failli trébucher sur lui l'autre jour en rentrant de la plage, il dormait sur la pelouse, votre livre grand ouvert sur la poitrine, un bras en l'air sur le côté, tel un drapeau dont il était la hampe ronflante et frémissante. Son visage reflétait une grande paix. « Il est vraiment parti », ai-je pensé. Soyez assurée que je vous dis la vérité. Nous autres, avocats, nous ne croyons pas au parjure.

Affectueusement,

TED

15 juillet 1960

Bernard,

Tu as raison, je ne sais que croire. Je suis navrée que ma méfiance te tue. Je sais ce que je veux croire, à savoir qu'il ne s'agit pas d'une toquade de ta part. Je veux le croire. Vraiment. Je vais essayer de ne plus te regarder avec une froide méfiance. L'Hudson t'envoie le bonjour. Il se demande ce que tu vois dans ces vagues furieuses qui déferlent sur les rivages de la Nouvelle-Angleterre. Il estime qu'une masse d'eau acquiert sa majesté en gardant pour elle ses humeurs. Cela dit, au fin fond de lui-même, ce brave fleuve envie ces élans enthousiastes.

Je t'embrasse,

FRANCES

15 juillet 1960

Cher Ted,

Merci d'avoir écrit ces lignes. Je comprends que vous protégiez votre ami. J'ai écrit à Bernard le jour même où j'ai reçu votre lettre.

Je vous enverrais bien une tarte aux pêches par la poste, mais, à mon avis, les seules pêches dignes de ce nom sont celles du New Jersey et il semblerait qu'elles n'aient pas droit de cité dans la Grosse Pomme.

J'espère vous revoir bientôt.

Je vous retourne vos affectueuses pensées,

FRANCES

20 juillet 1960

Frances,

Mon amour, tu es fine mouche, tu es charmante, tu ne feras jamais ce que je te demande de la façon dont je le voudrais, mais ça fait aussi ton charme. Je te reverrai dans quatre jours, autrement dit dans beaucoup trop longtemps.

BERNARD

30 juillet 1960

Chère Claire,

Bravo d'avoir obtenu ce boulot au *Tribune* ! Je suis persuadée qu'après une année aux rubriques féminines, ils te feront filer les flics du South Side. Ta patronne a plutôt l'air marrante. Un gros camélia aux dents d'un gobe-mouches de Vénus dans un vase de gabardine avec des seins en granit. Sans doute ai-je décrit un tableau de Picasso ! « Ton article ou ta peau ! » Ça suffirait à me faire écrire. Après j'ai cessé de rire. Tu veux dire qu'elle joue au tennis avec un balcon comme le sien ? Voilà qui confirme mes idées sur les cadres supérieurs : les sportifs de haut niveau excellent dans ces fonctions. Ils aiment la compétitivité, ils ont de l'endurance, et Dieu sait qu'il leur faut une fichue endurance pour rivaliser avec ceux qui sont au-dessus ou au-dessous d'eux. La joueuse de tennis que tu étais s'en tirera sans problème. Pour ma part, j'aime bien nager.

Tu me demandes comment ça va. Je trouve archidifficile de mettre en mots ce que je ressens. Je sais que tu me pardonneras d'être Frances. J'espère que Bernard me pardonne d'être Frances. Il semble que ça lui soit égal qu'affectivement je ne sois pas très démonstrative. Il a appris, par exemple, à m'embrasser dans la rue et non dans une pièce bondée de monde. Il me montre beaucoup d'affection, mais je crois que parfois il ne remarque pas mon incapacité à montrer la mienne. Parfois, pas toujours. « Frances, a-t-il dit l'autre soir après dîner, il m'arrive de me dire que la seule vraie preuve de ton amour est tout ce que tu cuisines pour moi. » Il avait raison. Je lui fais du pain, des gâteaux, des tartes. Et c'est l'été. Je me comporte comme je me comporte à la maison : avec une certaine distance et des tartes pour atténuer cette distance. Le pain et les tartes sont des grains de chapelet, des étapes, en quelque sorte, car je ne vois pas comment je pourrais aimer spontanément.

J'espère que Dieu me pardonnera d'être Frances.

J'essayerai de décrire deux sentiments. D'abord quand je descends la rue à sa rencontre et que je suis à portée de vue, ses yeux jettent des étincelles de faim et d'affection qui se bagarrent dans ses pupilles tels des matous. En ces moments-là, je ferais n'importe quoi pour que ce regard reste à jamais sur moi. Je sens que quelqu'un me connaît peut-être encore plus intimement que Dieu. Ça y est, je blasphème, alors, je t'en supplie, brûle cette lettre.

Ensuite, te rappelles-tu notre conversation chez McKellan avec Bob et Roger ? « Je parierais, m'a dit Roger, que le jour où tu finiras par trouver quelqu'un pour qui tu t'enflammeras, il sera la pauvre vache de Mme O'Leary[1] et toi, tu seras Chicago… » Pendant des années, tu le sais, je prenais très mal ce genre de remarques. Qui était donc Roger pour se permettre de faire des déclarations sur ma féminité, sans même avoir l'excuse d'un flirt, puisque c'était toi qu'il courtisait ? Eh bien, aujourd'hui je comprends ce qu'il cherchait à me dire. Je lui suis reconnaissante pour sa clairvoyance. Sans lui, j'aurais bien pu commettre l'erreur d'aller consulter un médecin.

Claire ! Je ne peux même pas dire ce que je représente pour toi.

1. Catherine O'Leary vivait à Chicago, dans l'Illinois, au moment du Grand Incendie de 1871. On a dit que le feu était parti de sa grange le soir du 8 octobre 1871 et qu'il s'était étendu à toute la ville. Il s'est avéré que Michael Ahern, un reporter au *Chicago Daily Tribune*, a inventé l'histoire pour vendre des journaux. En 1997, le conseil municipal de Chicago a adopté une résolution disculpant Mme O'Leary et sa vache !

Et encore un sentiment… Il m'arrive de le regarder, de guetter le signe précurseur d'un épisode de sa maladie. Parfois, je crois le détecter sur son visage. Dans son appartement. Pagaille. Laisser-aller. Indifférence envers de petits événements du quotidien, que ce soit un article du *Times* flattant la droite, ce que je prépare à la cuisine ou l'absence de réaction face à une dissertation d'une qualité exceptionnelle. Une pile d'assiettes dans l'évier, des mégots qui flottent dans une casserole. Ses chemises fourrées dans le placard réservé au linge de maison en compagnie des vieilles serviettes de bain, encore une chance qu'il en possède et ne s'essuie pas avec du papier journal ! (Il prétend que la mère de Ted les lui a données, affolée de constater qu'il n'en avait pas.) Pas de rideau de douche. Son lit disparaît sous des monceaux de papiers : quand il n'y dort pas, il lui sert de bureau de secours. Il y a une quinzaine de jours, il s'est coupé au pied parce qu'il avait la gueule de bois. En se levant, il avait oublié les tasses et les verres qui traînaient autour de son lit. Il m'a appelée quatre fois au travail. Impossible de répondre les trois premières, et à la quatrième, quand je finis par décrocher, il me dit : « Pourquoi tu n'as pas pris avant ? Tu es ma Florence Nightingale, tu es censée répondre, je pourrais être en train de saigner à mort sur un champ de bataille en Turquie ! » Nous rions, c'est drôle, toujours est-il qu'il a appelé quatre fois en cinq minutes. « Je voulais entendre ta voix au milieu de la journée », dit-il. Ou bien : « À partir de quelle heure pouvons-nous nous retrouver ce soir ? » Ou encore : « Si je devais faire plancher aujourd'hui mes étudiants sur un poème de Hopkins, à ton avis, lequel devrais-je choisir ? » J'ai parfois envie de me cacher tant je suis gênée. J'ai peut-être un dixième de son énergie et je me demande souvent quand il se rendra compte qu'il est amoureux d'une limace. Comment veux-tu qu'un tourbillon soit amoureux d'une limace ? Il lui faut un autre tourbillon, pas vrai ? Ou une montagne.

Quand j'avais six ou sept ans, j'étais persuadée que mon père mourrait subitement parce que ma mère avait besoin de lui auprès d'elle dans ce que je devais appeler le ciel. Le matin, je me réveillais en me disant : « Ça sera peut-être pour aujourd'hui et dans ce cas, il faudra qu'on aille vivre chez nos tantes. » Une douleur avec laquelle je me réveillais souvent. Je l'avais oubliée, mais ces temps-ci, je ressens quelque chose de similaire. Je me réveille chaque matin avec une obscure inquiétude qui se résume à cette phrase : est-ce aujourd'hui que Bernard va disparaître ? Chaque matin, je me réveille persuadée que je vois dehors les signes avant-coureurs d'une tempête : des feuilles dont on ne voit que le triste revers, balayées çà et là par un vent qui amène orage et pluie. Et puis je m'habille et je me retrouve dans la rue, sous le soleil. Je me dirige vers le métro, et le soleil et la foule absorbent mon angoisse.

J'ai écrit cela au travail. Je ferais bien de me remettre à écrire ma nouvelle.

Je t'embrasse,

FRANCES

15 août 1960

Ted,

Tu en as de la chance d'être encore là-haut, dans le Maine. Je t'écris depuis l'atelier d'écriture. Je suis loin de m'en plaindre, si ce n'est qu'il n'y a ni Ted, ni mer, ni homard. J'ai appelé la semaine dernière pour leur demander s'ils pouvaient m'accueillir une quinzaine de jours, car je voulais me lancer dans ce nouveau livre avant de commencer mes cours. Aucun problème, arrivez, m'ont-ils répondu. Je passerai donc ici deux semaines de l'été, après quoi retour à New York et reprise des cours.

Je regrette que tu ne sois pas venu avec moi à Philadelphie rendre visite aux proches de Frances (c'est comme ça qu'elle les appelle) parce que je pense qu'ils te rappelleraient les tiens, par leur exubérance et la chaleur de leur accueil, à cette seule différence qu'ils n'ont pas un rond. J'aurais aimé t'entendre leur dire qu'avec une énergie pareille, pas question de toucher une retraite.

Comment au juste me suis-je retrouvé là-bas ? Tout a commencé il y a quelques semaines, quand Frances m'a dit : « Mes tantes veulent faire ta connaissance. J'ai reçu un coup de téléphone et elles m'ont ordonné de t'amener à la maison, parce que mon père est trop bien élevé pour le demander lui-même. Es-tu prêt à être étouffé par la plus bruyante hospitalité qui soit au nord de la ligne Mason-Dixon ? »

Elle ne plaisantait pas ! Ces femmes, les sœurs de sa mère, rient toutes au même diapason, elles rejettent la tête en arrière et vous raclent neuf croches en dégringolant la gamme. Et elles rient, toute la sainte journée. Rougeoyantes, elles s'éventent avec les mains, expirant dans un bruit de soufflerie les éclats de rire à la traîne. Elles aiment se faire rire, mais chacune respecte les plates-bandes humoristiques de l'autre. Frances ne rit pas, mais elle aime les faire rire. Je l'ai vue, calée dans un fauteuil, ses yeux voletant par-ci par-là, guetter l'occasion de lancer nonchalamment la drôlerie qui ferait repartir l'hilarité, ne doutant pas une seconde de son succès, tel le joueur de polo qui, au dernier moment, surgit sur son cheval pour donner à la balle le coup décisif.

Son père rit, lui aussi, mais surtout avec ses yeux. Je crois que Frances a hérité ça de lui. Là où ses tantes auront recours à des plaisanteries pour pimenter leurs histoires, lui vous taquinera. J'ai toutefois remarqué qu'il ne taquinait pas Ann, la sœur de Frances, un beau brin de fille. Longs cheveux blonds, grands yeux bleus qui rappellent ceux de Frances, mince, mais rembourrée aux bons endroits, bras et jambes potelés et lisses, un beau fruit dans une corbeille. Quand tu les vois l'une à côté de l'autre, silencieuses, tu ne devinerais jamais qu'elles sont sœurs, tant leur teint et leur façon de s'habiller sont différents. L'une est resplendissante (chaussures rose et blanc raffinées, grappes de perles pendant aux oreilles, cheveux blonds aussi fièrement exhibés sur ses épaules qu'une cape d'hermine), elle donne l'impression de prendre un plaisir d'enfant à chérir un trésor. L'autre est tirée à quatre épingles (tissus chastes, parfaits pour des chemises de nuit, visage autoritaire quoique timide, qui se réfugie derrière une frange rousse, chaussures style dame patronnesse, pas de bijoux, juste ses yeux). C'est Hélène de Troie à côté de Jeanne d'Arc. Les cheveux d'Ann font d'elle une esquisse, ils éclipsent Frances, l'espace d'un instant. Ils sont si blonds, d'une blondeur naturelle sans pareil, que cela fait d'elle un message codé pas si innocent que ça. Elle a le sens de l'humour, mais l'instinct de propriété l'emporte. « Papa ! » a-t-elle dit en un murmure désapprobateur, tel un coup de cravache sur le postérieur paternel, quand son père a lancé en me rencontrant : « Où diable t'imaginais-tu pouvoir le cacher, Frances ? Il est aussi grand que Lincoln ! » Debout à côté de moi, Frances souriait, souriait, souriait, tel un auteur dramatique debout dans les coulisses, ravi de la énième performance de ses personnages.

Mais pour peu qu'Ann et Frances se mettent à parler et à rire ensemble, ce duo d'inflexions et de gestes étrangement identiques révèle un air de famille indéniable. « Ta sœur et toi, vous vous ressemblez davantage que vous ne voulez bien l'admettre », ai-je fait remarquer plus tard à Frances. « Oh, a-t-elle répondu, imagine un orchestre familial : nous sommes capables de nous accorder au pied levé, mais jusqu'à ce que je sois sous terre, je m'inquiéterai pour elle. »

Une victoire, l'une parmi d'autres, ce jour-là : une enfant de cinq ou six ans, la fille d'une des cousines, je ne me souviens plus de son prénom, car je m'y perds dans cette famille, m'a demandé si elle pouvait toucher mes cheveux ! Je l'ai prise dans mes bras et lui ai dit : « Vas-y ! » Ce qui l'a autant enchantée que moi, je l'avoue. Je comprends pourquoi les chiens se laissent parfois coiffer de bonnets de bébé. Elle m'a regardé, fascinée, a saisi deux poignées de tignasse, là où seraient mes cornes, tout en fronçant le nez, pour montrer le côté sérieux et scientifique de la démonstration. Et encore ces yeux bleus, si bleus ! J'en venais à croire que j'étais tombé dans l'un de ces vieux contes celtes et qu'à la fin, l'une de ces sorcières aux yeux bleus me changerait en arbre. « Kitty ! » appela une femme à l'autre bout de la salle de séjour. La maison était bondée, l'atmosphère survoltée, un brassage de gens de tous âges, un brouhaha de voix, un mélange hétéroclite de buts dans la vie. Et ça parlait, cuisinait, préparait des drinks, mangeait des cacahuètes, pariait sur le dernier événement sportif, s'occupait des enfants ou caressait les chiens, bref, tu te serais cru à Washington Square un samedi après-midi ! « Arrête de décoiffer l'ami de Frances ! Tu vas lui faire mal ! » Frances me reprit la fillette. « Allons, viens ! Kitty ! » ordonna-t-elle. « Ce monsieur, il a de très jolis cheveux », conclut Kitty en regagnant la terre ferme. « Oui, c'est vrai », entendis-je Frances dire tout en me tournant le dos, avant d'embrasser Kitty et de la renvoyer dans l'arène. J'étais tout fier ! Ah ! Si seulement Frances pouvait me dire ce genre de choses en face !

Assis sur le canapé à parler base-ball avec Ann, estimant que j'avais assez fait preuve de civilité, je m'aventurai : « Suis-je le premier homme que Frances ait jamais ramené à la maison ? » Après une seconde d'hésitation, Ann a, je crois, menti effrontément pour protéger sa sœur. « Oh ! Non, s'est-elle exclamée. Vous devez être le troisième ou le quatrième, mais vous êtes à coup sûr le plus drôle ! » Je lui ai lancé un regard censé lui dire qu'avec moi la flatterie ça ne prenait pas. « C'est vrai ! » a-t-elle insisté. La coquette dont j'avais entendu parler pointait le bout du nez… « Comment ça ? Vous ne pouvez pas accepter un compliment ? Un grand garçon comme vous ? » (Je sais qu'en ce qui concerne les femmes, toi et moi ne sommes pas toujours du même avis, mais je te garantis que ni toi ni moi ne nous querellerions à son sujet. Le feu qui l'anime relève, je pense, de la mauvaise humeur et de la vanité blessée plutôt que de la passion authentique.)

Je n'ai pas osé avouer à Frances que je m'y perdais dans ses tantes. « Ainsi donc, Frances nous a dit que vous enseigniez », a déclaré la tante Helen. À moins qu'il ne s'agisse de Mary ou de Peggy. Inquiètes et non sans raison, elles m'examinaient sous toutes les coutures mais, derrière leur regard attentif, on les sentait préoccupées par un lit mal fait. Trois notes vibrant à l'unisson. « Ça vous plaît ? ont-elles poursuivi. Et vous êtes de Boston ? Comment ça se fait, où est passé votre accent ? Que font vos parents ? Vous aimez notre chère Philadelphie ? Frances nous a dit que vous étiez fils unique. Vous devez avoir les oreilles qui bourdonnent, non ? Nous avons acheté de l'aspirine juste pour vous, elle est dans l'armoire à pharmacie. Frances nous a confié que vous aimiez un bon rôti de bœuf, du coup on a chargé Mary de s'en occuper, c'est sa spécialité. Pas question que Frances cuisine pour vous, cela vous rendrait malade. » (Leur avait-elle même mentionné mon hospitalisation ? Sans doute pas, conclus-je. Quand par la suite, je lui ai posé la question, elle s'est contentée de répondre : « Cela ne les regarde pas. ») Et puis, une plaisanterie après le dîner. Une des tantes apporta un imposant gâteau recouvert de noix de coco râpée, qu'elle posa sur la table sans cérémonie. « Et maintenant qui veut du dessert ? » demanda-t-elle. Là-dessus, une autre tante apparut avec une tranche rectangulaire de ce qui ressemblait à de la viande confite aux aromates, grisâtre au centre, mais d'un beau brun croustillant sur les bords, la plaça à côté du gâteau et entreprit de la découper. « Bernard, ajouta l'autre tante en mettant une part dans mon assiette, on appelle ça un *scrappl*e, ce dessert est la spécialité de Philadelphie. Frances nous a assuré que vous apprécieriez. » Éclat de rire général. « Oh ! Donnez-lui du gâteau », lança quelqu'un. Je refusai. Alors, le mari de l'une de ses cousines, à mon avis, pompier dans le civil, se dévoua et en mangea par solidarité. Je fis mine d'apprécier. Tout mais pas du rab ! En fait ce n'était pas si mauvais que ça. Au moment où je portais la dernière cuillerée à ma bouche, Frances me gratifia du regard le plus tendre qu'elle m'ait jamais lancé.

Après le repas, son père nous a conduits à la gare. Profitant de ce que Frances était allée acheter un journal, il s'est tourné vers moi. J'ai lu sur son visage cordialité, intelligence, et une certaine curiosité, ainsi que, j'en suis à peu près sûr, son approbation. Je le dépasse d'une tête, mais il est large d'épaules. On sent un homme sûr de lui, brusque, précis dans ses mouvements, mais généreux, s'exprimant avec aisance et qui est la bonté même. À mon avis, s'il avait été doté de l'intransigeance de sa fille, il serait devenu prêtre. Frances doit tenir de lui son énergie, tout comme elle a dû hériter son intransigeance de sa mère et de ses tantes. « Interdit de toucher à ce gâteau ! » beugla un convive dans la cuisine. « Je suppose que l'idée d'une mort prématurée vous attire, n'est-ce pas ? » Elle parlait à un homme, sans aucun doute.

« Vous deux, ça me plaît, dit son père. Deux écrivains, ça me plaît. Je parierais qu'ensemble, vous ne vous ennuyez pas. » « C'est exact », ai-je répondu.

Frances a réapparu. « Ramenez-la nous vite ! Elle nous manque beaucoup ! » a-t-il dit.

Je l'ai regardée étreindre son père, elle a fermé les yeux, sans doute voulait-elle graver cet instant dans sa mémoire, dût-il être leur adieu. À la voir s'accrocher à lui pendant quelques secondes qui m'ont paru interminables, j'en ai déduit qu'elle se jetterait sous un train pour lui. J'étais jaloux, bien sûr. Jaloux aussi parce qu'elle avait un père qui n'avait pas peur de ce qu'il ne comprenait pas et se débrouillerait même pour aborder le sujet avec vous. Tu ne seras pas étonné que je te dise combien il m'a été difficile de me retrouver au milieu de gens réunis par les seuls liens du sang. Ils peuvent se porter sur le système les uns des autres, mais ils ne se détestent pas. Ils comprennent que ces petits agacements sont un prix honnête à payer pour l'étrange amour protecteur de la famille. Il est rare que j'envie les autres, mais je me suis surpris à regretter de ne pas avoir connu ça.

J'ai aussi constaté que la vie de famille convenait parfaitement à Frances, qu'elle y était comme un poisson dans l'eau, qu'elle était heureuse entourée de leur bruyante affection. J'ose même ajouter qu'elle est consciente qu'elle pourrait sans aucune difficulté passer ses journées à faire la cuisine, le ménage ou à s'occuper d'une bande d'enfants, qu'elle pourrait se laisser séduire par une vie où elle régirait d'autres vies et non des mots. Sans doute cela explique-t-il ses exigences à l'égard du mariage. N'ayant pas d'exemple de femme qui écrive tout en élevant des enfants, elle s'imagine donc que c'est impossible. (En fait, je partage son avis, toutes les femmes écrivains de ma connaissance sont plutôt libertines.) Bref, elle a besoin de tout contrôler, et elle a choisi de contrôler les personnages de ses nouvelles.

Nous étions sur le quai. « Merci, vraiment merci », a-t-elle dit. J'eus droit à un autre regard tendre. L'intraitable Frances avait bel et bien disparu. Était-ce l'épuisement de s'être tirée avec brio de l'une des plus délicates embûches de la carte de Tendre qu'est la présentation à la famille ? C'est une chose de mettre Frances à découvert dans mon lit, et en te confiant ça, je la compromets, tu perçois donc, à mon souci de rester discret, l'emprise qu'elle exerce sur moi, mais c'est toute une affaire pour elle, quand elle est debout et habillée, de montrer qu'elle a un faible pour moi. Un autre regard tendre. Sa façon de me dire qu'elle m'aime, j'en suis convaincu. Je ne savais comment réagir, ce qui m'a affolé. J'étais au septième ciel, mais incapable d'ouvrir la bouche.

Dans le train, elle n'a pratiquement rien dit, elle m'a juste pris la main et elle s'est endormie, la tête sur mon épaule. Je voulais faire ma demande.

Je l'aime. Mais de son côté, aucun signe de réciprocité. S'il s'agissait d'un autre genre de femme, je la soupçonnerais peut-être d'avoir quelqu'un d'autre en coulisse. Et je ne rivalise même pas avec Dieu pour sa main ! Ça, passe encore, je me ferais une raison.

Pardonne-moi d'avoir été aussi long, voilà ce que c'est que de ne pas habiter plus près de chez moi en ce moment crucial de ma vie ! D'autre part, je ne voulais pas poser mon stylo parce qu'une jeune Texane me fait de l'œil depuis une heure que je suis assis dans le réfectoire et tant que j'écrirai, elle me fichera la paix. J'essaye d'être digne de mon amour chimérique.

Affectueusement,

BERNARD

15 août 1960

Chère Claire,

Je serai brève, car je dois peaufiner une nouvelle d'ici à lundi. Je tenais toutefois à te signaler que Bernard s'est rendu à Philadelphie le week-end dernier. Il a fait un tabac. L'animal !

Après le repas, mon père m'a prise à part pour me dire que s'il lui arrivait quelque chose, il ne serait pas mécontent de me confier aux bons soins de Bernard. Ça m'a un peu perturbée. J'aurais voulu lui demander s'il n'allait pas trop loin et trop vite pour la simple raison que je n'avais jusqu'ici jamais ramené qui que ce soit à la maison, mais je pense qu'il était sincère. En le voyant, mes tantes se sont pâmées d'admiration comme s'il était Errol Flynn. « Putain, Frances ! s'est exclamée Ann, on peut dire que tu t'y entends pour rattraper le temps perdu ! » (Je dois avouer que je n'étais pas mécontente d'avoir rendu Ann un peu jalouse.) Une de mes jeunes cousines a demandé à lui passer ses petites mains dans les cheveux, il l'a laissée, tout en souriant jusqu'aux oreilles comme un idiot. La fillette était ravie là-haut dans ses bras, elle triomphait au vu et au su de tous !

Tant pis pour moi… Aucun homme ne devrait donner autant de lui-même et ne recevoir en retour qu'un simple remerciement. La gentillesse dont il a fait preuve au milieu de tout ce vacarme et de cette agitation, la façon dont il s'est conduit en parfait gentleman au milieu de mon cirque familial ont été pour moi une leçon. Quel genre de chrétienne suis-je donc, incapable d'exprimer ma reconnaissance ? Quel genre de femme ?

Je me rends compte qu'il me manque. J'en ai un peu assez de toutes les broutilles que j'ai à régler pour rendre mon petit nid plus douillet : faire la lessive, nettoyer la cuisine, vérifier l'aération, feuilleter les livres de cuisine, établir un budget, prévoir des promenades. Voilà qui finit par ressembler à un canevas de vieille fille.

Embrasse Bill pour moi pendant qu'il se prépare à un nouveau round avec Sénèque et compagnie.

Je t'embrasse,

FRANCES

21 août 1960

Bernard,

Maintenant que tu n'es plus là, on dirait que l'Empire State Building a disparu !

Reviens le plus vite possible !

XX

FRANCES

27 août 1960

Mon amour,

Ta carte postale est posée sur l'appui de la fenêtre face à mon bureau. Je la relis plusieurs fois par jour. Je la glisse comme marque-page dans le livre que j'emporte au bord de l'étang et la relis encore et encore au soleil. J'ai beau m'être éloigné de toi, je suis encore distrait. Mais j'ai écrit vingt bonnes lignes aujourd'hui et je sais qu'il y en aura une centaine de plus d'ici à mon départ, je m'autorise donc à boire du whisky et à penser à toi avec délices.

Ce qui me manque le plus, c'est ton visage, rouge et heureux une fois que tu as joui. L'œil aussi brillant que celui d'une fille qui a bien du mal à garder un secret.

Je veux te voir toute rouge et heureuse, et je te veux après, sur mes genoux, nue, tiédie par le soleil qui se coule par la fenêtre, tandis que nous redevenons toi et moi des êtres dotés de parole. Je veux embrasser ton épaule pendant que tu me racontes une anecdote dont tu as été témoin ce matin, dans le métro.

Je te veux dans la rue, une heure plus tard, habillée, silencieuse, comblée, la main dans ma main pour aller dîner. Toi, dans ta robe de dentelle blanche, les cheveux légèrement humides contre tes joues, encore moite après le lit. Moite de chaleur. Succulente. Empesée. Je porterai mon pantalon kaki tout froissé et une chemise à manches courtes que j'ai refusé de te laisser repasser, et je nous guiderai à travers cette fête foraine qu'est le Village, l'air aussi chaste que la demoiselle et sa licorne, mais avec un sourire triomphant car tu es le secret que j'ai tant de mal à garder, ma béatitude, ma mie que je puis embrasser quand et comme je veux. Quel bel été nous avons eu !

Quand je serai de retour à New York, je ne te lâcherai pas d'une semelle !

Avec tout mon amour,

BERNARD

23 septembre 1960

Ted,

Jette tout de suite cette lettre à la corbeille si ça t'embête de la lire. Je tenais à mettre par écrit ces pensées et cet incident pour voir à quel point je me suis conduit comme un imbécile. Je voulais ensuite exorciser toute cette affaire en détruisant cette lettre, mais la brûler m'a paru trop théâtral, et la jeter pas assez radical, aussi ai-je décidé de te l'envoyer. Tu auras ton mot à dire à ce sujet et, comme je le connais d'avance, ne perds pas ton temps à répondre.

J'ai dit quelque chose de cruel à Frances. Nous étions, bien sûr, à une soirée, donnée par Margaret, la femme de Russell. Frances n'apprécie pas vraiment Margaret, je crois qu'elle voit en elle un de ces vases de porcelaine chinoise, trop fragile et trop doré à son goût. Elle s'était, je pense, rendue à cette invitation à contrecœur et n'était pas elle-même.

Je commencerai par rejeter en premier lieu la responsabilité de l'incident sur Margaret plutôt que sur Frances. Non, avant d'accuser Margaret, disons que celle qui en est à l'origine est l'épouse d'un invité, j'ignore lequel. Si cette femme avait retenu sa langue, Frances n'aurait peut-être pas riposté ainsi. J'ai laissé Frances le temps d'aller nous chercher un verre et, à mon retour, j'ai entendu la femme s'écrier : « C'est bien beau, ça, un roman ! Moi aussi j'en ai écrit un avant de me marier. »

Et Frances de lui répondre : « Un roman dont on n'entend plus parler n'aurait sans doute jamais dû être publié. »

J'ai aussitôt compris que la soirée était officiellement terminée. J'ai prié ces dames de nous excuser, sous prétexte que nous devions saluer notre hôtesse. Insultée que cette femme ait osé insinuer qu'elle était sur une noble voie de garage, Frances a refusé de dire un mot à quiconque venait nous parler, d'où mon exaspération croissante au fil de la soirée. J'ai vécu cela comme un refus de voir les conséquences que cela pourrait avoir pour moi et, du même coup, un refus de sa part de nous considérer comme un couple. Là-dessus, arrive Margaret qui feint de ne pas voir Frances et me demande si j'ai croisé Jim Schultz ces temps derniers. Je savais pertinemment qu'elle posait cette question parce qu'elle avait couché avec lui, et qu'à présent il ne la rappelait même plus. Le problème c'est que Frances ne supporte pas qu'on l'ignore. Elle se targue d'un verset de saint Mathieu dans lequel le Christ s'érige contre le mépris, juste après avoir demandé qu'on laisse venir à lui les petits enfants.

J'ai élégamment éludé la question, donnant l'impression d'avoir vu Jim Schultz, ce qui était faux, histoire de torturer Margaret. Frances a fini alors par sortir de son mutisme : « Quiconque couche avec Jim Schultz a toutes les chances d'attraper la chaude-pisse ! » a-t-elle déclaré.

Margaret a sursauté, comme si elle avait reçu une balle dans le dos. « Tout le monde dehors ! » Par bonheur, dans un tel vacarme il était impossible de détecter l'offenseur. Elle nous a plantés là et s'est mise à pousser les gens vers la chambre qui servait de vestiaire. Elle a fait lever deux invités qui bavardaient paisiblement. Un verre est tombé par terre. « Non ! Je ne plaisante pas ! Reprenez vos affaires, C'est fini ! Merci d'être venus ! » « Oh lala ! » s'est exclamée Frances, alors que nous suivions le mouvement vers le fond de l'appartement pour récupérer nos manteaux. J'avoue que même si j'étais furax contre Frances, j'ai trouvé la scène plutôt drôle.

Frances a attendu que nous soyons à quelque distance du troupeau d'invités dispersé, c'est-à-dire à hauteur de Lexington et de la 63e Rue, pour parler.

« Pourquoi ne m'avais-tu pas dit qu'ils couchaient ensemble ? » demanda-t-elle, la voix pâteuse de remords. « Tu as fait preuve d'un manque total de classe, on te croirait sortie d'une de ces bicoques de banlieue avec véranda », grommelai-je, pour la punir de ne pas avoir clamé assez haut et fort son désir de former un couple avec moi.

Me prenant par le bras, elle m'a forcé à me tourner vers elle, y perdant une chaussure, prise entre les caverneuses ténèbres de la ville, et son amant qui l'agressait. Elle a ramassé sa godasse et me l'a lancée à la figure. Après quoi, elle a hélé un taxi. « On n'a même pas de véranda, corniaud ! » m'a-t-elle crié en montant dans la voiture. Je suis retombé amoureux d'elle.

Le lendemain, en fin de journée, je me suis pointé à son bureau avec la chaussure dans un sac en papier et une écorchure toute rouge à la tempe droite, là où le talon avait fini sa course. Je suis resté sur le seuil, ayant tout l'air du voleur repentant. De son côté, l'humeur ne semblait pas à la clémence. Sans mot dire, elle s'est levée, s'est dirigée vers la porte, est sortie, sa jupe frôlant mes genoux. Cinq minutes plus tard, elle a réapparu, a pris son sac, son manteau, a éteint sans s'inquiéter de moi, et elle est partie. Je l'ai suivie jusqu'aux ascenseurs.

Une fois dans la rue, elle n'a pas daigné me regarder. « Je sais que tu ne pensais pas ce que tu as dit, c'est impossible. » Puis elle a ajouté : « Si tu te mets dans tous tes états parce que je t'ai flanqué une chaussure à la figure, je te prie de croire que moi, ça ne m'émeut pas. »

Un mensonge…

On a laissé tomber.

Je trouve difficile de ne pas l'insulter d'autres façons.

10 octobre 1960

Chère Claire,

Bernard et moi avons eu ce que tu appellerais, je pense, une dispute. Et même deux. Je te dispenserai de celle qui lui a valu de recevoir une de mes chaussures à la figure.

Nous assistions à une réception, avant-hier soir. Il y avait un monde fou, un vacarme pas possible et on n'y voyait rien. Las de hurler pour se faire entendre, Bernard s'est mis à m'embrasser. Je l'ai arrêté. Je ne voulais pas qu'il m'embrasse en public. Il a rétorqué que les autres s'en fichaient pas mal, je lui ai répondu qu'il devrait se soucier de ce que moi je pensais. Nous avons poursuivi la discussion, je crois qu'il m'a dit que je ferais bien de devenir adulte. J'ai l'impression qu'à travers ces disputes, il essaye de me demander quelque chose, sans toutefois me préciser ce dont il s'agit. Bref, j'ai pris mes cliques et mes claques et j'ai sauté dans un taxi. Pour la deuxième fois en un mois. Je l'ai entendu m'appeler. C'est là un des avantages de New York : si tu veux te tirer illico d'une situation déplaisante, tu trouveras toujours un taxi, au fond duquel tu sentiras, au moins pendant cinq minutes, que tu as eu le dernier mot, grâce au claquement gratifiant d'une portière.

Bernard m'a suivie chez moi, sans doute en taxi lui aussi, car il est arrivé peu après moi. Assise sur le canapé je lisais en attendant que la bouilloire me signale que l'eau du thé était chaude, quand j'ai entendu siffler dans la rue, une trentaine de secondes plus tard, j'ai cru entendre une pièce de monnaie contre ma vitre, puis une autre, et encore une autre. J'ai ouvert la fenêtre : Bernard était là, les mains dans les poches. Il avait la tête du gamin qui regarde une pendule, angoissé à l'idée qu'il pourrait avoir raté son train. « Je peux monter ? » a-t-il demandé. J'ai vu l'enfant qu'il avait été, l'enfant d'une femme qui avait laissé à sa belle-mère le soin de lui donner un prénom, parce que c'était un garçon et non pas une fille, et qu'elle était trop déçue pour se soucier du prénom. Je l'ai laissé monter.

J'ai refermé la porte. Je n'ai pas dit un mot. Nous nous sommes regardés. « Pourquoi ne m'aimes-tu pas ? a-t-il dit.

– Ce n'est pas la question », ai-je répondu. Silence. « Vois-tu, Bernard, je n'ai pas su ce qu'était un câlin quand j'étais enfant, ai-je dit.

– Moi non plus, Frances. Tu crois que Dieu veut que tu aimes ainsi ?

– Non, ai-je répondu.

– Personne ne t'aimera autant que je t'aime », a-t-il dit. Qu'est-ce que tu fais quand tu sais que c'est vrai ? Je suis une fille de treize ans avec du vinaigre au lieu de sang dans mes veines. Il s'est dirigé vers moi et je me suis retrouvée le dos à la porte. Il s'est rapproché et m'a pris les bras. J'ai cru qu'il allait me secouer, mais il est resté très calme. Il a resserré l'étau. « Épouse-moi », a-t-il dit, je ne pouvais pas croire qu'il ne voyait pas que demander une femme en mariage quand elle est littéralement le dos au mur ne laisse guère présager une union heureuse. « Non ! » ai-je crié, d'une voix aussi perçante que le malade à la vue de la seringue. Je n'en suis pas fière. Je croyais qu'élever la voix l'alerterait et l'empêcherait de commettre cette erreur. Il m'a poussée contre la porte. « Laisse-moi partir », ai-je dit. Il m'a lâchée. « Je pense que c'est toi qui devrais partir. » Il est parti.

Je l'ai appelé à son bureau et chez lui, mais je n'ai pas eu de nouvelles. Je suis allée chez lui hier soir, j'ai sonné, pas de réponse.

Impossible de dormir.

FRANCES

27 octobre 1960

Chère Claire,

Je t'écris de Payne Whitney où Bernard séjourne ces temps-ci, en attendant les heures de visite. J'ai failli t'appeler, mais je doute que je puisse parler de cela de façon cohérente.

Figure-toi qu'il y a eu quinze jours jeudi, je suis restée tard au bureau pour écrire, et à mon retour, vers 8 heures du soir, j'ai trouvé Bernard allongé sur le dos dans la rue, dormant la bouche ouverte, devant la porte de mon immeuble. Je ne l'avais pas revu depuis notre dispute (ses étudiants non plus, ai-je appris par la suite). Je suis montée appeler la police et leur ai demandé s'ils accepteraient de le ramener chez lui. Je leur ai conseillé de venir avec un peu de renfort, car il pourrait résister. Là-dessus, je suis redescendue m'asseoir dans la rue auprès de lui. Il avait l'haleine du chien qui a lapé une décoction de whisky. Et de cendres. J'aurais voulu dégager quelques-unes de ses boucles avec mes doigts, mais j'ai craint qu'il ne réagisse par un accès de violence. Je suis donc restée là à l'écouter respirer, à prier le ciel qu'il ne se réveille pas avant l'arrivée de la police. En général, les gens ont feint de ne pas nous voir, à l'exception d'une passante qui croulait sous les sacs du marché et dont les chaussures rappelaient celles de ma grand-mère. « Foutus beatniks ! » a-t-elle marmonné en fronçant les sourcils. À l'arrivée de la police, je me suis levée et me suis écartée pour leur laisser le champ libre. « Où est-elle ? a demandé Bernard. Où est-elle ? » « Elle ne veut pas vous parler, monsieur », a répondu, à mon grand regret, l'un des policiers, un garçon très jeune, court sur pattes, aux oreilles en feuille de chou, dont les cheveux noirs avaient été vigoureusement plaqués en arrière. J'aurais parié qu'il avait des sœurs qui le battaient. Ils ont entrepris d'embarquer Bernard dans la voiture, et comme prévu, d'un coup de poing, il a expédié l'un des flics au sol. Les policiers l'ont aussitôt cerné, menotté et plaqué à plat ventre sur le trottoir, le pied de l'un d'eux sur son dos. Cela m'a rappelé saint Georges terrassant le dragon. J'ai aperçu trois ou quatre badauds derrière eux. C'est alors que Bernard m'a vue. Il m'a lancé un regard haineux. « Je suis la vigne et tu es ma fiancée. Tu me prends pour le serpent alors que je suis la vigne et puisque te voilà tiède, je te vomirai de ma bouche », a-t-il déclaré.

« Le dragon terrasse le saint, a-t-il ajouté, mais bientôt j'enverrai mon fils et il luttera contre le dragon, alors ma fiancée se lèvera et viendra à ma rencontre. »

Comment ne pas croire qu'il avait lu dans mes pensées ? Un tel frisson me glaça si vite le sang que j'en eus la nausée. « À mon avis, il faut l'emmener à Bellevue, dis-je aux policiers. Nous sommes juste amis, nous n'avons pas de liens de parenté. Que dois-je faire ? » Ils répondirent qu'ils allaient l'emmener et qu'ils allaient appeler une autre voiture pour moi. Je leur ai dit de ne pas s'inquiéter, que je voulais rester aux côtés de Bernard, mais ils ont refusé. « Mademoiselle, a dit un flic, un gars plutôt falot mais déterminé, vous pourrez lui dire tant que vous voudrez que vous l'aimez quand il ne se prendra plus pour Jésus-Christ. » Décidément, tout le monde lisait dans mes pensées. Je suis remontée chez moi appeler John Percy. Il m'a répondu qu'il me retrouverait à l'hôpital. Le fameux flic est revenu me chercher. J'ai pleuré pendant le trajet, priant Dieu de me préserver de cette forme d'égotisme qu'est la culpabilité. Le policier n'a pas ouvert la bouche, il s'est toutefois arrêté dans une épicerie pour m'offrir une tasse de café avant d'entrer à l'hôpital.

Bernard est donc à Payne Whitney depuis quinze jours. (Dire que l'ambiance y est plutôt sépulcrale relève de la litote !) Sullivan m'a suggéré de prendre le mois de novembre, il demandera à l'une de ses nièces de me remplacer. Du coup, je vais voir Bernard tous les jours. Nous ne parlons pas beaucoup. Je lui lis à haute voix ou nous allons faire une petite promenade. J'ai fini par lui apprendre à jouer aux cartes. Il nous arrive de rester simplement assis l'un près de l'autre, il pose la main sur mon genou et il essaye de m'embrasser sur le front, avec plus ou moins de précision. Je m'efforce pour une fois de me taire et de voir ce que ça fait. Après tout, il se pourrait que Bernard tente la même expérience que moi.

Avant-hier, il a posé la tête sur mes genoux et, au bout d'un moment, il s'est mis à pleurer. Une infirmière qui passait dans le couloir l'a entendu, elle est entrée et m'a glissé à l'oreille que ce ne serait sans doute pas une mauvaise idée que je reparte. Quand elle l'a détaché de moi, il a glissé sur le plancher et est resté là à pleurer. Elle m'a fait un signe de tête, à la fois sage et libérateur, m'a tourné le dos et s'est agenouillée devant lui. À cet instant, j'ai eu l'impression que quelqu'un avait roulé une pierre sur une tombe et que je me tiendrais à jamais devant cette tombe, sourde à la douleur au-dedans. J'ai appelé Peter depuis une cabine téléphonique dans un couloir, et je me suis soûlée au Village, c'était la première fois de ma vie que je me soûlais délibérément. Il ne m'est même pas venu à l'esprit d'aller à l'église. Il semblerait qu'à la fin de la soirée, je ne cessais de répéter à Peter que je ne valais rien, fichtrement rien de rien. Preuve irréfutable, au cas où j'en aurais douté, que je suis irrévocablement irlandaise jusqu'au bout des ongles.

De combien d'hôpitaux vais-je t'écrire ? Ah ! Comme j'aimerais que tu sois là !

Je t'embrasse,

FRANCES

23 novembre 1960

Chère Frances,

Quelques lignes à lire dans le train qui te ramènera dans ta famille. Il y a plusieurs façons dont je veux commencer cette lettre, impossible de me décider.

Je commencerai donc par un lamentable : pardonne-moi.

Mon amour pour toi est réel. Bien plus réel que celui que j'avais pour Dieu. Dire que tu menais ta vie en toute innocence et liberté, et que je t'ai embarquée dans ma folie ! Quand j'y pense, je veux me faire interner pour le reste de mes jours. Comment pourrai-je jamais expier de t'avoir figée en une allégorie ?

Ma folie est tout aussi réelle, mais pas autant que mon amour pour toi.

Tu es ma plus grande joie. Ton esprit est bel et bien embrasé. Tes pensées ébouillantent ceux qui sommeillent, elles jaillissent de ton esprit et de ton âme, d'où leur ardeur. Je t'aime à cause de cela. Et il m'incombe de te faire prendre chair. Tu prétends que tu ne veux pas te marier, mais je vois là une tentative d'échapper au combat lassant d'aimer un autre être humain au quotidien. (Sans doute cela explique-t-il en partie ta répugnance à enseigner.) Si tu demeures seule en ville, tu n'auras de devoirs qu'envers l'écriture et ton Dieu, des devoirs qui prennent la forme que nous voulons bien leur donner, même quand nous pensons qu'ils nous asservissent. Ainsi, vois-tu, tu vas tous les jours à la messe, mais tu t'assieds au premier rang pour éviter d'être témoin du délire collectif qu'est la dévotion infantile que moulinent les petites vieilles.

Frances, tu es mon refuge, mon chez-moi. Quand tu murmures mon nom, le monde s'arrête et moi aussi.

Je m'y suis mal pris pour dire cela, je le sais, c'était pourtant ce que je voulais dire quand je t'ai demandé de m'épouser. Ça ressemblait plutôt à un ordre, car j'avais peur de te perdre.

Je ne te demanderai pas d'avoir une famille, conscient qu'avec ma maladie je suis déjà un enfant pour toi. Ta famille remplira notre maison de sa chaleureuse exubérance. Tout comme nos amis.

Sois assurée que Dieu te veut pour moi comme il te veut pour lui-même. Aie confiance, s'il te plaît, sache que Dieu me met sur ton chemin parce qu'il te sent capable d'aimer plus que tu ne l'as jamais imaginé.

Je t'en supplie, sois aussi courageuse que je pense que tu l'es.

BERNARD

1er décembre 1960

Cher Bernard,

J'ai réfléchi à tout ce que tu as écrit et à tout ce que nous avons dit.

Je retourne vivre à Philadelphie. Je prends cette décision pour rétablir une distance entre nous et aussi parce que j'ai appris pendant les fêtes qu'Ann était enceinte.

Jamais je ne pourrai être l'épouse qu'il te faut et il me serait trop douloureux de rester ton amie le jour où tu t'éprendras de celle qui devra, en fait, être ton épouse. Aussi vais-je te demander de mettre un terme à nos échanges.

Je te crois quand tu me dis que ton amour est plus réel que ta folie, mais je crains que, pour moi qui suis extérieure à ta maladie, ta folie n'éclipse ton amour. Je vois aussi dans ta maladie un cadeau, même si elle représente un horrible fardeau parce que, quand elle te laisse tranquille, tu vis avec une fébrilité qui reflète ton état, qui t'inspire des poèmes, t'aide à enseigner, à raconter des histoires et à défendre la cause de ton amour pour moi. Je ne fonctionne pas ainsi. Il me faudrait mobiliser toute mon énergie pour prendre soin de toi de la façon dont tu en as besoin, de la façon dont je souhaiterais prendre soin de toi, c'est-à-dire comme Dieu l'attendrait de moi, si je devais devenir ta femme. Il ne resterait plus d'énergie pour mes livres.

Il m'est arrivé plusieurs fois de quitter le bureau au milieu de la journée pour aller à Saint-Patrick prier à cette intention et sitôt que je quitte ce havre, je me sens comme lestée d'un rocher qui me détourne du mariage. Une divine pesanteur, je pense. Écrire est la seule chose que j'accomplisse en me sentant en paix. Si l'on m'en empêchait, je deviendrais une femme amère, frustrée. J'ose croire que tu veux que mes livres soient aussi présents au monde que tu souhaites que je le sois, je prie pour que tu te soucies d'eux et de leur avenir. J'espère pouvoir oublier combien je t'aime,

FRANCES

15 mai 1961

Chère Claire,

Merci d'être venue nous trouver. Ann a particulièrement apprécié ta présence. Et mon père, malgré sa sénilité, a perçu que tu étais quelqu'un d'unique. « Dis-lui de revenir, c'est bon pour vous, les filles, d'avoir une compagne de jeux », m'a-t-il dit.

J'aimerais que tu viennes plus souvent ! Je finis par comprendre pourquoi les gens se marient. Il est nécessaire d'avoir un rempart qui nous protège de la famille, d'avoir quelqu'un qui soit à la fois extérieur à la démence ambiante et malgré tout assez proche, afin que ses remarques sur la population des pensionnaires sonnent juste. J'avoue que je veux éviter cela à un mari. Je m'emportais pour trois fois rien contre mon père jusqu'au jour où il m'a fallu admettre que la sénilité que je soupçonnais était bien là, aussi craindrais-je de passer mes nerfs sur un mari. Peggy prétend que je suis encore jeune et ne devrais pas dire ce genre de choses. Autrefois, rien ne m'exaspérait autant que d'entendre mes tantes me rabâcher ce qu'il fallait dire ou pas ; à présent, leurs voix me redonnent courage. Elles sont plus fortes que moi. Elles pleurent pour un oui ou pour un non, mais elles sont plus fortes que moi. Je pense que leur tendance à s'émouvoir signifie que les émotions ne prendront jamais le dessus.

Merci aussi d'être venue parler de ton métier de reporter à mes étudiantes. Ces filles ne montrent jamais leur enthousiasme, mais elles étaient suspendues à tes lèvres. Bien sûr : tu es une photo vivante de Weegee[1] et d'habitude, je m'efforce de leur montrer qu'une opinion n'est pas un argument. Comme tu as dû le constater, elles sont charmantes mais, compte tenu de la façon désespérante dont elles maltraitent l'expression écrite de leur langue maternelle, bon nombre d'entre elles feraient mieux de se marier et d'oublier toute ambition universitaire ! J'ai le même problème avec le français, je peux le parler, le lire mais, par pitié, ne me demande pas de l'écrire. Je me retrouve avec des tas de *y* et de *du* dans la main, à me creuser la cervelle, me demandant où les placer. Elles ont autant de mal avec les règles concernant l'apostrophe du possessif en anglais que j'en ai moi avec ces fichus prépositions et articles français. Je dois toutefois reconnaître, et je n'arrive pas vraiment à y croire, qu'enseigner me plaît. C'est une bataille perdue d'avance mais, à la différence de cette autre bataille perdue d'avance qui consiste à jouer les gardes-malades auprès de mon père, j'entrevois juste assez de petites étincelles dans leurs yeux pour vouloir assurer le prochain cours. Ajoutons aussi que j'aime avoir une responsabilité, d'autant plus qu'elle est rémunérée.

Cette lettre de Bernard, qui m'est parvenue au moment où tu repartais, m'annonçait ses fiançailles. Il a estimé qu'il devait m'en faire part lui-même pour éviter que je ne l'apprenne par John ou par

1. Photographe américain célèbre pour ses clichés de New York en noir et blanc.

la bande. Il s'agit d'une fille qui l'a interviewé pour une revue il y a quelque temps. Elle travaille, je crois, à la Morgan Library, en tant que conservateur ou bibliothécaire. Elle habite New York, elle aussi. Bernard ne s'est pas étendu sur le sujet. Je l'ai rencontrée à deux reprises avant mon départ de New York. Si j'ai bonne mémoire, c'est une grande brune, plutôt jolie fille, une Irlandaise noire[1], fille d'avocat. Ces Irlandais m'ont toujours fascinée, car mes ancêtres ont eu des petits boulots intermittents ou du moins modestes, ils étaient restés des bardes auxquels la superstructure donnait des laryngites ! La seconde fois que je l'ai vue, c'était à une soirée. Elle portait une robe couture en tweed gris, pudique, mais théâtrale, aux lignes simples mais strictes et elle écoutait avec grande attention un autre invité. Un de mes amis. Quand cet ami m'a aperçue, il m'a fait signe de venir. Il m'a présentée à elle et elle a souri. Un sourire furtif, pincé, comme si sourire était pour elle aussi involontaire et dénué de sens qu'un éternuement. Je me suis demandé si elle se souvenait de notre première rencontre. Je pense que oui.

Elle m'a donné l'impression d'être sensée, tant mieux pour lui. En la voyant dans cette robe, je me rappelle m'être dit qu'elle avait quelque chose d'un dresseur de chiens et qu'au moindre écart, elle se chargerait de vous faire rentrer dans le rang. Sans

1. L'expression « Irlandais noir » désigne souvent des Irlandais aux cheveux noirs et au teint foncé d'ascendance ibérique.

doute était-ce la robe en tweed, l'écoute patiente, le chignon. Un côté jeune Elizabeth à Balmoral, etc… À toi seule je peux avouer que, si secouée que je sois par la façon dont les événements se sont précipités, je suis soulagée de savoir qu'il a trouvé chaussure à son pied.

En relisant ces lignes, je m'aperçois que je m'apitoie sur mon sort, pardonne-moi, ma chère Claire. Chaque jour je prie Dieu de m'aider à voir mon père tel qu'il me voit à présent, avec une certaine joie, comme quelqu'un avec qui prendre une tasse de café et regarder les oiseaux. M'asseoir auprès de lui à observer les oiseaux n'est pas passer du temps avec mon père, c'est rendre hommage à une statue. Finies ses boutades, finies ses petites histoires. Finis ses éclats de rire quand je lui racontais comment j'avais remis Untel ou Unetelle à sa place : je ne lui raconte plus rien de tout ça. Je n'ai plus qu'à rester là, assise à ses côtés, en me disant que ma façon de lui exprimer ma respectueuse reconnaissance pour m'avoir élevée est également ma façon de l'aimer. Il n'y a pas de véritable plaisir là-dedans, mais plutôt une bonne dose de colère et de tristesse parce que tout ce qui faisait son charme et sa différence se réduit désormais à une question philosophique, à savoir comment nous devrions aimer ceux que nous avons aimés pour leur charme et leur différence le jour où ces particularités ont elles-mêmes disparu. Que Dieu soit une question philosophique, passe encore, je ne l'ai jamais considéré comme mon père des cieux, mais je refuse que Frank Reardon le soit.

Je voyais autrefois dans l'*Histoire d'une âme* non pas une authentique autobiographie de sainte Thérèse de Lisieux, mais un roman pour enfants, dont l'héroïne était d'une bonté si incroyable, une espèce de Polyanna, que vous en veniez à vous demander si quelque mauvais plaisant ne l'avait pas inventée de toutes pièces pour en faire une parodie. (Je reconnais qu'il m'est arrivé de pouffer de rire en lisant cet ouvrage.) Aujourd'hui, je ne ris plus de sainte Thérèse ni de sa « petite voie ». Elle m'aide avec mes élèves. Grâce à elle aussi, *The Ed Sullivan Show* ne m'insupporte plus : l'astuce dans ce cas précis est de recoudre un ourlet ou de noter des dissertations en attendant que ça finisse. L'autre soir, quand l'indicatif a couiné comme une sirène de raid aérien, je me suis installée sur le divan auprès de mon père. Nous avons alors eu droit à une plaisanterie d'Ann qui en était à sa troisième glace de la soirée : « Je crois que la vraie performance, m'a-t-elle dit en léchant sa cuillère, c'est que tu arrives à te taper tout ce programme sans boire une goutte ! »

Je t'embrasse,

FRANCES

16 mai 1961

Cher Ted,

Moi qui t'ai si souvent forcé à me rendre service, je t'écris cette fois pour t'en demander un de façon officielle.

Tu n'es pas aussi enthousiaste au sujet de mon mariage que je l'aurais espéré. Je sais que nous resterons malgré tout bons amis parce que tu as été témoin de nombreuses erreurs, mais je viens solliciter ta gentillesse à son égard. Je sais qu'elle peut paraître froide de prime abord, mais je pense que plus tu la connaîtras plus tu l'apprécieras. Elle est presque aussi folle de Trollope que toi. Peux-tu tisser des liens à partir de cette passion commune ? Quant à sa froideur, sans doute perçoit-elle que tu la compares à quelqu'un d'autre et, sentant cela, ou sentant qu'elle se trouve entourée de gens pleinement conscients, eux aussi, qu'elle n'est pas quelqu'un d'autre, elle se mettra en position de repli avant qu'ils n'aient la chance de l'exclure. Trois phrases d'elle suffisent à atomiser mon esprit, alors les mots qu'il me faut se précipitent, se bousculent à la vitesse et avec la chaleur voulues. Son intelligence ne faiblit jamais. Elle organise et protège. Elle prépare la voie pour que le cœur soit à l'aise. Je pense que cette stabilité impénitente m'a apprivoisé. Tu as fait toi-même une remarque sur la façon dont j'avais changé. Je te demande donc de nous faire confiance et de croire que nous nous aimerons aussi longtemps que nous le pourrons et d'être aussi bienveillant que tu sais l'être, quand tu seras en sa compagnie.

Bernard

16 mai 1961

Cher John,

J'espère que tu profites de Miami. Surprenantes pour un Percy, ces vacances dans un lieu de perdition tel que Miami ! Transmets mon bon souvenir à Julia et sa famille. Pèle une orange sur ton patio pour moi.

Je t'écris pour te dire que j'ai demandé Susan en mariage. Sans doute aurais-je pu attendre ton retour, mais je suis si heureux que j'étais impatient de te l'annoncer. Ma mère m'a donné son approbation. « Vous a-t-il dit qu'il avait fait des séjours en hôpital psychiatrique ? » a-t-elle demandé à Susan un soir au cours d'un dîner. Susan lui répondit que oui, elle était au courant. « Eh bien, a poursuivi ma mère, il dépend de vous qu'il n'y retourne pas. » « Bernard est un homme, pas un chien, madame Elliot », a rétorqué Susan. Crois-le ou non, ma mère a ri ! « Susan ne se laissera pas faire », m'a-t-elle dit par la suite. Je pense qu'elle a franchi le pas pour la seule et unique raison que

Susan a montré qu'elle n'accepterait pas ses foutues inepties, mais je reconnais qu'elle n'accepte pas les miennes non plus. Et j'apprécie d'avoir un répit, de ne plus sentir sur moi le regard noir et dominateur de ma mère. Susan dit que ma mère veut un adversaire, mais qu'elle refuse de voir son pouvoir affaibli par le mien ou sapé par celui de mon père, aussi peut-elle montrer de l'affection à Susan, même si entre elles la partie est serrée. Enfant, je voyais déjà les choses comme ça. Enfin, Susan sait flatter la vanité de ma mère, avec une rare subtilité, ce qui m'évite d'avoir à le faire.

D'après mon père, Susan est une jolie fille qui a la tête sur les épaules. Je te dis ça pour ce que ça vaut.

Nous nous marierons à la mairie le mois prochain. J'ai écrit à Frances pour lui en faire part. Oui, je sais, tu m'avais dit que ce n'était pas une bonne idée de lui écrire, mais j'ai estimé que mieux valait qu'elle l'apprenne de moi plutôt que d'une tierce personne. Je ne m'attends pas à une réponse, je n'ai, bien sûr, pas mentionné que tu m'avais mis au courant de la démence de son père. S'il est une chose qui m'inciterait à me remettre à prier, c'est d'imaginer que ce vieillard puisse ne plus reconnaître sa fille.

S'il te plaît, écris-moi quand tu auras un moment !

Ton ami,

BERNARD

23 mai 1961

Cher John,

Comment trouvez-vous New York ? Je ne pensais pas que cette ville me manquerait le jour où j'en suis partie pour retourner à Philadelphie, mais il n'en est rien. Pour commencer, l'infinie variété des visages à étudier dans le métro me manque. N'oubliez pas de saluer Julia de ma part.

C'est très aimable à vous de m'avoir envoyé une lettre pour me demander si j'écrivais. Non, je n'écris pas en ce moment. Cinq nouvelles sont achevées, mais pour l'instant je n'ai aucune inspiration. J'aimerais en écrire encore deux ou trois d'ici à la fin de l'année. Je pense que je pourrais juste en glisser une de plus dans les six prochains mois. Ce qui est étrange, c'est que je ne suis pas gênée par le fait que mon cerveau ressemble à l'une de ces fermes du Dust Bowl abandonnées après la Dépression. Mais savez-vous que c'est plutôt agréable ? J'imagine que mon esprit s'apprête à accueillir l'Esprit-Saint, comme le Cénacle avant que les disciples ne s'y rassemblent. Je suis sûre que d'ici peu l'inspiration me viendra, tel un coup de vent. Je lis beaucoup, parce que j'enseigne, ou plutôt, j'enseignais puisque je viens de terminer mes cours – une vue d'ensemble de la littérature anglaise – à Germantown College, mon ancienne université, le Collège des Mary Pat, comme je l'ai surnommé, une modeste école de filles de la banlieue nord de Philadelphie dirigée par les sœurs de Saint-Joseph. Elles m'ont proposé un poste et je ne pouvais m'offrir le luxe de refuser. Lire et parler de mes lectures tout en étant payée me semblait plus valorisant qu'écrire de stupides publicités pour du fric. Jamais je ne me serais crue capable d'éprouver des sentiments pour une communauté de religieuses, moi qui, comme vous le savez, n'ai qu'une envie en présence de bonnes sœurs : qu'une trappe s'ouvre sous mes pieds ! Et pourtant, ici, chez les Mary Pat, je sens de la chaleur humaine. Ces femmes ont assez lu pour s'affranchir de la superstition et du mépris, preuve en est qu'elles m'ont engagée en sachant parfaitement de quoi traitait mon roman. Lors d'un thé rassemblant les parents d'élèves, l'une d'elles m'a même confié sa réaction après avoir lu mon livre : « Moi aussi, j'en voulais au monde entier quand j'étais jeune, mais au bout de quelque temps, l'Esprit-Saint a éloigné de moi cette colère intime. » J'ai changé de sujet. Une autre sœur, d'une soixantaine d'années, enseigne le français et nage tous les matins dans la piscine de l'académie militaire du coin. Je pense que nous sommes devenues amies. Elle m'a demandé de lui faire découvrir Kierkegaard, nous lisons donc ensemble *Le Journal du séducteur*. Elle m'a initiée à Balzac. Comment ai-je pu vivre sans lui ? Plongée dans Tolstoï, j'oubliais tout le reste.

Merci de m'avoir demandé des nouvelles de mon père et de ma sœur. Commençons par mon père : la sénilité est chose horrible, d'autant plus horrible que, dans son cas, son médecin prétend que sur le plan physique tout va bien. Et il en donne l'apparence. Bref, mon père va bien. Ma sœur aussi. Elle travaille de nuit chez Whitman, le fabricant de chocolat. Pendant la journée, elle s'occupe de mon père et je la relaye le soir quand elle part rejoindre son équipe. Ajoutons que mes tantes nous aident. Si jamais vous avez envie de vous échapper de New York pour la journée, nous serions ravies de vous accueillir. J'aimerais vous présenter à sœur Joséphine, celle qui nage le matin.

Merci encore pour votre lettre, elle m'a remonté le moral.

Amitiés,

FRANCES

25 mai 1961

Chère Claire,

Merci pour ta lettre et pour les recettes testées dans les cuisines du *Tribune*. Ann te remercie aussi, car elle commençait à en avoir marre que je me rabatte sur des hamburgers les soirs de semaine. Elle en a marre de tas de choses mais, après tout, c'est son privilège de femme enceinte !

Que deviendrais-je sans toi ? Quand je reçois une lettre de toi, je me réjouis, car c'est bien la preuve qu'il reste encore quelques brins de sagesse en ce monde, qu'ils n'ont pas été complètement écrasés par l'automobile.

Je tenais à t'annoncer qu'Ann va épouser Michael. Il s'est toujours montré respectueux à l'égard de nous tous, et elle le dit très attaché à sa mère. (Al Capone était lui aussi très attaché à sa mère, ai-je envie de lui dire.) Ann est sortie avec toute une kyrielle de représentants de commerce – c'est bien elle, ce besoin de tout ce qui brille –, aussi, savoir qu'elle sort avec un négociant établi signifie peut-être que, cette fois, elle sait ce qu'elle fait.

Quoi qu'il en soit, le fait qu'il ne lui ait pas proposé de l'épouser dès qu'elle s'est aperçue qu'elle était enceinte m'inquiète. Le soir où il est venu faire sa demande, je l'ai emmené à la cuisine entre le dessert et le café, l'ai prié de s'asseoir et lui ai dit qu'il n'avait pas besoin de l'épouser s'il ne l'aimait pas : les tantes et moi-même veillerions sur Ann. Il m'a regardée droit dans les yeux et m'a dit qu'ils s'aimaient. Que veux-tu répondre à cela ? Si un gars te regarde droit dans les yeux et te déclare solennellement qu'il aime ta sœur et que tu vois ta sœur souffrir parce qu'on ne l'a pas demandée en mariage et que tu attribues sa souffrance à la peur de perdre l'homme qu'elle aime, et non à l'angoisse de se retrouver sans soutien financier, tu te dois de le laisser repartir à la salle à manger pour y finir son café.

Nous devons dîner chez ses parents la semaine prochaine. Sa mère, Theresa, a téléphoné pour nous inviter. Sa voix était décidée et joyeuse, sans être doucereuse. Cette invitation est de bon augure : elle signifie que sa famille n'en voudra ni à eux ni à nous. Ann paraît plus heureuse. Dans un sens, ce n'est pas une si mauvaise chose que mon père soit sénile et n'ait aucune idée de ce qui se passe, car je devine qu'il serait plus blessé qu'Ann de ce qui a hâté le mariage.

Ann étant hors de danger pour le moment, j'ai décidé de ne m'inquiéter à son sujet qu'en cas d'absolue nécessité. Je peux donc me remettre à lire. Transmets à Bill mes affectueuses pensées. Dis-lui que je viens d'acheter *La Montagne magique* et que je vais m'y plonger.

Je t'embrasse,

FRANCES

15 octobre 1962

Cher Ted,

J'espère que tu survis à ton séjour d'un mois à Los Angeles pour y recueillir des dépositions. Je crois que pour ma part, je ne pourrais pas supporter de passer plus d'un mois à Los Angeles avant de me reconvertir au catholicisme, dégoûté par le côté superficiel de cette ville, mais j'adorerais ce premier mois. Le soleil comme un châtiment divin. Vois ici une demande cousue de fil blanc pour que tu m'invites là-bas.

Il y a quelques semaines, je suis allé à un cocktail donné par Harrow. Je te l'ai raconté quand tu m'as appelé l'autre jour. Ce que je ne t'ai pas dit, c'est que j'y ai aperçu Frances. Pourquoi ne te l'ai-je pas dit ? Je me souviens du regard sévère que tu m'as lancé à Noël dernier quand j'ai commencé une phrase en prononçant son nom. Je te dis ça maintenant parce que je suis en proie à une vive agitation.

De passage en ville, elle séjournait chez John. Elle était venue présenter son dernier livre et nous nous sommes trouvés nez à nez. J'ignorais qu'elle serait là, quoi que si j'avais eu deux sous de jugeote, je n'aurais pas exclu cette éventualité. Elle était là avec Julia, l'épouse de John, et une femme avec laquelle John venait de signer un contrat. Je voulais la féliciter, parce que son ouvrage mérite sans aucune hésitation des félicitations voire un de ces prix pourris, et si on me propose d'être membre du jury cette année, je voterai en sa faveur mais, de toute évidence, elle m'évitait. Je suis entré, nos regards se sont croisés, elle se tenait alors près du bar avec Julia et cette femme. Après avoir laissé mon manteau au vestiaire, je suis retourné la chercher, mais elle avait disparu. Sitôt que j'achevais une conversation, je me faufilais entre les invités dans l'espoir de la trouver, et chaque fois que je la retrouvais, elle était, à son tour, en pleine conversation. Du regard, je l'engageais à laisser tomber un instant la conversation, mais elle s'esquivait et il ne me restait plus qu'à repartir à sa recherche. Il m'a fallu m'y prendre à quatre fois avant de la coincer. Elle était tendue. Elle a continué à siroter son drink, dont il ne restait que les glaçons. Je lui ai dit que j'aurais voulu la saluer et la féliciter et elle a renversé son verre, les glaçons sont tombés sur sa robe. « Oh ! Mon Dieu ! » a-t-elle dit et elle s'est mise à rire. « Comment vas-tu ? » m'a-t-elle demandé comme si de rien n'était, comme s'il n'y avait qu'une semaine et non pas deux ans que nous ne nous étions pas vus.

« Quel effet cela fait d'être en lice pour un prix aussi prestigieux ? » a-t-elle continué. Elle n'était pas prête à me témoigner un intérêt authentique.

Je décidai d'opter pour la seule issue possible, l'honnêteté. « Tu me manques », lui ai-je dit. Et c'était vrai. Je ne pensais pas que dire cela prêterait à conséquence.

« C'était comme si tu étais mort », m'a-t-elle répondu au bout d'un moment. C'était comme si… sa voix se haussait sur ses cordes, grimpait jusqu'au *si*, plaçait l'accent sur cette syllabe, puis faisait une pause avant de retomber pour porter le coup fatal… tu étais mort. Elle a porté son verre à ses lèvres, mais il n'y avait rien dedans. Frances est incapable de se débarrasser de sa morgue. Son plus gros défaut, la haine de soi, ressort toujours.

Là-dessus, une des attachées de presse est passée, une fille à qui John confie les tâches les plus ingrates. Elle était carrément soûle. « Bernard Elliot ! Bernard Elliot ! » braillait-elle. Je l'ai regardée, blême de rage, espérant qu'elle passerait son chemin. Elle s'est alors tournée vers Frances. « N'est-ce pas que c'est un amour ? m'a-t-elle dit. Quel amour ! » Frances semblait prête à tordre le cou de la fille. « Oui », ai-je répliqué, faisant appel à toute ma galanterie. « Comment voudriez-vous ne pas aimer Frances ? » J'étais sincère, même si cela sonnait un peu faux-jeton sur les bords. La fille a passé son chemin, nous nous sommes regardés, Frances et moi, avec des yeux ronds.

Frances a un je-ne-sais-quoi qui me donne encore envie de lui faire la cour. Et dire que c'est elle qui m'a quitté ! Soudain, je ne voyais plus qu'elle : toujours la même, toujours aussi radieuse qu'un bouquet de lis au milieu d'une pelouse à l'abandon. Superbes et purs. Superbes et verts. D'une verdeur à côté de laquelle tout paraît si terne. Tu veux savoir ce que j'ai fait après qu'elle a essayé sans succès de me persuader que tout allait pour le mieux dans le meilleur des mondes ? Je lui ai élégamment proposé de l'emmener prendre un verre. « Oui », a-t-elle répondu, après une seconde de réflexion. Son regard a paru s'adoucir. « Allons au Saint-Régis », ai-je dit. J'ai récupéré nos manteaux et je lui ai pris la main au moment où nous sortions. Elle l'a retirée, je l'ai reprise. Vois-tu, Ted, je sais très bien ce que tu penses, mais rappelle-toi que tu as connu la tentation, toi aussi…

Au Saint-Régis, il lui a fallu un moment pour se détendre. Perchée sur son tabouret comme un perroquet sur le barreau de sa cage, elle gardait jalousement sa beauté avec la suffisante inconscience dont les vieilles femmes serrent leurs sacs sur leurs genoux dans le métro. Toutes ces New-Yorkaises autour d'elle, pur-sang hennissant derrière la barrière, et : Frances. Tout ce qui m'était si cher, la blancheur de sa peau, pure et souple, piquetée de rousseurs, somptueuse, m'est revenu sitôt qu'elle a levé le menton pour boire. Je me suis mis à parler, parler pour chasser tout ça. Je lui ai parlé de toi, de mon travail d'enseignant, de mes projets d'écriture, j'ai disserté longuement sur son livre. J'ai senti à sa façon de me regarder qu'elle cherchait en moi des signes de décrépitude, qu'elle m'observait tout en buvant à petites gorgées. J'ai perçu une fois de plus ce qui m'a souvent effleuré l'esprit, à savoir qu'elle avait été envoyée par Dieu pour me montrer ce que je suis. « Bernard, a-t-elle fini par dire – laissant là sa froideur, posant la main sur mon bras –, tu n'as pas besoin de continuer à parler. » J'ai alors porté sa main à mes lèvres et nous en sommes restés là. Je lui ai dit de remettre son manteau. « Oh, non, non, non ! » a-t-elle supplié, mais je l'ai à nouveau tirée par la main, cette fois dans la rue, j'ai hélé un taxi et demandé au chauffeur un aller-retour jusqu'à Coney Island, lui promettant de lui payer trois fois le prix de la course. Pendant le trajet du retour j'ai essayé de l'étreindre mais, bien sûr, elle m'en a empêché. Elle ne m'y avait jamais autorisé dans un taxi, ce n'était pas à présent qu'elle allait céder.

Dans le taxi, stationné devant son hôtel, elle s'est mise à pleurer. Elle avait beau s'efforcer de cacher ses larmes, je les voyais rouler sur son visage. « Qu'y a-t-il ? » lui ai-je demandé. « Je n'avais pas idée de ce que tu me manquerais », m'a-t-elle répondu. « Dans ce cas, écris-moi, dis-je. Il n'y a rien de mal à écrire. » « Je n'en sais rien », a-t-elle répondu. « Monsieur, je ne voudrais pas être contraint de vous compter quatre fois le prix du trajet ! » s'est impatienté le chauffeur du taxi. Elle a ri. « Au revoir », a-t-elle dit, et elle a grimpé quatre à quatre les marches de son hôtel, puis elle est entrée dans le hall de réception sans se retourner. Je me suis demandé si je lui avais fait faire quoi que ce soit contre son gré, mais il y avait une pointe de doute dans sa réponse, un timide bourgeon prêt à éclore.

Le taxi m'a ramené chez moi. En descendant de la voiture, j'ai ressenti une tristesse impossible à exprimer. Je me suis retrouvé là, sur York Avenue, devant l'immeuble, hésitant à entrer. J'ai failli héler un autre taxi pour qu'il me ramène à l'hôtel où était descendue Frances. Je me suis mis à maudire Frances d'être montée avec moi dans le taxi. Je n'ai pas voulu dormir à côté de Susan. Je me suis allongé sur le canapé, me suis masturbé, pestant contre Susan et Frances. Le lendemain matin, Susan m'a demandé : « Quelque chose ne va pas ? » Non, lui ai-je répondu, tout va bien. Elle ne m'a pas cru, mais comme je rentrais chaque soir à la maison, veillais à rentrer chaque soir, elle en est restée là.

Elle me manque, c'est sûr. Même sa rigidité me manque. C'est une maîtrise de soi qui, à mes yeux, imite le sublime et ne relève pas de la névrose, comme celle dont semble affectée Susan. Hélas, c'est moi qui ai rendu Susan névrosée ! En regardant Frances, j'ai compris que j'avais été à la fois son amant et son frère. Avec la plupart des femmes, on est ou l'un ou l'autre, pas les deux. Je me sens encore des liens familiaux avec elle, parce qu'elle m'a connu quand j'étais plus Bernard que jamais et que je l'ai connue quand elle était plus Frances que jamais. Nous nous lisions l'un l'autre tels des livres à jamais fascinants. Frances, bien sûr, cachait sa fascination derrière un échange intellectuel et, qui sait, quelque idée subconsciente que nous vivions une sainte amitié qui rappelait celle de sainte Thérèse d'Avila et saint Jean de la Croix.

Elle est, elle était, le familial et pourtant le sublime.

Je suis décidé, pour une fois dans ma vie, à ne pas faire mal à une femme si je puis l'éviter. Je sais que cela m'arrivera à nouveau, dans un moment de fureur, mais étant sain d'esprit ces temps-ci, je veux être bon, le mot insipide qui devrait être sacré. Et pourtant je me surprends à vouloir voir à quoi ressemble Frances maintenant, voir si la docilité que je perçois en elle est douceur ou tristesse, et je me dis que si j'entreprenais une telle mission, elle serait sacrée parce qu'elle concerne Frances. Elle serait pardonnée par les lois divines et humaines parce qu'elle concerne Frances. Si je lui écrivais, je sais que ce serait essayer de la faire reparaître devant moi pour me repaître d'elle autant qu'elle me le permettrait. Une panique s'installe, une couvée de folles conjectures qui me pousse à marcher pendant des heures entre mes cours, et je ne sais pas si cela signifie que je dois tendre la main vers elle, me détourner d'elle, ou me faire interner. Non, je sais que je n'ai pas besoin de me faire interner, j'ai la très nette impression dans ce domaine que je suis un animal moral. En un sens, je regrette de ne pas craquer, car cela m'éviterait de sentir ce fardeau.

BERNARD

16 octobre 1962

Cher Bernard,

J'espère que cette lettre te trouvera en pleine forme. J'ai été heureuse de te voir. Tu ne l'as peut-être pas remarqué, mais je l'étais. Vraiment.

Tu m'as suggéré d'écrire. Je vais commencer deux cours sur Milton. Sans doute as-tu des conseils à me donner quant à ce que je ne devrais pas oublier chaque fois que je lancerai des idées à mes élèves !

Merci d'avoir lu mon livre.

Sincèrement,

FRANCES

12 novembre 1962

Frances.

Chère Frances,

Je ne pense pas que nous devrions nous écrire. Me lancer dans une correspondance avec toi serait trop dangereux pour moi.

Susan a repéré ton nom et ton adresse sur une enveloppe dans un livre que j'avais laissé traîner à la cuisine. J'aurais dû faire attention, c'est vrai, sachant qu'elle est une maniaque du rangement. Elle s'est mise dans tous ses états, c'était intenable.

Je tiens à te donner des explications, ainsi tu comprendras mieux. Susan est extrêmement jalouse de toi. Jamais elle n'a été jalouse des femmes avec lesquelles je me suis lié d'amitié lors de mon séjour à l'hôpital. Elle a compris que ces filles n'étaient que des épaves, les seconds rôles d'un cauchemar, mais elle verrait d'un tout autre œil ce qu'elle prendrait pour un flirt avec toi. Elle s'imaginerait que mes sentiments ont ouvertement changé alors que j'étais parfaitement sain d'esprit, et que mon amour pour elle a disparu pour de bon. Je me souviens que tu m'as écrit un jour que tu avais le flair d'une belle-mère irlandaise. Eh bien je pense que Susan te bat en la matière. Elle est follement jalouse de toi. Il y avait cinq mois que nous vivions ensemble et nous assistions, elle et moi, à une lecture au cours de laquelle je m'étais éclipsé je ne sais trop où. Du coup, Susan s'est retrouvée coincée avec l'assistante que John avait dû virer parce qu'il l'avait surprise en train d'écrire un roman au bureau. (Je l'entends encore ! « Cette fille ne sait donc pas qu'il faut se faire embaucher par un octogénaire pour se permettre ce genre de choses ? ») La fille raconta à Susan qu'elle avait travaillé pour John et, ignorant à qui elle s'adressait, elle lui dit – dans l'espoir, je pense, de remporter la palme du meilleur ragot du cocktail – qu'elle avait un jour entendu Julia confier à John qu'elle avait toujours souhaité que nous nous mariions, toi et moi. Et la fille d'en rajouter : oui, elle se disait la même chose chaque fois que nous passions toi et moi au bureau dire bonjour. À ses yeux, nous formions un si beau couple que c'était une pitié que tu m'aies éconduit, c'est le mot qu'elle a employé. Susan s'éloigna en silence et m'entraîna à l'écart pour me demander, en toute franchise, quelle était la nature de mes sentiments à ton égard. « S'il y a encore un grand amour dans ta vie, alors je préfère que nous en restions là », me dit-elle. J'ai plus ou moins ri lorsqu'elle m'a rapporté ce que lui avait confié la demoiselle, ce qui n'a rien arrangé. Vous êtes l'une et l'autre des filles aînées, chéries par votre père, les filles de Jupiter, ses filles aux yeux gris, adulées. Vous prenez très mal de vous retrouver en seconde position. Ma mère est pareille. Je ne connaissais pas assez Susan pour me mettre à sa place. Au lieu de cela, je l'ai vue comme le personnage d'une nouvelle, l'une des tiennes peut-être, qui, piégé dans des circonstances comiques, devait composer avec le destin et son inconfortable vérité. « Sale gamin ! » s'exclama-t-elle et elle me gifla. Cela produisit son effet.

Peu après, j'ai envoyé ton livre et tes lettres à Ted, pour qu'ils soient en lieu sûr. Je ne les garde pas à la maison parce qu'elle s'imaginerait que je lui ai menti ce soir-là. (J'ai demandé à John de me faire parvenir ton nouveau livre à Columbia, je le garderai là-bas dans mon bureau, où elle n'ira jamais regarder. Je t'écris de Columbia.) De fait, je lui ai menti ce soir-là, car j'étais partagé, mais j'ai fini par mesurer la constance avec laquelle elle aime. J'ai pu voir la façon dont elle prend soin de ses parents et de ses deux frères. Et puis les choses ont changé. Ou, plus exactement, j'ai décidé de l'aimer.

Tu avais raison de dire que j'avais besoin que quelqu'un s'occupe de moi, et de moi seul. À l'époque, je ne le voyais pas. À présent, je le reconnais. Et Susan s'occupe de moi. Elle suit la moindre de mes phrases, décèle toute approche narcissique. Avec elle, la maison est impeccable, aussi je ressens un calme, inconnu jusqu'ici – le calme que génère l'ordre, un calme qui est source de paix. Je m'entends penser comme jamais auparavant. Elle est devenue experte en l'art de s'imposer au personnel de l'hôpital. C'est un peu embarrassant, mais je lui en sais gré.

Te souviens-tu de ce que tu m'as écrit lorsque nous nous sommes séparés ? Tu voulais que je me soucie de tes livres et de leur avenir. Vois-tu, Frances, tu as eu raison de me dire non. Je t'aurais trompée comme j'ai trompé Susan. Comment aurais-tu réagi ? Il t'était difficile d'écrire pendant que tu t'occupais de ton père, m'as-tu dit. Face à l'adultère, au déshonneur dans le sillage du chagrin, quels mots t'échapperaient ? Imagine ces mots qui t'auraient rongée, quand tu m'aurais laissé à la porte en hiver, et ramassé sur les marches au petit matin, quand tu m'aurais appelé à Columbia pour vérifier que j'y étais bien et non pas ailleurs, quand tu te serais aventurée dans un bar en pensant que tu m'y trouverais peut-être en compagnie d'une fille avec laquelle tu me soupçonnerais d'avoir couché, quand tu aurais hurlé ta colère pendant des jours, avant de te taire, la voix cassée, le cœur brisé…

Quand John m'a envoyé ton livre, j'ai lu cette première phrase, et j'ai pensé ce que j'ai toujours pensé : *Elle peut tout faire.* Fais-le alors. Fais-le sans moi.

Affectueusement,

BERNARD

20 novembre 1962

Cher Bernard,

Ainsi la paranoïa juvénile de ta femme me dénie le droit de reprendre nos échanges. Je me félicite une fois de plus de ne m'être jamais mariée.

Tu te satisfais d'aimer une femme qui semble chaleureuse parce qu'elle œuvre avec des mots, certes les mots ne sont pas des nombres, mais je la sens essentiellement froide, plus froide que je ne l'ai jamais été. Je pense qu'elle n'aime qu'elle, d'après les menus détails qui me sont parvenus par-ci par-là sans que je n'aie rien demandé, comme des condoléances que l'on me ferait à moi, et donc à toi, par procuration. Je parie qu'elle faisait partie de ces filles que j'ai connues au lycée, qui fayotaient auprès des sœurs tout en les traitant de lesbiennes dès qu'elles avaient le dos tourné, parce qu'elles n'avaient pas le courage de mettre les religieuses en face de leurs absurdités. Elle me rappelle les filles que j'ai vues au couvent : de jolies filles dépourvues d'humour, toujours prêtes à retourner leur veste pour être dans les petits papiers de telle ou telle jolie fille sans humour, histoire d'attraper plus d'hommes ou un meilleur boulot. Un sport sanguinaire, mais toutes étaient si jolies et si bien coiffées avec leurs cheveux retenus en chignon qu'on aurait dit un ballet. Qu'est-ce qu'elle peut bien connaître du cœur humain ?

Et Ted me dit aussi qu'elle fait rôtir la viande en bonne irlandaise qu'elle est : en la faisant bouillir !

Rassure-toi. Je ne t'écrirai plus jamais. Toutefois, si j'avais été aussi rompue aux arts sanguinaires que ta femme, j'aurais envoyé cette lettre chez toi.

1er décembre 1962

Frances,

Crois-moi, je t'en conjure, quand je te dis que j'ai souffert mille morts en t'écrivant cette lettre. Peut-être l'ai-je écrite trop vite et ai-je fait prévaloir certains sentiments au détriment d'autres. Tu n'as sans doute pas mesuré combien j'étais sincère. Tu m'as mis dans une situation malaisée. Tu me fais sentir que j'ai à ton égard un devoir de loyauté, et que je te dois certains aveux, mais je ne puis répondre à ton attente. En raison de ce que je dois à Susan et en raison de ce que je te dois à toi. Mes intentions ne sont peut-être pas dignes de toi. J'aurais pu te séduire, puis te demander de garder tes distances, où en serions-nous alors ?

La preuve que j'ai encore trop de sentiments pour toi c'est que je te demande d'en rester là.

BERNARD

3 décembre 1962

Frances,

J'étais dans la salle d'attente du médecin quand j'ai entendu la réceptionniste appeler deux noms, l'un après l'autre, Frances puis Reardon. J'ai levé les yeux : un grand noir puis une petite grosse avec une canne se sont levés et se sont dirigés vers les salles d'examen. La scène semblait droit sortie d'un de tes livres. En entendant ces noms, j'ai perçu là une sorte de prémonition, quelque chose que je n'avais jamais ressenti et j'ai éprouvé le besoin de savoir que tu allais bien.

BERNARD

8 décembre 1962

Bernard,

Merci de t'inquiéter de mon sort, mais cela ne te concerne plus en rien.

Je te prie de ne plus m'écrire.

15 décembre 1962

Chère Claire,

Tu le croiras ou non, mais j'ai vu Bernard un soir, lors d'une réception quand je suis allée faire une lecture à New York ! Me pardonneras-tu de ne pas te l'avoir dit au moment où c'est arrivé ? Je pense que j'ai tenté de me convaincre qu'il n'existait plus. Alors, aucune raison de te parler de lui s'il n'existait plus. Mais lorsqu'il s'est matérialisé devant moi, je me suis effondrée.

Tu ne peux savoir ma douleur, elle était si vive que je ne puis trouver les mots pour la décrire.

Après deux ou trois banalités, je lui ai dit, incapable d'exprimer autre chose que ma honte et ma douleur : « C'était comme si tu étais mort. » Tu sais que je ne crois pas aux histoires de possessions démoniaques, mais Jésus, Marie, Sainte Mère de Dieu, comment pareille horreur a-t-elle pu sortir de ma bouche. Sa réaction ? Il a tiqué puis, avec un petit sourire narquois, il a pris soin de me dire qu'il savait que j'essayais de le mettre à l'épreuve. L'une des attachées de presse est arrivée et en a remis une couche à notre sujet. « C'est un amour, n'est-ce pas ? » a-t-elle dit à Bernard. « Qui n'aime pas Frances ? » a répondu sans sourciller Bernard, pour tenter de calmer le jeu.

Il insinuait avec une certaine classe que je suis digne d'être aimée quelles que soient les circonstances et par les êtres les plus divers, ce dont je suis loin d'être sûre. Il semblait dire : *C'est un coup monté, et tu devrais être grondée de solliciter ainsi une réponse, mais je vais quand même te la donner, parce que je t'ai aimée autrefois.*

Au cas où je me serais demandé s'il ne m'aimait pas encore un peu, il a dissipé le malentendu une bonne fois pour toutes. Je lui ai écrit les lettres les plus amères que j'aie jamais écrites, des mots dont la dureté me donne la nausée chaque fois que j'y pense. J'ai gravement péché par amertume et je m'en veux de l'avoir fait subir aux autres.

Je n'arrive pas à me concentrer. Hier, je me suis interrompue au beau milieu d'un cours sur Orwell pour chercher un passage susceptible d'illustrer mon propos, et lorsque je me suis tournée de nouveau vers les élèves, j'avais perdu le fil de mes pensées, je ne savais plus ni où j'étais, ni où j'en étais. « Bon, restons-en là pour aujourd'hui, rentrez chez vous réviser vos examens de fin de semestre », ai-je dit. Elles m'ont toutes regardée avec des yeux ronds comme des soucoupes, comme si on venait de leur dire que, dans leur jeunesse, leurs mères se baignaient en costume d'Ève. Elles ont rassemblé leurs affaires et ont filé comme des lapins, de peur que je ne retrouve mes esprits et change d'avis.

Dis-moi, Claire, si je venais te voir ? J'ai des économies, le semestre est presque fini, Ann va bien, mes tantes ont proposé de veiller sur mon père au cas où je voudrais partir quelques jours. Qui plus est, j'apprécie vraiment tes amis. Comme j'aimerais discuter du roman anglais avec des gens qui ne pensent pas que Jane Austen est, je cite, « un somnifère de première ! ». Au bout d'un moment, je commence à voir ce que ces filles veulent dire.

Puis-je venir vers le 15 ?

Amitiés à toi et à Bill.

Sincèrement,

FRANCES

29 janvier 1963

Chère Claire,

Merci encore une fois de m'avoir accueillie ! Cela m'a fait un bien fou de passer du temps avec toi, Bill et les autres. Je vois dans le lac Michigan en hiver une preuve de plus de l'existence de Dieu.

Rien de neuf du côté de mes élèves. Il m'arrive de tomber sur des petites princesses méprisantes, mais dans l'ensemble la fournée de ce semestre semble décidée à progresser. Merci mon Dieu ! Par bonheur, j'ai au programme trois cours que j'ai déjà donnés, je peux donc réutiliser en partie les notes que je gardais en réserve. Te voir m'a fait l'effet d'une bonne dose de vitamine B, mais je me sens toujours peu réceptive aux stimuli.

Je t'envoie des photos de la petite Alice comme tu me l'as demandé. Elles ont été prises à Noël. Ma préférée est celle où elle regarde le sapin avec stupéfaction : *Qu'est-ce que c'est que ce machin que vous avez mis là devant moi, tout plein d'yeux qui clignotent et tout ruisselant de guirlandes ?* Pas de photo d'elle en train d'essayer de manger le petit Jésus de la crèche de Peggy, et la panique qui s'est ensuivie. C'est moi qui le lui ai retiré de la bouche. Ann me prie de te dire que tu es à présent tante honoraire d'Alice, et elle te remercie pour les vêtements que je lui ai apportés de ta part.

Avec toute mon affection,

FRANCES

30 mai 1963

Chère Claire,

Je suis désolée d'avoir raté ton appel d'hier. Désolée aussi de ne pas avoir répondu à tes deux dernières lettres. Je n'étais plus moi-même.

Tu as sans doute appris que le dernier livre de Bernard était paru. En mars, je crois. Je l'ai aperçu en vitrine dans une librairie en ville, et je suis restée plantée devant une bonne minute avant de l'ouvrir. Ce sont des poèmes qui évoquent la perte de sa foi. J'ai parcouru les premières pages mais, en fin de compte, je n'ai pas pu les lire. C'était trop douloureux. J'ai éprouvé un sentiment de possessivité qui, je le sais, était déplacé, et un regret qui, lui, ne l'était pas.

Je suis sortie du magasin et me suis mise à pleurer en pleine rue. À New York, il m'était souvent arrivé de voir des femmes pleurer comme cela, dans le métro ou quand je faisais la queue chez Horn et Hardart, je leur tendais toujours un mouchoir si j'en avais un, et voici qu'aujourd'hui, je me suis retrouvée à leur place. En réalité, si tu me pardonnes l'emploi d'un mot aussi fort, j'oserais dire que je sanglotais. Au coin de la rue, près de la librairie, une église était ouverte, j'y suis entrée et je me suis assise sur un banc. Je continuais à sangloter. J'avais le nez qui coulait et pas de mouchoir. J'ai finalement arraché une page d'un livre de messe et m'en suis servie.

Depuis, je pleure beaucoup et sans raison. Au bureau, au lit, à la cuisine en préparant le dîner. Mes tantes doivent deviner pourquoi, car elles ne me demandent pas ce qui ne va pas.

Je ne t'en ai guère parlé de peur de te donner l'impression de pleurnicher, mais je pense que ce qui s'est passé avec Bernard a laissé une blessure dont j'ai du mal à guérir tant elle est profonde. Je la vis comme un péché. J'étais assise sur ce banc, quand le mal qui s'enracinait en moi s'est soudain mué en l'un de ces arbres arrachés par une tempête, dont les branches noires et noueuses tourbillonnaient, leurs extrémités tournées vers le ciel, telles des paumes implorant des réponses, espérant en vain une ondée bienfaisante. Pleurer en public ! Ne m'y retrouvant plus ni dans mes cours, ni chez moi. J'ai mis mon carnet de notes dans le congélateur, et une tranche de pâté congelé dans mon porte-documents, et ne m'en suis aperçue qu'une fois sur le campus ! J'ai grondé mon père qui avait oublié que j'étais sa fille et non pas sa femme, Peggy a dû me prendre à part pour me prier de me ressaisir, ce qui m'a fait l'effet d'une bonne fessée.

Je me suis donc assise sur ce banc et j'ai contemplé le Christ en croix. J'ai parlé à ce crucifix comme je ne l'avais jamais fait : « Seigneur, j'ai mal. Envoie-moi un signe qui me dise que j'ai eu raison de ne m'être jamais mariée. Fais pour moi ce que mes tantes prétendent que tu as fait pour elle, jour après jour. Je me conduis comme une petite fille qui s'enferme dans sa tristesse, aussi je t'en supplie, traite-moi comme une enfant qui a besoin de signes et de miracles pour croire en ton pouvoir. Récompense-moi car jusqu'ici je n'ai jamais été une enfant. »

Le mercredi des Cendres est arrivé, et le Psaume a pris une toute nouvelle signification pour moi.

> *Pitié pour moi, Dieu, en ta bonté*
> *En ta tendresse efface mon péché*
> *Car mon péché, moi, je le connais,*
> *Ma faute est devant moi sans relâche.*
> *Rends-moi le son de la joie et de la fête,*
> *Qu'ils dansent les os que tu broyas !*

Alors j'ai repris cette antienne à ma façon : si tu ne me donnes pas un signe spectaculaire, fais au moins que j'entende le son de la joie et de la fête. Ma faute est devant moi sans relâche, bien trop face à moi, elle provoque un vacarme impie, rends-moi le son de la joie et de la fête. Je suis incapable de te parler avec respect en ce moment, aussi je te demande d'ouvrir mes oreilles et de me donner une mélodie que je puisse suivre.

Et depuis il n'y a eu que tempête, sans aucun signe. Le dimanche de Pâques, je me suis abandonnée à la métaphore de la saison. J'ai prié Dieu de créer en moi un cœur serein, j'ai prié pour que vienne le printemps, pour qu'il me rénove, apaisée de savoir qu'il veille sur le moindre de ses moineaux. Mais je sentais que ça ne marcherait pas. Sur l'autel, les lys cireux fixaient les fidèles d'un air encore plus emprunté que d'habitude. Le prêtre me rappelait plus que jamais une de ces marionnettes de ventriloque. Tous avaient le regard embrumé de lassitude des voyageurs attendant dans une gare routière une correspondance qui a des heures de retard. Je faillis m'en aller mais, par respect pour Ann et mes tantes, décidai de rester.

Et pourtant je me force à aller à la messe. Je reste assise et m'accroche à la liturgie, je la laisse grimper telle une vigne et me ligoter de ses vrilles. J'essaye de ne pas frapper avec l'impatience de ces vierges exclues du banquet des noces, et d'assister paisiblement à la messe afin de mieux entendre les mots que j'ai déjà entendus des milliers de fois, et je m'efforce d'être émue quand en levant la coupe du vin, il nous est rappelé que c'est son sang, versé pour tous, pour le pardon de nos péchés. Ma propre stupidité m'épuise ; ainsi tout ce dont je suis capable pour le moment, c'est d'être assise et de recevoir. J'aime à me répéter ce verset de saint Jean : « Et moi, une fois élevé de terre, j'attirerai tous les hommes à moi. » Des mots vibrant de miséricorde, des mots que je médite. Il attirera tous les hommes à lui. Même moi, si amère que je sois.

Voilà mon seul espoir. Si tu connais une prière d'un saint que je puisse toujours avoir avec moi, aie la gentillesse de me l'envoyer.

Je t'embrasse,

Frances

1er juillet 1963

Chère sœur Joséphine,

J'espère que vous ne m'en voudrez pas de vous écrire alors que vous rendez visite à votre famille dans le Michigan. J'espère que tous vont bien et que vous profitez du lac. Je ne l'ai vu qu'une seule fois dans ma vie, mais il m'a fait forte impression.

Je vous écris parce que j'ai désespérément besoin d'un guide spirituel. Je n'ai jamais dit ni écrit cela à qui que ce soit, mais j'ai eu de mauvais sentiments, et je veux trouver un moyen de m'en débarrasser. Je n'ai pas partagé ce dont je vais vous parler avec ma famille dont la foi n'a jamais vacillé. Je suis sûre à 99 % qu'ils me diraient d'en parler au prêtre de notre paroisse. Je ne suis jamais allée demander conseil à un prêtre de ma vie. Je ne pense pas avoir besoin de vous expliquer pourquoi.

Il s'agit de quelqu'un que j'aimais, et que j'aime encore, je viens de m'en apercevoir. Enfin, c'est ce que j'en déduis, compte tenu de mon comportement.

J'ai une amie, Claire, à qui j'en ai parlé, mais elle n'a pu que me dire ce que toute amie dirait en pareille situation, c'est-à-dire que nous n'étions pas faits l'un pour l'autre. Je sais qu'elle le pense. J'ai beau essayer de m'en persuader, je n'y arrive pas. Et je ne veux pas que mon désespoir soit un fardeau pour elle. Je sais que mon désespoir finira par l'exaspérer, comme la peur du noir chez un enfant finit par exaspérer ses parents, et c'est ce que je veux éviter.

Je vous écris parce que vous portez en vous une paix qui reflète la sincérité de votre foi. Je viens d'éprouver une perte, ces temps derniers, et je me rends compte que ma foi est plus fragile que je ne l'aurais pensé. Et je crains que la vraie perte que je déplore ne soit en réalité celle de l'idée que j'avais de moi-même, celle d'une enfant d'une imperturbable sagesse. J'apprécierais sincèrement que vous lisiez cette lettre et me donniez des conseils. J'ai besoin d'une sagesse qui ne soit entachée ni des intérêts familiaux, ni des intérêts amicaux, ni même de ceux de l'Église.

Je crois vous avoir parlé de mon ami Bernard. Je ne pense pas vous avoir dit qu'il m'a demandée en mariage et que j'ai refusé. Assumer un tel choix m'a meurtrie mais, sur le moment, je ne l'ai pas regretté. Aujourd'hui, je suis remplie de regrets qui me consument et me détruisent à petit feu.

Je me suis privée de ce qui aurait pu me rendre heureuse. Lui, pour sa part, semble très heureux.

Je ne maîtrise pas mes pensées. Elles ne sont qu'un bouillonnement sauvage de jalousie et de rage. Si seulement j'avais un prétexte pour me rendre à New York, je pourrais tomber sur lui par hasard, dans une robe qui justement me mettrait si bien en valeur que Bernard en oublierait sa femme et m'emmènerait à Paris par le prochain avion. J'aimerais pouvoir écrire un livre dans lequel sa femme serait un faire-valoir de l'héroïne. Un faire-valoir que l'héroïne détruit par son esprit et ses mérites, sous les applaudissements des autres personnages et des critiques littéraires. Je veux lui écrire une lettre dans laquelle je lui demande d'excuser mon manque de discernement, une lettre qui l'oblige à me répondre et à admettre que j'étais la seule qu'il ait jamais aimée. Je veux lui écrire une lettre dans laquelle je lui ferai remarquer qu'il a été lâche de ne pas être revenu me chercher, une lettre qui l'oblige à répondre et à admettre que je suis la seule qu'il ait jamais aimée. Je veux lui écrire une lettre pour lui dire combien j'admire ses poèmes, une lettre qui l'oblige à admettre qu'il les a tous écrits pour moi. Je veux lui écrire une lettre pour lui dire combien je suis malheureuse, dans l'espoir qu'il puisse être, ne serait-ce qu'un seul jour, brisé à l'idée qu'il est la cause de ce malheur. Un seul jour. Je suis écrivain, oui, je pourrais faire tout cela. Je le mettrais sur le compte de l'art. Mais je suis chrétienne, aussi je ne pourrais jamais m'y résoudre. Pour agir ainsi, il faut croire en soi plus qu'en toute autre chose. Et moi je crois en Dieu avant tout. Et aux yeux de Dieu, l'art n'est jamais une excuse.

Jamais mes pensées n'ont été aussi confuses. Hormis un épisode assez similaire quand j'étais étudiante, je suis toujours restée maîtresse de mes pensées. À l'époque, c'est ma foi inébranlable en l'écriture qui m'a sauvée. La seule histoire qui m'intéressait vraiment était la mienne en tant qu'auteur, l'histoire d'une femme qui allait montrer à sa famille qu'on n'avait pas besoin d'être mère pour avoir du mérite. Aussi la perte de ce camarade fut-elle aisée à relativiser et il s'avéra que ce garçon n'était pas digne de mes larmes. Aujourd'hui, les choses sont différentes. J'ai trente ans, je suis célibataire, je vis à Philadelphie, et non pas à New York, je travaille sur un troisième livre qui, à la différence des deux premiers, semble sans vie. Mais, après tout, c'est peut-être moi qui suis sans vie.

Pardonnez-moi.

Je me suis aperçue que j'avais l'art de m'apitoyer sur mon sort. C'est comme se découvrir un don pour le vol ou la trahison. J'ai appris que je suis en fin de compte une romantique, et que je ne sais pas dépasser le stade de la souffrance à la première personne, pour atteindre une façon de souffrir plus noble, qui relèverait de l'existentialisme, et me confronterait à la nature de l'être et du temps, au lieu de cette querelle adolescente avec Dieu, ou Bernard. Si j'étais un autre genre d'écrivain, je trouverais un moyen d'exprimer cela dans un roman. Et c'est en cela que je suis toujours romantique : l'art est un temple, les blessures de mes prises de conscience ne devraient pas le profaner. J'estime que les *grands* écrivains peuvent écrire pour compenser les pertes qu'ils subissent dans la réalité. Je ne suis pas sûre d'être un grand écrivain. Avant je croyais l'être, à présent, j'en doute. (Là n'est pas le problème. Accepter de ne pas l'être a plutôt été un soulagement et m'a permis d'écrire davantage.)

Écrivain, je devrais parvenir à mieux dépeindre cette douleur continuelle, mais je souffre, et mes facultés créatrices sont engourdies. Cette douleur a été plus destructrice que celle que j'ai éprouvée en voyant mon père sombrer, loin de nous, dans la sénilité. Et j'en ai honte. J'enrageais de constater le déclin de mon père et niais l'évidence, mais cette rage ne ressemblait en rien à celle que j'ai à mon encontre pour avoir commis une erreur. Ou à celle que j'ai à l'égard de Bernard qui m'interdit de rester en contact avec lui.

Oh, ma sœur. Il y a beaucoup de colère dans ces lignes. Peut-être même ne font-elles aucun sens. Pardonnez-moi.

Vous avez sans doute remarqué que je n'ai pas beaucoup parlé de Dieu dans cette lettre. C'est bien là le problème. Je vais à la messe, je m'assieds sur un banc, j'essaye d'arrêter le flot de sentiments, mais ces sentiments… avez-vous déjà vu des photos d'un calamar relâchant son encre dans l'océan ? Voilà comment je me sens. Je m'installe sur un banc, je prononce le nom de Dieu, mais il est aussitôt voilé par un nuage de pensées les plus noires qui soient. Je m'imaginais que c'était Dieu qui m'avait conseillé de refuser la demande de Bernard – je suis allée à la cathédrale Saint-Patrick chaque jour pendant deux semaines, et suis repartie de ce havre avec l'idée que le ciel m'avait indiqué la voie à suivre. Et aujourd'hui, je m'interroge. Avant je croyais en sa miséricorde, et me répétais que la souffrance pouvait être une forme de cette miséricorde. Plus maintenant. Certains d'entre nous savent souffrir, je ne crois pas être de ceux-là. À quoi Dieu sert-il s'il ne peut nous consoler ? À quoi bon croire en un être tout-puissant s'il ne peut nous donner la force de continuer en ces moments difficiles ? À quoi servent les autres, s'ils nous échappent ? Je refuse de voir là, comme le suggèrent mes tantes, des leçons données par Dieu. Ça fait de Dieu un père Fouettard, rien de plus, et je refuse de croire qu'il n'est que cela.

Je suis néanmoins consternée par la nature adolescente de pareilles objections. Est-ce là tout ce que j'ai réussi à trouver ? Je dois vraiment perdre la tête. Et en plus, je suis hypocrite. Dire qu'un jour j'ai recommandé à Bernard de ne pas devenir un client de Dieu qui passe son temps à ronchonner. Et voilà où j'en suis !

Ma sœur, sachez combien je vous suis reconnaissante même si vous ne lisez qu'un quart de cette lettre. Vous voyez maintenant ce que c'est que d'avoir une fille adolescente, vous qui pensiez y avoir échappé en entrant au couvent ! Je vous prie vraiment de m'en excuser.

Avec mon respectueux souvenir,

FRANCES

1er juillet 1963

Frances,

Bonjour ! J'espère que cette lettre vous trouvera en bonne santé, vous et votre famille.

Je suis sûr que cela vous semblera bizarre de recevoir de mes nouvelles, puisque nous ne nous sommes pas parlé depuis plusieurs années, mais j'ai vu votre dernier livre en vitrine dans la librairie de Harvard Square, je suis entré, je l'ai acheté, me suis plongé dedans le soir même, l'ai fini le lendemain et, depuis, n'ai cessé de penser à vous. Fantastique ! Chapeau ! À vrai dire, je ne lis plus de fiction contemporaine. Une fois en fac de droit, j'ai décidé de ne plus lire que des ouvrages d'histoire, des biographies, des reportages ou des traités de politique, et depuis je n'ai jamais eu l'impression d'éprouver un manque, j'ai donc eu raison d'abandonner l'écriture au profit du barreau. Disons qu'environ une fois par an, je relis *Notre ami commun* lorsque Kay et moi nous rendons dans le Maine, mais c'est tout. Pour autant que je m'en souvienne, la fiction contemporaine était plutôt insipide, et je parie qu'elle l'est toujours. Mais votre livre est fantastique. Chaque phrase claque, un vrai coup de fouet.

La lecture de votre ouvrage me rappelle qu'il est temps que je vous dise ce que j'ai sur le cœur, et que vous êtes peut-être à même de l'accueillir. Je suis pleinement conscient que les lignes qui vont suivre peuvent vous irriter car, dans une certaine mesure, elles trahissent la confiance de quelqu'un, et dénotent la persistance de certains sentiments chez vous. Vous pourriez, et à juste titre, prendre ombrage à l'idée que quelqu'un aille supposer que vous nourrissez quelque regret au sujet de Bernard.

Bernard m'a raconté ce qui s'est passé entre vous à l'automne dernier. Il en était tout retourné. Je lui ai dit qu'il n'aurait pas dû s'embarquer dans une relation avec vous. Tout comme vous n'auriez pas dû non plus vous embarquer dans une relation avec un homme marié. Je ne dis pas que c'est mal, je dis juste que ce n'est pas bon pour vous. Je ne crois pas que vous soyez bâtie pour cela. Je vois déjà votre sang catholique bouillonner face à ce bout de raisonnement amoral. Mais je crois sincèrement que ce qu'il vous a écrit par la suite – ou du moins ce qu'il m'a dit vous avoir écrit – résulte d'un réel combat avec sa conscience. Il ne jouait pas avec vous.

J'en viens à la vraie raison de cette lettre. Si vous éprouvez encore des regrets de ne pas avoir épousé Bernard, vous avez tort. Il s'efforce d'être fidèle à Susan, et je crois qu'il l'aime vraiment, mais depuis qu'ils sont mariés il se laisse berner par une fille chaque année. Ces filles sont toutes d'une beauté très conventionnelle (j'ai remarqué qu'elles portent des petits nœuds dans les cheveux) et n'ont pas grand-chose dans le ciboulot. Il est presque embarrassant de constater à quel point elles se ressemblent, et tout aussi embarrassant de remarquer qu'elles vous ressemblent davantage qu'elles ne ressemblent à Susan. Cela arrive à chaque printemps. Cela précède chaque séjour à l'hôpital. Il repère une fille, une étudiante en général, il se met à rentrer tard, et parfois même pas du tout. Trois mois plus tard, il se retrouve à l'hôpital, et Susan doit dire aux filles de rentrer chez elles, il ne peut plus aller jouer. Il vous en a peut-être parlé, et dans ce cas je vous le répète, cela corroborera ses dires. Ce qu'il ne vous a peut-être pas avoué, mais sans doute cela est-il arrivé jusqu'à vos oreilles, c'est que Susan a dû plaider sa cause, au moins une fois à ma connaissance, auprès du président de l'université de Columbia pour lui éviter de se faire virer.

J'ai longtemps cru que vous étiez la seule et unique femme qui pouvait lui convenir mais, en réalité, je pense que vous l'avez échappé belle. Vous n'auriez pas été son épouse, mais un garde-chasse. Même moi, je n'ai pas vu ce que pouvait être la vie avec Bernard au quotidien. Je l'ai ramassé par terre dans des bars, je l'ai empêché de se bagarrer. Je m'en veux de vous avoir encouragés à rester ensemble, mais il m'a ramassé dans des bars autant que je l'y ai ramassé, et je me suis dit que son bon gros cœur stupide et sa bonne vieille générosité tout aussi stupide compenseraient sa folie. Tout le sentimentalisme que je me suis évertué à réprimer ma vie durant a soudain fait éruption en vous voyant tous deux ensemble. Pour être franc, j'ai pesté quand il a demandé Susan en mariage, et elle a dû s'en rendre compte. À présent, je lui demande pardon en silence quand je la vois, et elle n'a pas l'air de m'en vouloir à mort. Mais Susan n'a jamais eu en elle quoi que ce soit qui exige d'être protégé de Bernard. Elle n'a rien d'une artiste et prenez cela comme venant de quelqu'un qui n'a aucune prétention de ce côté-là non plus. Pendant la guerre de 1914, elle serait devenue infirmière sur le front. Les choses étant ce qu'elles sont aujourd'hui en mille neuf cent et quelques, époque où vous, les femmes, êtes en mesure de faire plus ou moins ce qui vous chante sans être forcées d'entrer au couvent pour vous affûter l'esprit, elle a épousé Bernard.

Vous avez eu raison de ne pas épouser Bernard, mais il n'aimera jamais comme il vous a aimée, vous. Il ne peut ni ne doit vous le dire, aussi m'en suis-je chargé.

À jamais vôtre,

TED

5 octobre 1963

Cher Ted,

Comment assez vous remercier pour votre lettre ? Loin d'en être offensée, je vous en suis reconnaissante. C'est une longue histoire, mais elle est arrivée juste à temps. Elle m'a évité d'en envoyer une à un autre ami, une lettre que j'aurais pu regretter d'avoir signée. L'athée que vous êtes s'offusquerait-il si je lui avouais que sa lettre a été une réponse à mes prières ?

Je ne sais pas au juste que répondre à votre lettre, aussi ai-je mis un peu de temps à vous écrire. Je ne puis que vous exprimer ma reconnaissance pour votre franchise et votre gentillesse. Je pense qu'en pareille situation, toute femme qui se respecte doit garder pour elle les pensées et sentiments qu'engendre une lettre de ce genre, et se contenter de manifester sa gratitude. J'espère que vous comprendrez. Je perçois votre entrain habituel et m'en réjouis. Merci également d'avoir lu mon livre. Vous savez que je partage votre opinion sur la fiction contemporaine, aussi vos compliments me sont-ils d'autant plus précieux.

Si jamais vous passez à Philadelphie, prévenez-moi, je serais très honorée de vous inviter à boire un verre. Mes amitiés à Kay.

Affectueusement,

FRANCES

20 mars 1964

Chère Claire,

Petite farceuse, va ! Merci de m'avoir envoyé le livre de cuisine de Julia Child pour mon anniversaire. Depuis sa parution, j'avais tourné autour tel un faucon, disons un faucon un peu intimidé si tant est que cela existe, mais maintenant que je l'ai, plus d'excuse : à nous les Français !

Car la France semble à la mode, figure-toi. Je sors avec un Français en ce moment. Un prof. Il enseigne la littérature française à Pennsylvania State University. En fait, je n'arrive pas à croire que je sors avec un Français, mais nous nous entendons bien, et même, comme qui dirait, de mieux en mieux. Il s'appelle… Non, je n'arrive pas à l'écrire ! Ça a tout l'air d'une blague, d'une caricature du Français pur souche. Style Jean Valjean. Ou Jean-Luc Godard. Ou Pépé le Putois. Allez, j'y vais : il s'appelle Alain. Un nom impossible à prononcer. Si nous continuons à nous voir, il va falloir que je trouve une façon d'éviter de l'appeler par son prénom. Toujours est-il que nous sommes allés au cinéma, retournés ensemble au cinéma et re-retournés au cinéma, ainsi qu'à Fairmount Park. Je finis par me demander si, en fait, Dieu a pour nous d'autres dons que la tolérance.

Excuse-moi de ne pas t'en avoir parlé plus tôt. Tu pourrais penser qu'après une amitié longue de tant d'années, je devrais savoir que tu te fiches pas mal de ce que je te dis, mais, vois-tu, je me demandais si cette histoire mènerait à quelque chose qui vaille le coup d'en parler.

Je l'ai rencontré lors d'une conférence à Pennsylvania State University. J'avais un exemplaire d'*Histoire d'une âme* avec moi, que je lis en vue de cette conférence que je dois donner le mois prochain. Il était assis à côté de moi, et j'ai remarqué qu'il semblait intéressé par ce livre, avant que la conférence ne commence. « Excusez-moi, mademoiselle. Vous lisez sainte Thérèse ? » m'a-t-il demandé quand je me suis levée. J'ai répondu oui, et il a repris : « Vous l'aimez ? » J'ai reconnu l'accent. Il avait le visage du Français que je considère comme typique : teint olivâtre, pommettes rosées, d'épais sourcils noirs, le nez long. Le genre de nez que j'imagine toujours prêt à se plisser pour se moquer de mon pauvre accent ou de mes lunettes américaines en plastique bon marché.

Je me suis sentie prise au dépourvu : la question devait impliquer qu'il l'aimait, et ma réponse allait être moins enthousiaste que celle qu'il espérait. « Puis-je dire que je n'en suis pas tout à fait sûre ? » Il a ri.

« Et vous, vous l'aimez ? » « Oh oui, a-t-il répondu. Ce n'est pas du tout à la mode et mes collègues n'en savent rien, c'est mon secret. Elle fait partie de ces filles dont Balzac aurait châtié l'innocence en l'envoyant à Paris pour en faire une chanteuse de cabaret dépravée ! » J'ai ri.

« Savez-vous qu'elle a écrit des poèmes ? » a-t-il repris. « Non », ai-je répondu. « Si un jeune homme vous écrit des poèmes comme ceux de sainte Thérèse, il faut l'épouser. Ils sont plutôt passionnés. »

J'ai dû faire une drôle de tête, et il a dû se dire qu'il avait gaffé, pourtant c'était loin d'être le cas. En fait, j'essayais surtout de ne pas rire. « *Pardonnez*[1]..., commença-t-il, excusez-moi », acheva-t-il. Voulait-il une tasse de café ? Oui.

J'ai fini par apprécier ma solitude, mais j'apprécie tout autant sa compagnie – sinon plus. C'est un bonheur de l'entendre rire, je ne me serais jamais attendue à cela de la part d'un Français. Cela doit être la part de l'âme française à laquelle on doit le champagne, non ? Pourtant je ne lui ai pas encore dit un mot en français. Je n'ose pas.

Tout le monde t'embrasse,

FRANCES

5 septembre 1965

Chère Frances,

Bill et moi te décernons un prix, c'est officiel. Il faut le voir faire l'imbécile avec tes tantes, elles en sont folles, à croire que c'est le Vatican qui l'a envoyé. Je doute que Helen parvienne jamais

1. En français dans le texte.

à prononcer son nom autrement qu'Allen. Le pauvre ! Aie la gentillesse de dire à Peggy que ça nous a fait un coup de constater que nous avions, hélas, terminé le déjeuner qu'elle nous avait préparé pour le trajet de retour ! Bill t'embrasse.

Frances, je dois te l'avouer, j'avais peur que tu ressentes le besoin de te caser. La première fois que tu m'as parlé d'Alain dans tes lettres, je n'avais aucune idée que tu allais réellement tomber amoureuse de lui. Tu semblais plus perplexe qu'amoureuse. Je redoutais de te voir te laisser embarquer dans une relation tout à fait rationnelle aux yeux de ton entourage, si rationnelle en fait que tu ne la contesterais pas, et que tu ne le tires à toi comme une couverture et t'endormes. C'est injuste, je le sais, mais je me suis toujours dit que, dans ton cas, seules les avances de Gregory Peck me tranquilliseraient.

Il était également injuste de ma part de vouloir te marier pour la seule raison que, de mon côté, je n'aurais pu envisager de suivre autrement mon petit bonhomme de chemin. Te marier n'a jamais été ton grand rêve, contrairement à moi, pourquoi aurais-je donc dû m'inquiéter si ta vie te menait ailleurs qu'à l'autel ? Mon travail est comme une fête quotidienne. J'ai besoin de me sentir au milieu d'une agitation permanente différente de celle des enfants, et le journal correspond exactement à cela. Rien de plus. Et puis j'ai Bill, mon bon feu qui ronronne dans l'âtre. Tu comptes sur tes livres pour t'apporter ce que le reste d'entre nous cherche dans les êtres. Je ne vois rien de mal à cela. Je pense que c'est un don, et peut-être même ta vraie discipline spirituelle. Vas-y, roule les yeux !

Chaque fois que tu parlais d'épouser Bernard, tu étais parcourue de trépidations, de véritables secousses sismiques. J'avais le sentiment que si tu l'épousais, le mariage forcé de ta sœur serait plus heureux que celui que tu choisissais de ton plein gré, et je n'avais aucune envie de voir cette ironie du sort empirer au fil des années. Mais je ne ressens rien de tout cela lorsque tu parles d'épouser A. et, pour autant que je sache, il n'y a là aucun compromis avec toi-même. Il est à la fois très drôle et très sage. Que m'as-tu dit qu'il t'avait dit ? « Tes livres n'ont pas besoin de mon aide. Ils n'ont besoin que de toi. Et quand tu ne voudras plus être seule, sache que je suis là. » Si un homme ne se fait pas d'illusion sur ce qu'il va être pour toi et que, de ton côté, tu ne te fais pas d'illusion sur ce dont tu as besoin chez lui, peut-être alors avez-vous là un amour authentique. Pourquoi ne t'ai-je pas dit tout cela plus tôt ? La dernière chose dont tu avais besoin c'était que je fourre mon nez dans tes affaires alors que tu souffrais. En outre, j'estimais que je devais me taire, parce qu'au fond de moi, je te faisais confiance, je savais que tu ferais ce qui était bon pour toi. Et c'est ce que tu as fait. Je lève donc mon verre à cela et bois à votre santé.

Je t'embrasse et te souhaite tout le bonheur du monde,

CLAIRE

20 avril 1966

Cher Ted,

Venons-en à cette cérémonie de remise du prix. Elle m'a rendu plus triste que je ne l'aurais imaginé. Plus triste que je ne l'aurais cru, même en la voyant. Je remarque qu'avec l'âge, la tristesse m'assaille de façon régulière, comme les marées, qu'elle érode mes réserves de joie. Ma maladie n'arrange rien. Il y a des jours où ça va. Je me sens pareil à ces dinosaures du muséum d'histoire naturelle, auxquels je suis allé rendre visite avec Bess : des squelettes sans défenses, prêts à s'effondrer pêle-mêle pour peu qu'un visiteur les heurte, et pourtant toujours debout, grâce à des supports, une curiosité reconstituée que l'on peut admirer par en dessous. Une sensation que j'éprouve souvent devant mes étudiants. Ils paient pour puiser de la sagesse aux pieds d'un aîné. Ce sont essentiellement de bons gosses plutôt sérieux. S'ils papillonnent, c'est malgré eux. Je pense à cette fille, ma meilleure étudiante ce semestre. Si elle doit me parler pendant les heures où je suis dans mon bureau, elle évite mon regard, elle garde les mains sur ses genoux, parle à toute vitesse, oublie son manteau ou son sac quand elle repart. Je parierais qu'elle a ouï dire que je pourrais glisser la main sous sa robe, même si elle refuse de le croire. Elle aimerait me prendre pour un oncle oraculaire désincarné que seule la poésie intéresse, mais elle sait aussi qu'elle doit se comporter comme il le faut si elle veut rentrer saine et sauve, et ne pas être accusée d'être une ensorceleuse. Il est émouvant de la voir lutter – elle aimerait aller se jeter dans l'antre du monstre pour tirer au clair les dessous de la versification libre. Et je ne peux rien dire sans me compromettre, afin de lui assurer qu'elle n'a rien à craindre pour la simple raison qu'elle ressemble à Susan.

Tous les hommes que je connais quittent le bureau en se frottant le visage, comme si on venait de les tirer du lit. Le visage de leur épouse est défait, fripé, une toile d'araignée de ridules creusées par l'anxiété. On se regarde de travers, épuisé, on refuse d'évoquer les sujets trop douloureux. Dommage. J'ai décidé il y a longtemps que la psychanalyse n'était pas une solution à long terme, mais je pense que nous avons tous besoin par moments de vider notre sac, surtout si l'on bénéficie d'une écoute bienveillante et profane. Même ceux sur qui je comptais pour torpiller l'état des choses préfèrent ne pas se lancer dans pareille aventure. À vrai dire, il s'agit moins d'une aventure que de l'inventaire d'un garde-manger de plus en plus vide. L'autre soir, je suis sorti avec Russell et, une fois que l'on nous a apporté nos verres, je lui ai demandé en toute sincérité : « Comment vas-tu ? » Il m'a répondu avec un vague mépris : « Nous sommes ici pour parler de mon livre. »

Je me réjouis que Frances ait remporté ce prix. Je n'ai pas lu son dernier livre, je ne le lirai pas, je n'ai pas l'intention de lire les suivants non plus, mais je suis néanmoins fier d'elle. Un coup d'œil sur la première phrase m'a permis de constater qu'elle était encore capable de louvoyer avec maestria. C'est tout ce que je voulais savoir.

Son mari, professeur d'université, me paraît un homme intelligent. J'ai du mal à me faire à l'idée qu'elle ait épousé un Français. Je suppose que j'ai toujours considéré Frances comme bien trop américaine, et trop désireuse de cultiver ses particularités, pour épouser quelqu'un qui la mette sans cesse dans des situations de transposition potentiellement déstabilisantes. Sitôt sortis de l'auditorium, il m'a serré la main. Avec vigueur. Frances se tenait à côté de lui, les mains dans le dos. Elle ne se montrait pas plus affectueuse à son égard qu'avec moi lorsque nous étions autrefois en public. Malgré moi, je me suis senti soulagé.

Nous parvînmes à sourire, proches l'un de l'autre, pour les photographes. Proches, et non pas à côté, car elle avait intercalé un poète et un dramaturge entre nous. Profitant de la photo d'usage, Susan nous a devancés au restaurant, sans doute pour ne pas voir comment je réagirais en présence de Frances. Mais ni elle ni moi ne voulions nous retrouver seul face à l'autre. Il n'y avait plus rien à dire.

Quand je pense que nous aurions pu nous tenir côte à côte lors d'une tout autre cérémonie. Mais nous sommes des fantômes l'un pour l'autre, la vue de l'autre ne provoque plus que de la nervosité. En la voyant pénétrer dans le bâtiment, j'ai baissé la tête et feint de fouiller dans mon portefeuille. Quand nous avons été obligés de nous parler, je lui ai touché le bras, elle a eu un mouvement de recul.

Voici ce que le monde attend de nous, que nous errions tels des morts pour nous repentir de nous être laissé entraîner dans une passion discutable. D'où ces métaphores de l'amour : maladie, folie. Ainsi nous nous pardonnons d'avoir manqué à notre devoir, en espérant que personne ne nous blâmera de n'avoir pas su nous contenter du monde tel qu'il est. L'amour en réfère à d'autres lois, il vous juge si vous ne vous pliez pas à ses exigences. Je pense qu'il l'a déjà jugée, elle. À présent, c'est mon tour.

Susan me taquine pendant que j'écris. Comme elle se plaît à le dire, tel Keats je vire au tubard des sentiments. Chaque fois que je déplore la séparation d'un couple d'étudiants, quelle qu'en soit la raison, Susan réagit par un claquement de langue ironique. Mieux vaut qu'ils apprennent dès maintenant la folie d'un tel amour, dira-t-elle. Ça leur passera ; la prochaine fois, ils se méfieront. Pour peu que j'évoque librement des amis ou des connaissances en situation d'adultère, et que j'essaye de comprendre les deux parties, à condition qu'aucune n'ait cherché à se venger, elle m'accusera de relativisme moral. (Chaque fois qu'elle dit cela, je me mords la langue pour ne pas lui ressortir ta théorie, à savoir que si une femme accuse de relativisme moral une personne coupable d'adultère, c'est parce que cette femme n'a jamais donné à qui que ce soit l'envie d'avoir une liaison avec elle.) Peut-être voit-elle aussi dans ma compassion à l'égard des amoureux éconduits les premiers signes de ma folie.

Parfois je repère sur le campus, ou au fond de la classe, une fille qui a tout l'air d'une de ces filles d'un soir. Ces jours-là, quand je sens comme Barbe-Bleue mon sang qui bouillonne derrière les verrous, sur le point de filtrer par-dessous la porte, je dois au plus vite me trouver un confessionnal. Simple formalité, mais à laquelle je suis content de me soumettre quand je n'arrive pas à me convaincre que je suis un homme qui aspire au bien, au moins dans ses périodes de lucidité. C'est le seul mérite dont je puisse me prévaloir ces temps-ci. J'aspire au bien. Je confie à Bess le soin de m'auréoler de qualités que je n'ai pas.

Je n'en veux pas à Susan, je m'en veux à moi, pour ne pas avoir le courage de la quitter. Je pense qu'elle sait que je reste avec elle pour essayer d'expier. Je dis que je ne suis pas croyant, mais je vois bien que la loi suprême, faute d'être amour, c'est Dieu, et sa loi exige l'abnégation. Une règle à laquelle je puis me soumettre. Même dans ma poésie je ne puis faire autrement que de me soumettre à la règle.

Après le dîner, j'ai fait ce que tout bon mari aurait fait, j'ai bu copieusement pour oublier qu'elle avait jamais existé et me présenter chez nous le cœur comblé, entièrement voué à ma femme. Et si je dois passer ma vie à boire de temps en temps pour oublier, j'estime que je ne m'en tire pas trop mal.

BERNARD

11 juin 1968

Cher Bernard,

Cela fait bien longtemps. J'espère que tu ne m'en voudras pas de t'écrire. John m'a envoyé ton dernier livre, je le lui avais demandé. Je suis tout émue de t'écrire pour te dire à quel point je l'ai aimé. « À Bess », en particulier. Les deux dernières lignes m'ont trotté dans la tête toute cette semaine. John te l'a peut-être dit, j'ai une petite fille. Elle a presque neuf mois et s'appelle Katherine, comme ma mère. Je lui ai lu plusieurs fois ton poème, ça lui plaît.

Je ne m'attends pas à ce que tu répondes à cette lettre. Je comprendrai si tu ne le fais pas.

Amitiés.

Sincèrement,

FRANCES

20 septembre 1968

Chère Frances,

Merci pour ton petit mot, tombé d'une pile de lettres que je ramassais en vitesse au bureau. Rien ne pouvait me faire plus plaisir que de voir ton nom sur le coin gauche de l'enveloppe.

Félicitations pour ta petite Katherine. John m'avait fait part de sa naissance. Je pense que Dieu nous a comblés en nous donnant des filles. Elles sont la mélodie d'un foyer.

Ce poème était destiné à Bess, mais il était aussi pour toi. Je voulais t'écrire une lettre, mais je n'y suis pas arrivé. Elle s'est transformée en poème.

Garde-moi dans tes prières, veux-tu ?

Amitiés,

BERNARD

Photocomposition Nord Compo

Cet ouvrage a été imprimé en France
par CPI Bussière
à Saint-Amand-Montrond (Cher)
en février 2013
pour le compte des éditions Calmann-Lévy
31, rue de Fleurus 75006 Paris

N° d'édition : 5186184/01.
N° d'impression : 125104.
Dépôt légal : mars 2013.